KB194456

황금 멘탈을 만드는
60가지 열쇠

황금 멘탈을 만드는 60가지 열쇠

발행일	2024년 10월 29일

지은이	이은대		
펴낸이	손형국		
펴낸곳	(주)북랩		
편집인	선일영	편집	김은수, 배진용, 김현아, 김다빈, 김부경
디자인	이현수, 김민하, 임진형, 안유경	제작	박기성, 구성우, 이창영, 배상진
마케팅	김회란, 박진관		
출판등록	2004. 12. 1(제2012-000051호)		
주소	서울특별시 금천구 가산디지털 1로 168, 우림라이온스밸리 B동 B111호, B113~115호		
홈페이지	www.book.co.kr		
전화번호	(02)2026-5777	팩스	(02)3159-9637

ISBN	979-11-7224-349-4 03810 (종이책)	979-11-7224-350-0 05810 (전자책)

(주)북랩 성공출판의 파트너

북랩 홈페이지와 패밀리 사이트에서 다양한 출판 솔루션을 만나 보세요!

홈페이지 book.co.kr • **블로그** blog.naver.com/essaybook • **출판문의** text@book.co.kr

---

작가 연락처 문의 ▶ ask.book.co.kr

작가 연락처는 개인정보이므로 북랩에서 알려드릴 수 없습니다.

하루에도 열 번씩 무너지는 사람들을 위하여

황금 멘탈을 만드는
60가지 열쇠

이은대 지음

북랩

멘탈이 전부다

글을 쓰면서 제 삶은 바뀌었습니다. 돈, 관계, 마인드, 가치관 등 모든 분야에 있어 10년 전과는 비교도 할 수 없을 만큼 좋아졌지요. 사람들로 하여금 글을 쓰게 하고 싶었습니다. 제가 얻고 누린 모든 것들을 그들도 갖게 하고 싶었습니다. 글 쓰는 방법을 비롯하여 더 나은 삶을 만들어가는 모든 노하우를 전하기로 마음먹고 '자이언트 북 컨설팅'을 창립하여 강의를 시작했습니다.

더 나은 강의를 하기 위해 매일 분주하게 노력했고, 서울과 부산을 비롯한 전국 각지를 다니며 조건을 가리지 않고 강의했습니다. 코로나19 사태가 벌어진 후로는 온라인으로 강의를 계속했습니다. 저는 열정 가득했고, 함께하는 수강생들도 제 강의에 만족했습니다. 적어도 제가 느끼기엔 그랬습니다.

문제가 있었습니다. 글쓰기와 책 쓰기는 실력도 중요하지만, 끈기도 그에 못지않게 중요하거든요. 하루 이틀 만에 끝나는 일이 아니라 오랜 시간 계속해서 써야만 성과를 낼 수 있는 분야입니다. 중도에 포기하거나 책 한 권 출간하는 것으로 임무를 마쳤다고 생각하는 경우가 많았습니다.

납득하기 힘들었습니다. 매일 꾸준히 지속하면 누구나 자신이 바라는 것 이상의 삶을 누릴 수 있는데, 왜 자꾸만 중도에 펜을 놓는 것인지. 왜 자꾸만 시작하기를 주저하는 것인지. 저는 이 문제를 꼭 해결하고 싶었습니다.

10년 넘게 매일 글을 쓰면서, 9년째 '작가수업'을 운영하면서 이제야 저는 그 비밀을 알게 되었습니다. 사람들이 지속하지 못하는 이유, 그들이 시작을 망설이는 이유, 책 한 권을 쓰고 나면 마치 모든 기력이 떨어진 사람처럼 뒤로 물러나는 이유. 핵심은 멘탈이었습니다.

멘탈이란 정신이나 마음을 뜻하는 용어입니다. 멘탈이 강하다는 말은 정신력이 강하다, 혹은 심지가 굳다 등의 뜻으로 해석할 수 있지요. 살다 보면 힘들고 어려운 일을 마주하게 마련이고, 그럴 때마다 꿋꿋하게 버티고 견디며 이겨내는 속성을 통칭해 '멘탈이 강하다'라고 말합니다.

글쓰기뿐만이 아닙니다. 새로운 도전 앞에서 주저하고 망설이는 것도 당연한 일이고, 힘들고 어려운 순간마다 포기하고 싶은 마음이 생기는 것도 누구나 마찬가지입니다. 그럼에도 세상에는 끝까지 해내는 사람들이 있습니다. 도저히 더 이상은 못 하겠다 하는 순간에도 기어이 한 걸음 내딛는 사람들 말이죠.

성공하기 위해서, 살아가기 위해서는 여러 가지 능력이 필요합니다. 지난 10년간의 제 경험으로 비추어 볼 때, 그중에서도 가장 중요한 한 가지를 꼽으라면 단연코 멘탈입니다. 정신이 강한 사람은 포기하지 않습니다. 마음이 굳은 사람, 신념이 투철한 사람은 선택 앞에서 주저하지 않습니다.

어떠한 경우에도 포기하지 않고 자신의 길을 묵묵히 나아가는 이들. 그들은 말 그대로 황금 멘탈을 가진 사람들입니다. 저는 이 책을 통해 많은 이들에게 강한 멘탈을 심어주고자 합니다. 당장 일어서서 앞으로 나아가는 저돌적인 힘과 능력을 배양함으로써 남은 인생 그 무엇도 두렵지 않은 당당한 사람이 넘쳐나길 바라는 마음입니다.

나는 잘났고, 잘나지 않았다

잘났다는 생각만으로 살았던 적 있습니다. 자존심 세고 오만했지요. 제가 하는 생각과 말과 행동이 무조건 옳다고 믿었습니다. 일은 잘했습니다. 성과도 냈고요. 하지만 주변 사람들과의 관계는 엉망이었습니다. 스스로 강박을 갖고 사는 바람에 하루에도 몇 번씩 스트레스 받았습니다. 일이 조금만 틀어져도 자괴하고 스스로 책망했습니다. 사람들로부터 인정과 칭찬을 받는 순간에는 기쁘고 행복했지만, 그런 시간은 오래가지 않았습니다. 곧바로 다음 일에 매진

해야 했고, 결국에는 지치고 힘들어 번아웃에 빠져들곤 했습니다.

    10년도 더 지난 일입니다만, 저는 사업에 크게 실패하고 인생 바닥으로 떨어진 적 있습니다. 전과자, 파산자, 알코올 중독자, 막노동꾼, 그리고 암 환자. 이것이 저를 가리키는 수식어들이었죠. 패배자라는 생각으로 살았습니다. 열심히 살았는데도 불구하고 모든 것을 잃었다 생각하니 공허하고 허탈한 마음 지울 길이 없었습니다. 허구한 날 술만 퍼마셨지요. 나는 못났다, 나는 최악이다, 살아서 무엇하나, 나는 아무런 존재 가치도 없다, 내게 남은 것은 아무것도 없다. 매 순간 이런 생각만 하면서 살았습니다. 자살 시도까지 했으니 말 다했지요.

    잘났다는 생각만 하면서 사는 것도 불행했습니다. 못났다 생각하면서 사는 것도 최악이었습니다. 어느 스님이 말씀하신 것처럼, "나를 있는 그대로 보는 것이 중요하다"라는 사실을 머리로는 이해하면서도 도무지 어떻게 해야 할지 갈피를 잡을 수가 없었습니다. 잘나지도 못나지도 않았으니 그냥 그런대로 살면 되는 것인가. 그냥 그런대로 산다는 건 또 어떻게 사는 것인가. 잘났다 생각하고 살다가 인생 쪽박을 찼고, 못났다 생각하며 살다가 무기력증과 부정적인 습성을 벗어나지 못하고. 답을 찾고 싶은 마음 간절한데 누구도 여기에 대한 명확한 해답을 제시해주지 않아 괴롭기만 했습니다. 마음이 편해야 사는 것도 즐겁고 행복한 법인데, 저는 매일 매 순간 힘들고 괴롭고 어렵다는 생각만 하면서 살다 보니 삶의 의욕마저 꺾여버리고 말았지요.

글 쓰고 책 읽고 강의하면서 살고 있습니다. 9년째입니다. 온갖 일 다 겪었습니다. 나를 믿고 응원해주는 사람들 덕분에 힘과 용기를 얻기도 했고, 어이없이 뒤통수치고 험담을 일삼는 인간들 때문에 고통스럽기도 했습니다. 그런 모든 과정 겪으면서도 내가 정한 길 흔들리지 않고 가야 한다는 생각으로 버티고 견뎠습니다. 쓰러지고 일어서고 버티는 일을 반복하다 보니, 이제야 어떻게 살아야 하는가 조금은 깨달을 수 있게 되었습니다. 저처럼 유약하고 쉽게 휘둘리는 사람이 무려 9년 동안 사람을 대상으로 하는 업을 이어올 수 있었던 힘은 결국 멘탈에 있었습니다.

세상에는, 그리고 제 주변에는 힘들고 어려운 일 있어도 슬기롭고 현명하게 극복하고 결국은 자신이 원하는 삶을 성취하는 이들이 있습니다. 상황에 따라 매 순간 자신을 태양이라 여기기도 하고 잡초라 생각하기도 하면서 유연성 있게 물 흐르듯 삶을 헤쳐 나아가는 사람들. 저는 그들을 '황금 멘탈을 가진 사람'이라고 부릅니다. 참고로, 저는 이 책에서 어떻게 하면 황금 멘탈을 소유할 수 있는지에 대해 엄청난 비법이나 노하우를 전하려는 게 아니란 사실을 기억해주시길 바랍니다. 멘탈, 즉 정신력은 어떤 방법 한두 가지로 순식간에 강하게 만들 수 있는 게 아닙니다. 매일 매 순간 나에게 일어나는 일들에 어떻게 반응하고, 또 그 사건이나 상황들을 어떻게 해석하는지에 나 자신을 지키느냐 휘둘리느냐가 달려 있는 것이죠.

제게 일어났던 모든 일들에 대해 있는 그대로 전하고자 합니다. 특별하다기보다는, 누구나 일상에서 겪을 수 있는 평범하고 소박하고 대수롭지 않은 이야기죠. 하지만, 결국은 그런 작은 이야기들이 우리 삶의 대부분을 차지하고 있다는 사실 또한 잊지 말아야 합니다. 일상을 견딜 수 있는 사람은 인생도 버틸 수가 있습니다. 왜 쓰러졌는가. 어떻게 일어섰는가. 또 어떻게 해서 버티고 견딜 수 있었는가. 황금 멘탈과 열정을 꾸준히 지켜나가기 위해서는 무엇을 어떻게 해야 하는가. 이런 이야기들을 일상 에피소드와 함께 정리했습니다. 독자 여러분이 이 책을 읽으면서 자신의 경우와 비교해보고, 그래서 누구나 황금 멘탈을 유지할 수 있음을 깨닫게 된다면 더 바랄 것이 없겠지요.

한 번 사는 인생입니다. 무너지지 말았으면 좋겠습니다. 나는 소중한 존재이고, 우리는 각자 이 세상에 온 이유가 다 있다고 믿습니다. 사는 게 힘들어서, 인생이 고달파서 어쩔 수 없이 이렇게 살고 있다는 말, 이제는 더 이상 하지 말았으면 좋겠습니다. 벼랑 끝에서 추락했던 저 같은 사람도 이렇게 멀쩡하게 행복한 삶을 누리고 있습니다. 사람의 멘탈은 애초부터 무적임을 받아들이고, 그동안 잠들어 있던 자기만의 힘을 뿜어내보길 바랍니다. 황금 멘탈을 향한 여행을 시작합니다.

2024년 가을

이은대

차례

들어가는 글   4

1. 첫 번째 열쇠 - 자신의 결정이 최고가 되도록   15

2. 두 번째 열쇠 - 독서, 다시 일어서는 힘   20

3. 세 번째 열쇠 - 영원히 힘든 사람은 없다   24

4. 네 번째 열쇠 - 한 우물만 파야 물이 솟는다   28

5. 다섯 번째 열쇠 - 최악일 때 긍정의 가치가 빛난다   32

6. 여섯 번째 열쇠 - 절실함과 필요성, 'Why'가 중요하다   36

7. 일곱 번째 열쇠 - 다른 사람 인생에 관심 갖지 말기   40

8. 여덟 번째 열쇠 - 여기가 끝이 아니다   44

9. 아홉 번째 열쇠 - 무너져도 괜찮다, 다시 일어서기만 하면   48

10. 열 번째 열쇠 - 천하 쓸모없는 짓이 내일 걱정이다   52

11. 열한 번째 열쇠 - 멘탈 약해도 된다는 생각이 핵심   56

12. 열두 번째 열쇠 - 웃음과 목소리의 위력   60

13. 열세 번째 열쇠 - '좋은 생각' 스위치   64

14. 열네 번째 열쇠 - 문제보다 해결책에 집중하라   68

15. 열다섯 번째 열쇠 - 인간관계에 연연하지 마라   72

16. 열여섯 번째 열쇠 - 마음 지친 날에는 '수고일기' 써보기   76

17. 열일곱 번째 열쇠 - 가난을 기대하는 습관 없애기   80

18. 열여덟 번째 열쇠 - 삶에 대한 권리에 익숙해져라   84

19. 열아홉 번째 열쇠 - 아름답게, 나답게   88

20. 스무 번째 열쇠 - 자존심은 버리고, 자존감은 세우고   92

21. 스물한 번째 열쇠 - 호들갑 떨지 않는다   97

22. 스물두 번째 열쇠 - 남 탓 세상 탓, 판사 말고 행동가   101

23. 스물세 번째 열쇠 - 적어도 한 시간은 고요할 수 있어야 한다   105

24. 스물네 번째 열쇠 - 책 한 권을 쓸 수 있는 힘   109

25. 스물다섯 번째 열쇠 - 나는 태양이며, 나는 잡초다   113

26. 스물여섯 번째 열쇠 - 평균에 만족하는 이들과 결별하라   117

27. 스물일곱 번째 열쇠 - 나는 언제나 더 나아질 수 있다   121

28. 스물여덟 번째 열쇠 - 무시하고 버릴 줄 알아야 한다   125

29. 스물아홉 번째 열쇠 - 더 나은 사람이 되면 더 나은 삶을 만날 수 있다   129

30. 서른 번째 열쇠 - 몸을 앞으로 숙여야 한다   133

31. 서른한 번째 열쇠 - 플러스 알파를 기억하라   137

32. 서른두 번째 열쇠 - 행동이 동기를 유발한다　　　　141

33. 서른세 번째 열쇠 - 일기, 나에게 관심 갖기　　　　145

34. 서른네 번째 열쇠 - '자뻑'은 최고의 에너지 드링크　　　　149

35. 서른다섯 번째 열쇠 - 마인드셋 장착하기　　　　153

36. 서른여섯 번째 열쇠 - 어렵고 힘든 일을 선택하라　　　　157

37. 서른일곱 번째 열쇠 - 내가 겪은 가장 정확한 사자성어, '새옹지마'　　　　161

38. 서른여덟 번째 열쇠 - 가치 우선순위를 명확하게 정하라　　　　165

39. 서른아홉 번째 열쇠 - 끝까지 버티는 놈이 이긴다　　　　169

40. 마흔 번째 열쇠 - 이름을 정확히 불러야 길이 보인다　　　　173

41. 마흔한 번째 열쇠 - 변화, 한 번은 숨이 콱 막혀야 한다　　　　177

42. 마흔두 번째 열쇠 - 지금 여기보다 완벽한 세상은 없다　　　　181

43. 마흔세 번째 열쇠 - 시간과 노력을 지불해야 한다　　　　185

44. 마흔네 번째 열쇠 - 과소평가, 과대평가, 모두 재앙이다　　　　189

45. 마흔다섯 번째 열쇠 - 최악인 상황에서 버티기　　　　193

46. 마흔여섯 번째 열쇠 - 행복하기 위해서가 아니라 행복한 상태에서　　　　197

47. 마흔일곱 번째 열쇠 - 작은 고민들을 순식간에 사라지게 만드는 질문　　　　201

48. 마흔여덟 번째 열쇠 - 먼저 그 사람이 되고, 다음으로 그 일을 하면 된다　　　　205

49. 마흔아홉 번째 열쇠 - 무엇을 버릴 것인가   209

50. 쉰 번째 열쇠 - 삶을 파괴하는 것은 탐욕이다   213

51. 쉰한 번째 열쇠 - 모든 것은 사라진다   217

52. 쉰두 번째 열쇠 - 무엇에 집중하고 있는가   221

53. 쉰세 번째 열쇠 - 의미를 부여하는 힘   225

54. 쉰네 번째 열쇠 - 무시하고 단절하고 거부하라   229

55. 쉰다섯 번째 열쇠 - 바꾸지 말고 더 나아져라   233

56. 쉰여섯 번째 열쇠 - 마음 전쟁에서 이기는 게 먼저다   237

57. 쉰일곱 번째 열쇠 - 과거의 실패를 오늘의 선택에 대한 변명으로 삼지 마라   242

58. 쉰여덟 번째 열쇠 - 마음의 채널을 바꾸는 연습   246

59. 쉰아홉 번째 열쇠 - 적응하고, 벗어난다   250

60. 예순 번째 열쇠 - 사소한 일에 목숨 걸지 마라   254

마치는 글   258

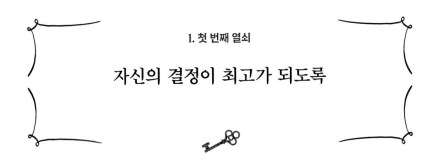

자신의 결정이 최고가 되도록

'무엇을 선택하는 게 좋을까?'

'내가 잘할 수 있을까?'

'아직은 때가 아니야.'

'나한테는 이 길이 어울리지 않아.'

　새로운 도전 앞에서 망설이는 사람 많습니다. 그들은 나름 합당한 이유를 가지고 있다고 생각하지요. 할 수 없는, 미루는 이유를 대며 어쩔 수 없다 말합니다. 주목해야 할 사실은, 이미 성공을 거둔 이들의 과거를 돌아보면 그들도 딱 맞아떨어지는 기가 막힌 때와 상황에 시작한 게 아니라는 점입니다. 분명 어려움 있었습니다. 힘들기도 했겠지요. 주변 사람들 반대에 부딪히고, 부족하고 모자란 점 많았을 테고, 하지 못할 이유가 수백 개도 넘었을 겁니다. 그럼에도 그들은 '시작'했습니다. '계속'했습니다. 그리고 '끝장'을 보았습니다.

처음 책을 쓰려고 마음먹었을 때 같이하자고 권했던 친구들 있습니다. 그들은 한결같이 어떤 이유를 대면서 책 쓰기를 미뤘지요. 저는 지금까지 여덟 권을 출간했고, 그들은 아직도 준비 중입니다. 강의도 마찬가지입니다. 같이 한번 해보자고 제가 권했던 주변 사람들 있는데요. 그들은 여러 상황을 말하면서 아직은 때가 아니라고 했습니다. 저는 지금까지 600명 넘는 작가를 배출하는 강사가 되었고요. 그들은 아직도 준비 중입니다.

제가 잘나서 책을 내고 강의를 하는 게 아닙니다. 작가와 강연가, 제가 선택한 일입니다. 더 좋은 다른 선택지도 얼마든지 많았을 겁니다. 그러나 어쨌든 제가 선택한 길이니까 그것이 최선이었고 최고였다는 사실을 증명하는 것도 제 몫인 거지요. 만약 제가 그 시절 다른 선택을 했더라면, 저는 또 저의 선택이 최고였음을 증명하기 위해 최선을 다했을 겁니다. 성과도 냈을 겁니다. 네, 맞습니다. 황금 멘탈을 가진 사람들은 언제나 자신의 선택이 최고임을 증명합니다. 사람들은 말합니다. 선택을 잘했다고 말이죠. 틀린 말입니다. 선택을 잘한 게 아니라 증명을 잘한 겁니다. 시작하고 계속하고 치열하게 노력해서 그것이 '최고의 선택'이었다는 사실을 세상에 보인 것이죠.

무엇을 선택하는지도 중요하겠지요. 그러나, 그것보다 훨씬 중요한 것은 무엇을 선택하든 자신의 선택을 최고로 만들겠다는 태도입니다. 군 복무 시절에 장기 지원을 했었거든요. 그때 제가 만약 군인이 되었더라면 저는 군인으로서 최선을 다했을 겁니다. 제 선택이 옳았다는 증명을 해냈을 거란 뜻입니다. 장기 지원에 탈락한 후 대기업에 취직했지요. 군인보다는 대기업 회사원으로 사는 것이 훨씬 낫다는 증명을 해내기 위해 최선을 다했고, 그래서 누구보다 인정받으며 승승장구할 수 있었습니다. 지금 저는 작가와 강연가로 살아가고 있습니다. 글 쓰는 삶을 선택한 것이 최선이었음을 증명하고, 무대 위에 올라 강의하는 인생이 최고임을 보여주기 위해 최선을 다합니다.

물론, 모든 경우에 더 나은 선택이 있을 수 있겠지요. 하지만, 사람인 이상 항상 최고의 선택을 한다는 건 불가능에 가깝습니다. 해보지 않은 선택, 가보지 않은 길을 택하는데 어떻게 최고이고 최선임을 미리 알 수가 있겠습니까. 선택 앞에서 지나치게 망설이고 주저하는 건 시간 낭비에 가깝습니다. 황금 멘탈을 가진 사람들은 빨리 결단을 내립니다. 오래 지속합니다. 수정하고 보완하는 데에는 신중합니다. 그리고, 결국 끝장을 봅니다. 미적거리는 사람일수록 쉽게 흔들리게 마련입니다. 자신감 없고 자존감 낮고 인내와 끈기가 부족하기 때문입니다.

운동을 하고 싶다는 생각이 들면, 그냥 오늘 지금 몸을 움직여야 합니다. 일단 운동을 시작한 다음, 자신이 운동하길 잘했다는 생각이 들 때까지 밀어붙이는 거지요. 거 봐라! 내가 운동하니까 몸이 이렇게 좋아지잖아! 운동을 선택한 것이 최선이고 최고였음을 증명하면 됩니다.

다른 모든 일도 마찬가지입니다. 글 쓰고 싶다면, 벼르고 재지 말고 그냥 오늘 지금 몇 줄이라도 쓰면 됩니다. 글 쓰길 잘했다는 사실을 세상에 보여주세요. 미라클 모닝, 독서, 1인 기업, SNS, 코칭 등 무엇이든 다 똑같습니다. 어떤 게 제일 좋을까 고민하고 궁리하지 말고, 무엇이든 일단 시작부터 해야 합니다. 요즘 세상은 그야말로 '다 좋은' 시절입니다. 시작하고 계속하고 끝장을 보면 남부러울 것 없는 인생 만들 수 있습니다.

황금 멘탈을 가진 이들은 주저하지 않습니다. 과감하게 선택하고 실행합니다. 설령 일이 잘 풀리지 않아 중도에 멈추는 한이 있더라도, 그들은 "잘 배웠다!" 말하며 또 다른 선택을 합니다. 그래서 그들은 잠시라도 바닥에 누워 있는 걸 싫어하지요.

"그때 그걸 했더라면 좋았을 텐데." 이런 후회 한 번쯤 해보았을 겁니다. 남은 인생에서는 절대 이런 소리 하지 말아야 합니다. 무엇이 됐든 지금 당장 시작할 수 있습니다. 1등 아니면 어떻습니까. 내 인생에서 하고 싶은 일을 마음껏 해봤다! 적어도 이런 말 당당하게 할 수 있어야 하지 않겠습니까.

자신의 결정이 최고임을 보여주기 위해 노력하는 사람. 황금 멘탈을 가진 이는 선택 앞에서 주저하는 사람이 아니라, 자신의 선택이 최고임을 증명하는 존재입니다.

선택하고 시작하려면 두렵고 떨릴 겁니다. 괜찮습니다. 마흔에도 쓰러져봤고 쉰에도 무너져봤습니다. 아프고 쓰립니다. 하지만 그걸로 끝은 아닙니다. 얼마든지 다시 일어설 수 있습니다.

세상과 인생이 가장 좋아하는 사람은 쓰러진 사람도 아니고 성공한 사람도 아닙니다. 쓰러졌다가 성공하는 사람입니다. 마음껏 넘어지고 기어이 다시 일어서는 사람이 되어야 합니다. 선택하고 시작하세요. 계속하세요. 그리고, 끝장을 내세요. 이제는 보여줄 때가 되었습니다.

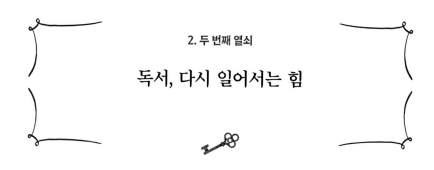

2. 두 번째 열쇠

독서, 다시 일어서는 힘

감옥에서 삶을 포기하지 않고 버틸 수 있었던 것은 독서 덕분이었습니다. 막노동 현장에서 매일 삽질하고 벽돌 나르면서 견딜 수 있었던 것도 책 덕분이었습니다. 평생 책 한 권 읽지 않다가 삶이 무너지고 나서야 읽기 시작했지요. 맨 처음 창살 안에서 책을 읽기 시작했을 때 얼마나 울었는지 말도 못 합니다. 책 내용 때문이 아니라, 왜 이전에 책을 읽지 않았을까 하는 후회와 한탄 때문이었지요. 책 속에 다 있었습니다. 저의 탐욕, 저의 조급함, 저의 실패, 그리고 절망과 좌절까지. 책을 가까이했더라면 적어도 그렇게까지 삶이 무너지지는 않았을 거란 생각이 들었습니다. 그때부터 매일 책을 읽었습니다.

처음 책을 읽을 때는 여러 가지 불편한 점 많았습니다. 첫째, 도무지 무슨 소린지 이해할 수가 없었고요. 둘째, 책만 펼치면 잠이 쏟아졌습니다. 셋째, 같은 방을 쓰는 재소자들이 툭하면 싸우고 소리를 질러대서 집중하기 힘들었습니다. 넷째, 한 권 읽는 데 너무 많은 시간이 걸렸고요. 다섯째, 다 읽고 나면 하나도 기억나지 않았습니다. 뭐 이것뿐이겠습니까. 평생 책 한 권 읽지 않다가 인생 망하고 감방에 앉아 책 펼쳤으니 제대로 읽지 못하는 게 당연했겠지요.

하루가 지나고 일주일이 가고 한 달쯤 되었을 무렵부터 책이 눈에 들어오기 시작했습니다. 주로 자기 계발서와 에세이, 그리고 소설을 읽었거든요. 책을 쓴 저자마다, 등장하는 인물마다 어쩜 그리 제 마음을 꿰뚫듯이 표현하는지 마치 저를 위한 책 같다는 생각이 들었습니다.

힘든 일 많습니다. 사람 때문에 속상하고, 일 많아서 스트레스 받고, 피곤해서 짜증 나고, 가족 갈등 아주 미쳐버리겠습니다. 중년이 되고 보니 몸도 여기저기 고장 나고, 거울 볼 때마다 주름살 느는 것도 한숨 나올 만한 일이지요. 그럴 때마다 책을 펼칩니다. 나와 비슷한 일 겪은 이야기를 읽으면서 위로받습니다. 그들이 견디고 버텼다는 내용 읽으면서 저도 힘을 냅니다. 기어이 극복하고 다시 일어섰다는 이야기를 접할 때마다 심장이 뜨거워집니다. 책만 있으면 어떤 어려움도 이겨낼 수 있을 것 같다는 생각이 듭니다. 예전에는 늦은 나이에 독서를 시작한 것이 후회되었는데요. 지금은 이제라도 책을 알게 되어 얼마나 다행이냐고 큰소리치고 다닙니다.

나이 마흔 넘어가면 스스로 더 이상 획기적인 변화를 이룰 수 없다고 생각하는 사람 많습니다. 제 경험에 비추어보면, 결코 그렇지 않습니다. 저도 40 넘어 독서 시작했습니다. 그것도 감옥에서요. 감히 말씀드리건대, 어디서 무얼 하든 누구나 책을 통해 인생 바꿀 수 있습니다. 독서는 뇌를 바꾸는 행위입니다. 뇌는 슈퍼컴퓨터 아니, 우주라 할 수 있습니다. 내 머릿속에 작은 우주가 들어 있는 셈이죠. 그 우주를 확장하고 전력을 공급하고 닦고 조여 힘을 발휘하게 만드는 행위가 바로 독서입니다. 나이와는 아무 상관 없습니다. 책상 앞에 앉아 집중해서 읽으려면 아무래도 젊은 나이가 낫겠지요. 나이 먹어 힘들다면 조금씩 자주 읽으면 됩니다. 읽는다는 것 자체가 중요한 것이지, 무조건 많이 오래 읽어야 할 필요는 없습니다.

사람들이 책을 읽지 않는 또 다른 이유가 있습니다. 읽지 않아도 인생에 별문제 없다고 느끼기 때문입니다. 네, 부정하지 않겠습니다. 독서하지 않고도 잘 사는 사람 많이 있겠지요. 그러나, 잘 산다는 말의 정의를 새롭게 할 필요가 있습니다. 자신의 우주를 확장하고, 타인의 삶을 통해 배우고 느끼며, 그래서 다른 사람 인생에 도움을 줄 수 있는 정도까지. 그래야 잘 사는 거라고 말할 수 있지 않겠습니까.

힘든 인생을 버틸 수 있는 최고의 방법은, 누군가 나와 비슷한 고난과 역경을 이겨낸 스토리를 확인하는 겁니다. 저 사람도 이겨냈고, 그 사람도 버텨냈고, 이 사람도 극복했다면, 나도 할 수 있지 않겠는가! 이런 생각이 책 읽으면서 저절로 드는 겁니다. 세상 밖으로 뚝 떨어져 혼자라는 느낌이 들 때, 이름도 얼굴도 모르는 누군가가 어깨를 감싸 안아주며 토닥거려준다는 느낌. 아! 이건 뭐 책 읽어보지 않은 사람들은 상상조차 못 할 기쁨이자 행복이지요. 그 모진 세월 어떻게 다 지나왔나 지금 생각해봐도 아찔합니다. 그 시절 제 곁에 책이 없었더라면, 아마 제 인생은 여전히 시궁창 속을 헤매고 있을 테지요.

책 덕분에 혼자 있는 법을 배웠고, 독서 덕분에 견디고 버티는 법을 배웠습니다. 전과자, 파산자가 의사, 변호사, 판사, 박사 만나서 대화를 해도 기죽지 않는 이유가 독서에 있다면 믿으시겠습니까. 독서는 어른이 할 수 있는 최고의 공부입니다. 팍팍한 인생 버티게 만들어주는 동력이자 안아주고 감싸주는 위로와 희망이기도 합니다.

사무실은 책으로 둘러싸여 있습니다. 틈만 나면 온라인 오프라인 서점을 돌아다니며 책 구경을 합니다. 신경부종과 허리 디스크, 말초신경병증으로 온몸이 찢어질 듯한 통증 겪으면서도 책은 놓지 않았습니다. 황금 멘탈을 가진 사람들이 쓰러질 때마다 오뚜기처럼 벌떡 일어서는 원동력은 독서에 있습니다. 지금 힘들다면 책부터 읽어보시길 바랍니다. 자꾸 사람들 만나 술 마시지 말고요. 그래 봐야 말짱 도루묵입니다. 맑은 정신으로 집에서 혼자 독서하세요. 멘탈 정비한 후에 다시 세상과 겨루시길 바랍니다.

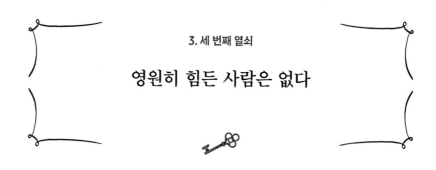

영원히 힘든 사람은 없다

사업 실패했을 때 죽는 줄 알았습니다. 지금은 전혀 다른 인생 살고 있습니다. 석 달 전 시작된 극심한 고통 때문에 삶을 포기하려 했습니다. 지금은 견딜 만합니다. 이뿐만 아닙니다. 지난 인생 돌아보면, 그 순간에는 모든 게 끝장이라는 생각 들었지만, 시간이 지나고 나면 얼마든지 견딜 만했었다는 생각 드는 일 많습니다. 이 또한 지나가리라! 대부분 사람이 이미 잘 알고 있는 이야기지요. 문제는, 정작 자신이 고통과 시련 속에 빠지게 되면 그것이 지나갈 거란 생각을 전혀 하지 못한다는 데 있습니다.

10년 전, 당신이 고민하고 괴로워했던 문제를 한번 적어보세요. 기억이 나지 않을 겁니다. 그럼 5년 전 일은 어떤가요? 작년에 근심했던 문제는요? 네, 그렇습니다. 시간이 지나고 나면 기억조차 나지 않는 문제들. 우리는 그런 걸로 곧 죽을 것처럼 걱정하고 근심하며 괴로워합니다.

당장 눈앞에 펼쳐진 문제들을 대수롭지 않게 여기란 뜻은 아닙니다. 인생은 문제를 해결해나가는 과정이기도 하니까요. 하지만, 문제를 해결하기 위한 고민과 마냥 괴로워하는 근심은 전혀 다른 차원의 이야기입니다. 문제를 해결하는 법칙은 정해져 있습니다. 첫째, 자신의 문제를 직시한다. 둘째, 근본 원인을 파악한다. 셋째, 내가 할 수 있는 해결 방법을 찾는다. 넷째, 시도한다. 다섯째, 수정하고 보완하면서 시도를 계속한다. 어떤가요? 이 다섯 가지 단계 중 하나를 실행하는 중인가요? 아니면, 그냥 걱정만 하고 있는 중인가요?

황금 멘탈을 가진 사람들은 항상 무언가를 하고 있습니다. 문제가 발생하면 위 다섯 단계를 반복합니다. 평탄하게 일이 잘 풀린다 싶을 때에는 또 다른 도전거리를 찾습니다. 사람은 가만히 있으면 근심 속에 빠지도록 설계된 존재입니다. 몸을 움직이고 생산적인 활동을 하고 있는 사람은 걱정이나 근심으로 시간을 보내지 않습니다. 농구 선수는 시합 중에 걱정하지 않습니다. 축구선수도 시합 중에 근심하지 않습니다. 그들이 평소 자기 방에서 어떤 고뇌에 빠져 있는가는 잘 모르겠습니다만, 적어도 코트나 필드에서 경기를 펼치는 동안에는 어떤 걱정이나 근심도 하지 않는다는 얘기지요.

우리도 그들과 다르지 않습니다. 각자의 위치에서 경기를 펼치는 중입니다. 아무것도 하지 않고 정지된 상태에서는 머리도 복잡하고 감정도 북받쳐오릅니다. 허나, 인생 경기에 치열하게 임하고 있으면 머리와 마음이 맑아지고 집중하게 됩니다.

사람들은 제가 감옥에 있을 때 가장 괴로웠을 거라고 말합니다. 사실은 감옥에 가기 직전 1년 동안이 가장 힘들었거든요. 감옥에서는 매일 책 읽고 글 썼습니다. 읽고 쓰느라 바빠서 걱정할 틈도 없었습니다. 감옥에 가기 전에는 제 삶이 한심해서 매일 술만 퍼마셨습니다. 아무것도 하지 않고 술만 마시니까 머리와 가슴에 온통 걱정과 근심만 가득 쌓였습니다.

후회합니다. 그 시절, 만약 제가 매일 무언가를 했더라면 그렇게까지 참혹하게 망가지지는 않았을 텐데 말이죠. 지금 어떤 고민이나 문제로 고통스러워하는 이가 있다면 이 말을 꼭 전해주고 싶습니다. 영원히 힘든 사람은 없다, 지금 당신은 도약을 위해 허물을 벗는 중이다, 이 고통의 끝이 얼마나 창대할 것인가 하는 것은 오직 지금 당신이 매일 무엇을 하느냐에 달려 있다고 말입니다.

인간은 괴로워하기 위해 태어난 존재가 아닙니다. 오직 행복하게 누리고 즐기기 위해 탄생한 존재입니다. 그래서 개인의 내면에 우주가 있고 창조의 씨앗이 있다고 말하는 거겠지요. 육체가 느끼는 번민은 아무것도 아닙니다. 거죽에 불과하지요. 그러한 고통과 번뇌는 그저 경험일 뿐입니다. 물질 세상에서 우리가 마주하는 모든 사건과 사고와 일상은 오직 경험입니다. 인간은 그러한 경험을 통해 확장하고 넓어지는 존재입니다.

군에 복무할 때, 전투화 신느라 발에 물집 잡혔다고 징징거리던 동료 있었습니다. 그 친구는 더워도 투정이고 추워도 불평이었죠. 근심과 걱정이 끊이질 않았습니다. 그러다 전역할 때가 다가오니, 이번에는 밖에 나가서 뭘 하며 먹고살아야 하는가에 대해 고민하기 시작했습니다. 세월이 많이 흘렀지만, 아마 그 친구 아직도 뭔가를 걱정하며 살아가고 있을 겁니다.

막노동 현장에서 만난 H라는 동료도 마찬가지입니다. 시멘트가 옷 속에 들어갔다며 징징거렸습니다. 손이 아프다, 발목이 아프다, 덥다, 춥다, 힘들다, 일당이 적다… 매일 궁시렁거리며 세상과 상황에 대한 불만을 토로했습니다. 같이 일하고 싶어 하는 사람 한 명도 없었습니다.

황금 멘탈을 가진 사람은 불평하지 않습니다. 불만을 드러내지도 않습니다. 그들은 오직 문제와 해결책만 생각합니다. 다른 사람들이 문제 속에 빠져 허우적거릴 때, 황금 멘탈을 가진 사람들은 어떻게든 헤쳐나갈 궁리만 합니다. 생각이 이미 저 앞에 가 있으니 눈앞의 문제에 매달려 시간을 낭비하는 경우가 없겠지요.

모든 것을 해결하고 당당하게 두 손을 펼치는 자신의 모습을 그려보세요. 지금을 돌아보며 웃는 날이 반드시 올 겁니다. 영원히 지속되는 불행은 없습니다. 걱정과 근심으로 오늘을 보내면 나중에 후회합니다. 오늘, 지금 당장 할 수 있는 일에만 집중하시길 바랍니다.

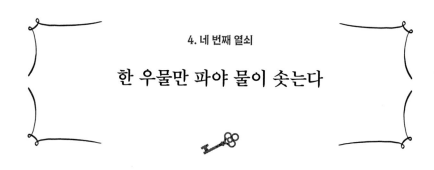

4. 네 번째 열쇠

한 우물만 파야 물이 솟는다

2016년 5월부터 글쓰기, 책 쓰기 수업을 진행했습니다. 햇수로 9년 차에 접어듭니다. 온갖 일이 다 있었습니다. 돌아보면 아찔했던 순간도 많고, 가슴 아팠던 순간도 있었고, 달콤한 유혹에 마음 빼앗길 뻔했던 순간도 적지 않았습니다.

제게 손을 내민 사람들은 한결같이 말했습니다. 더 좋은 기회가 있다, 더 많은 돈을 벌 수 있다, 더 많은 수강생을 모집할 수 있다, 앉아서 돈을 벌 수 있다, 자동화 시스템을 구축해야 한다, 또 다른 콘텐츠를 만들어야 한다…. 틀린 말은 아니었습니다. 하지만, 과거 저의 탐욕 때문에 인생 말아먹은 경험 있었기 때문에 괜한 욕심 부리지 않기로 마음먹고 한길을 걸었던 것이지요.

콘텐츠의 시대입니다. 아이디어 하나만 있으면 얼마든지 먹고살 수 있는 세상이지요. 그러나, 잊지 말아야 할 것이 있습니다. 세상에 공짜가 없다는 진실입니다. SNS를 통해 쏟아지는 대부분의 정보가 같은 말을 전하고 있습니다. "쉽고 빨리 돈 벌 수 있는 방법이 있다!"

글쎄요. 50년 제 삶을 돌아보면, 무슨 일이든 쉽게 빨리 이룰 수 있는 일은 하나도 없었습니다. 달콤한 광고를 하는 그들이 대체 무슨 생각을 하고 있는지, 또 실제로 쉽고 빠르게 돈 벌 수 있는 방법이 있는 것인지 의문을 가지게 됩니다.

황금 멘탈을 가진 이들은 땀의 가치를 존중합니다. 그들은 무슨 일을 하든 시간과 노력이 필요하다는 사실에 추호도 의심을 품지 않습니다. '쉽게', 그리고 '빨리'라는 단어가 포함된 광고는 믿지 않습니다. 인생은 어렵고 힘들며 충분한 시간을 투자해야만 원하는 걸 이룰 수 있는 과정입니다. 자신에게 시간을 허락해야 합니다. 하루가 끝날 즈음이면 온몸이 땀으로 젖어 있어야 마땅합니다. 그래야 자신이 원하는 삶을 이룰 수 있는 것이죠.

세상이 변했습니다. 다양한 분야 직업을 가질 수 있는 시절입니다. 직장에 다니면서도 유튜버가 될 수 있고, 농사지으면서도 작가가 될 수 있으며, 변호사 일을 하면서도 수영 선수가 될 수 있습니다. 이런 세상이다 보니, 어느 한 가지 일에 묵묵히 빠져드는 사람 찾기가 힘들 지경입니다. 블로그 시작한다 했다가 유튜브가 돈 된다 하니 얼른 그쪽으로 바꾸고, 비트코인 값이 오른다 하니 금세 유튜브를 접고, 스마트 스토어로 성공한 사람 얘길 듣고는 또 하루아침에 방향을 바꿔버립니다. 기회를 찾아 업을 바꾸는 걸 나쁘다고만은 할 수 없겠지요. 허나, 요즘 사람들은 너무 쉽게 도전하고 포기하기를 반복하는 것 같아 안타깝습니다.

무슨 일이 있어도 반드시 자기 저서를 출간하겠다며 이를 악물고 주먹 불끈 쥐고 저를 찾은 사람들 중에도 한 달을 넘기지 못한 채 어영부영하며 수업에 빠지는 사람 허다합니다. 진득이 다시 글 한번 써보자고 권하면, 벌써 다른 쪽에 관심이 가 있어서 전혀 움직이질 않습니다. 무슨 놈의 사람 마음이 그렇게 쉽고 빠르게 변하는지 이해할 수가 없습니다.

이럴 때 필요한 것이 자기중심입니다. 중심 가진 사람은 휘둘리지 않습니다. 자신이 선택한 길에 대한 신념과 확신이 분명합니다. 황금 멘탈을 가진 사람은 주변에서 아무리 달콤한 얘기를 속삭여도 자신의 길을 벗어나지 않습니다. 두 가지 혹은 세 가지 업을 가진 사람 있지만, 그들은 밤잠 설쳐가며 모든 일에 생을 바치는 경우입니다. 여기 깔짝 저기 깔짝 갈대처럼 이리저리 휘둘리는 사람들이 아니란 뜻입니다.

한 우물을 파야 성공할 수 있다고 하면 옛말이라며 귀를 닫아버리는데요. 요즘 같은 세상이야말로 한 우물 파야 하는 시대라 할 수 있습니다. 수많은 사람이 여기저기 기웃거리느라 자리를 잡지 못하고 있으니 이럴 때 한 우물 묵묵히 파는 사람 있으면 무조건 성공할 수 있다는 얘기지요. 마음이 너무 급합니다. 한 달 해보고는 포기합니다. 두 달 해보고는 좌절합니다. 고작 석 달 만에 "안 된다, 불가능하다, 재미없다" 하며 항복을 하고 마는 것이지요. 이래서야 무슨 일을 제대로 할 수 있겠습니까.

'생활의 달인'이라는 프로그램이 있지요. 저는 거기 나오는 주인공들 하나도 대단하게 여겨지지 않습니다. 적어도 실력에 있어서는 말입니다. 왜냐하면, 그들은 모두 한결같이 시간과 노력을 투자한 사람들이거든요. 누구나 그 정도 시간과 노력을 투자하면 다 달인이 될 수 있다는 소리입니다. 노래, 글쓰기, 조각, 그림, 공부, 운동 등 모든 분야가 마찬가지입니다. 제법 긴 시간 동안 오직 한 가지 일에만 매진한다면 누구나 일정 수준 이상의 달인이 될 수 있습니다. 우리가 달인이 되지 못한 이유는 고개를 너무 많이 돌린 탓이지요. 어디 돈 되는 곳 없나 살피느라 자기 업에 혼을 담지 못했기 때문입니다.

이 글을 쓰는 동안 구글에다 '돈 쉽게 빨리 버는 법'이라고 검색해보았습니다. 역시나 공통적인 이야기만 나오네요. 결국은 노력해야 하고, 일정 시간 투자해야 한다는 말입니다. 현혹되지 마세요. 지금 자신이 하고 있는 일에 모든 걸 걸어볼 필요가 있습니다. 보험 영업 잘하면 돈 많이 벌지요? 네트워크 사업 잘하면 돈 많이 법니다. 정수기, 학습지, 중고차, 신차 등 모든 영업 분야에서 '잘하면' 돈 많이 벌 수 있습니다. 잘한다는 뜻이 뭘까요? 네, 맞습니다. 모든 걸 제쳐두고 자신의 일에 몰입하고 최선을 다해 일하는 것이지요.

다른 일에 눈 돌릴 필요 없습니다. 지금 하고 있는 일에 집중하고 시간과 노력을 퍼부은 다음, 그때 가서 다른 생각 해도 늦지 않습니다. 잊지 마세요. 황금 멘탈은 시간과 노력을 전제로 합니다.

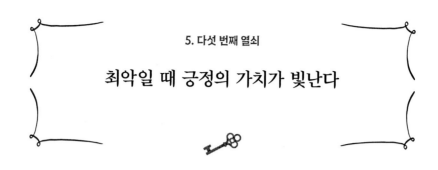

최악일 때 긍정의 가치가 빛난다

학창 시절에 공부를 열심히 한 적 있습니다. 이 악물고 독하게 한 번 해봐야겠다 결심을 했었지요. 수업 시간에도 선생님 말씀에 집중했고, 학원에 가서 또 강의를 듣고, 집으로 돌아와 밤 12시까지 복습했습니다. 결과는 어땠을까요? 시험 점수는 올랐으나 석차는 그대로였습니다. 고등학교 2학년에서 3학년으로 진학하는 겨울 방학. 네, 맞습니다. 저만 열심히 한 게 아니라 친구들 모두 열심히 하는 때였지요. 모두가 열심히 할 때는 내가 열심히 한다고 해서 승부를 낼 수 있는 건 아니었습니다.

'최선을 다했다' 혹은 '열심히 했다'라는 말을 너무 쉽게 쓰는 것 같습니다. 제가 볼 때는 기본 정도 한 것 같은데도 상대는 얼굴이 시뻘게져서 나름 노력 많이 했다며 반감을 드러냅니다. 세상 사람 다 하는 정도의 노력 가지고는 성과를 내기 힘듭니다. 그래서 경쟁 사회라고 하지 않습니까. 물론, 자기 나름대로 노력한 것에 대해 스스로 만족하고 기뻐한다면 더 바랄 게 없겠지요. 하지만, 세상을 상대로 승부를 걸고 싶다면 남들 하는 만큼 해 가지고는 성공하기 힘듭니다. 그렇다면 어떻게 해야 할까요? 어떻게 해야 바라는 인생 성취할 수 있을까요?

첫째, 자기만의 목표를 선명히 정해야 합니다. 남과 비교하면 끝이 없습니다. 세상에는 항상 나보다 잘난 놈 있게 마련이지요. 중심을 자신에게 두면 비교에서 벗어날 수 있습니다. 목표와 계획이 분명하면 흔들리지 않고 나아갈 수 있습니다.

둘째, 최악일 때 한 걸음 나아갈 수 있어야 합니다. 컨디션 좋고 걱정 없고 돈 많고 일 술술 잘 풀릴 때에는 누구나 긍정적이고 열심히 합니다. 더 이상은 안 되겠다 싶을 때 한 걸음 더 나아가야 변화와 성장을 이룰 수 있습니다.

셋째, 완벽이 아니라 완성에 초점을 두어야 합니다. 1등이 아니라 결승점 통과에 의미를 두어야 한다는 뜻입니다. 세상은 1등만 기억한다는 말이 있는데요. 꼴찌 기억하는 사람도 많습니다. 끝까지 포기하지 않고 결국 해내는 사람들. 그들도 1등 못지않은 감동과 환희의 존재들이죠. 완성하세요. 그럼 됩니다.

넷째, 자신의 잠재력을 믿어야 합니다. 우리는 항상 더 할 수 있습니다. 우리는 항상 더 잘할 수 있습니다. 비록 이번 성과가 기대에 미치지 못했다 하더라도, 다음 기회에 더 나은 성과를 내면 됩니다. 여기가 끝이 아니란 사실을 기억해야 합니다.

다섯째, 천지가 개벽을 해도 부정적인 생각이나 말은 절대 하지 말아야 합니다. 불평, 불만, 험담, 비난 등 툭하면 남을 비방하고 세상 탓을 하는 사람 많은데요. 특히 SNS 익명의 댓글을 보면 쓰레기 같은 언어가 남발하는 걸 볼 수 있습니다. 한심하고 답답합니다. 한 마디 말, 한 줄의 글이 결국 돌고 돌아 자신에게 고스란히 돌아온다는 걸 모르는 거지요. 입에다 반창고를 붙여서라도 부정적인 말은 내뱉지 말아야 하고, 머리에 찬물을 끼얹어서라도 삐딱한 생각은 하지 말아야 합니다.

감옥에 있는 사람들은 인상이 험악합니다. 적어도 제가 만난 사람들은 하나같이 어둡고 무섭고 우울한 표정이었죠. 처음에는 그들이 감옥에 와 있기 때문에 그런 얼굴을 하고 있는 줄 알았습니다. 시간이 지나면서 그들과 말을 섞어 본 결과 제 생각이 틀렸음을 알 수 있었습니다. 그들은 감옥에 왔기 때문에 인상이 험악한 게 아니라, 표정이 어둡고 우울해서 감옥에까지 오게 된 거였습니다.

웃어야 합니다. 기를 쓰고 웃어야 합니다. 미친 사람처럼 웃어야 합니다. 도저히 힘들면, 다이소에 가서 조화라도 한 송이 사 가지고 머리에 꽂아야 합니다. 표정 밝은 사람이 인생도 밝습니다. 인상 좋은 사람이 인생도 잘 풀립니다.

저는 제 삶을 통해 긍정과 웃음의 가치를 깨달을 수 있었습니다. 감옥에서도 "하면 된다!" 외쳤고요. 막노동 현장에서도 매일 웃었습니다. 덕분에 주변 사람들로부터 비아냥거리는 소리도 듣고 험한 말도 들었지만, 결국은 제 인생 이렇게 다시 일으켜 세울 수 있었습니다.

즐겁고 웃기고 기분 좋을 때는 다 웃습니다. 다 긍정이죠. 그러나, 조금만 안 좋은 일 생기거나 불편한 말 들으면 금세 표정 굳어 버리고 불평 불만 터져 나옵니다. 명심해야 합니다. 최악일 때 웃을 수 있어야 진짜 웃음입니다. 최악일 때 긍정적일 수 있어야 진짜 긍정입니다.

힘들고 어려운 일 닥치는 것은 세상이 나를 테스트하는 겁니다. 이래도 네가 웃을 수 있는지 보자, 이래도 네가 긍정적일 수 있는지 한번 보자. 그럴 때마다 인상 쓰고 무너져버리면 세상과 신은 우리를 비웃겠지요. 역시, 그럴 줄 알았다! 하고 말이죠. 한번 보여줍시다. 세상이 아무리 나를 괴롭혀도, 신이 아무리 나를 시험해도, 나는 환하게 빛을 내며 웃을 것이고 초긍정의 생각과 말로 열정을 뿜어낼 거란 사실. 인생, 그렇게 만들어가야겠지요.

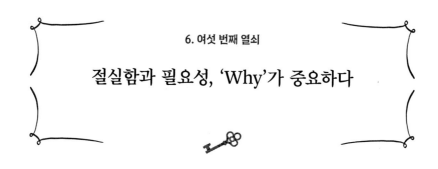

절실함과 필요성, 'Why'가 중요하다

살아야 했습니다. 내 나이 마흔이었을 때, 나는 감옥에 있었지요. 사업에 실패했고, 파산했으며, 알코올 중독에 걸렸습니다. 희망이라곤 눈곱만치도 없었습니다. 우연히 책을 펼쳤다가 다산 정약용에 관한 글을 읽었습니다. 18년 유배 생활 동안 500권이 넘는 책을 썼다는 문장을 읽고는 나도 책을 써야겠다고 결심했습니다.

어렵고 힘든 점이 없었을까요? 처음부터 끝까지 싹 다 어렵고 힘들었습니다. 무엇부터 시작해야 할지, 어떻게 써야 할지, 누구 하나 물어볼 만한 사람조차 없었습니다. 노트에다 글을 쓰고 있으면 같은 방을 쓰는 문신 가득한 그들이 시비를 걸었고, 교도관들까지 제가 쓸데없는 짓을 한다며 비웃었습니다. 전과자가 쓰는 책을 누가 읽을 것이며, 글이라곤 한 번도 써본 적 없는 사람이 무슨 책을 쓸 것이며, 책이라곤 한 줄도 읽지 않은 사람이 어떻게 글을 쓴단 말이냐고. 그들은 대놓고 저를 우습게 여겼습니다. 실제로 제가 쓴 글을 읽어보면 기가 막힐 지경이기도 했고요.

그럼에도 단 하루도 빼놓지 않고 글을 쓰고 책을 읽었습니다. 의지? 열정? 그런 건 모르겠고요. 어떻게든 출소 후에 먹고살 길을 찾아야 했으니 글을 쓰는 것 말고는 달리 방법이 없었기 때문입니다. 절실했습니다. 꼭 필요했습니다. 무엇을 어떻게 써야 할지 모르겠다는 변명과 핑계조차 제게는 사치였습니다. 그때 알았습니다. '그냥 쓴다'라는 게 어떤 의미인지 말이죠.

왜 쓰는가? 살아야 했기 때문입니다. 글 쓰고 책 출간해서 작가로서의 삶을 살게 되면 전과자, 파산자라는 딱지를 뗄 수 있을 거라 믿었습니다. 이런 이유와 동기가 저를 움직이게 했습니다. 잠자는 시간과 밥 먹는 시간을 제외하고는 종일 노트 붙잡고 쪼그려 앉아 글 썼습니다. 책 읽으면서 문장을 어떻게 쓰는가 익혔고, 그런 다음 제 글을 쓰고, 다시 책을 읽으며 제 글과 책의 문장이 무엇이 다른가 연구했습니다.

제가 운영하는 '자이언트 북 컨설팅'에 입과하여 책을 쓰려는 이들에게 종종 질문합니다. "왜 책을 쓰려고 합니까?" 지난 9년 동안 이 질문에 명쾌한 답을 한 사람 거의 없었습니다. 다들 책을 내고 싶어 했지만, 왜 책을 출간하려 하는가에 대해서는 생각해본 적이 없었던 거지요. 많은 이들이 중도에 포기하는 이유가 바로 여기에 있습니다. 절실함도 없고 필요성도 없고 써야만 하는 이유도 불확실하니까. 다른 말로 하면, '안 써도 되기 때문에' 포기를 하는 것이지요.

책 쓰는 일뿐만이 아닙니다. 미라클 모닝에 도전하는 사람들도 그 이유와 목적이 불확실한 경우 많습니다. 독서를 시작하는 사람들도, 운동을 시작하는 사람들도, 자기 계발 공부를 시작하는 사람들도 모두 다르지 않습니다. 절실함과 필요성이 없으면 오래 지속하기 힘듭니다.

황금 멘탈을 가진 사람들은 반드시 두 가지를 실천합니다. 어떤 일이든 절실함과 필요성으로 시작하고요. 일단 시작하기로 마음먹었으면 재고 따지고 망설이는 것 따위 없이 '그냥' 시작합니다. 이렇게 살면 자기 삶의 주도권을 쥘 수 있습니다. 물이 어느 방향으로 흐르든 온 힘을 다해 헤엄쳐 자신이 가야 할 길로 나아갑니다. 그렇지 않은 사람들은 물이 흐르는 대로 떠내려가게 됩니다. 물살에 떠밀려 흘러가면서도 자신이 헤엄치고 있다고 착각하는 것이죠. 위험합니다. 자기 삶이 아니라 세상과 타인이 정해놓은 기준에 따라 '흘러가는' 인생이 될 수밖에 없습니다.

"왜?"라고 물어야 합니다. 왜 공부합니까? 왜 글을 쓰려 합니까? 왜 책을 내려 합니까? 왜 새벽에 일어나려 합니까? 왜 책을 읽습니까? "왜?"라는 질문에 대답할 수 있으면 목적의식을 갖고 있다는 뜻이고요. 인생 목적이 명확하면 태풍이 불어닥쳐도 흔들리지 않고 나아갈 수 있습니다. 살아야 할 이유가 분명하면 어떤 위기도 극복할 수 있다고 했던 니체와 빅터 프랭클의 말이 쩌렁쩌렁 들리는 듯합니다.

목적의식이 없으면 멘탈 쉽게 무너집니다. 그 일을 왜 해야 하는가를 모르니 재미도 없고 의지도 없을 수밖에요. 저는 학창 시절 공부 별로 못했습니다. 공부를 왜 해야 하는가 전혀 몰랐거든요. 대학에 왜 가야 하는지, 실력을 왜 쌓아야 하는지, 시험을 왜 쳐야 하는지. 그런 이유에 대해 생각해본 적도 없습니다. 그냥 다들 하니까 나도 하는 거라고 생각했지요. 군 복무 마치고 사회생활 시작한 후에야 알았습니다. 아! 이래서 공부를 했어야 하는구나!

사업 실패 후 처참한 생활을 하면서 깨달았지요. 아! 인생에는 쉽게 빨리 이룰 수 있는 게 없구나! 극심한 통증 겪으며 차라리 죽는 게 낫겠다 싶었을 때 알았습니다. 바른 자세와 운동, 건강을 챙기는 게 얼마나 중요한가 하는 사실을 말입니다.

왜 그 일을 해야 하는가! 왜 해야 하는가! 나는 왜 살아가는가! 먹고살기 바쁘다는 핑계로 뒷전으로 미뤄두었던 이 질문들을 이제 직시할 때가 되었습니다. 쏜살같이 흘러가는 빠르고 혼란스러운 세상에서 나 자신을 지키고 멘탈 유지하기 위해서는 인생을 향해 "왜?"라고 물을 수 있어야 합니다. 나는, 왜, 지금, 여기, 존재하는가!

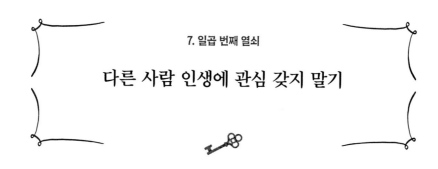

다른 사람 인생에 관심 갖지 말기

말이 많습니다. 다른 사람에 대한 말이 너무 많습니다. 주로 험담입니다. 좋은 말도 여러 번 들으면 귀가 닫히는데, 허구헌 날 남 비난하기 일쑤이니 듣고 있는 제 기가 다 빨리는 느낌입니다. 부정적인 말 중에서도 다른 사람에 대한 험담이야말로 최악입니다. 내 입에서 나오는 모든 말은 에너지입니다. 에너지는 비슷한 성질의 것들을 끌어당기는 습성이 있지요. 결국 비난과 험담이 돌고 돌아 내게로 돌아온다는 뜻입니다. 입을 다물어야 합니다.

SNS 시대입니다. 다른 사람의 사생활과 인생을 엿보기가 쉽습니다. 동기를 부여받고, 배울 점 찾고, 서로 응원해주고, 힘들 때 위로받고, 지식과 정보를 얻는 정도라면 서로의 삶을 공유하는 것이 최고의 성과를 내는 도구가 되겠지요. 하지만, 지금의 세태를 보자면 서로 헐뜯고 비난하고 험담하고 질투하고 시샘하고 욕설 퍼붓고 가십에 환장한 사람들이 넘쳐나는 것 같습니다. 30분만 스마트폰 들여다보고 있으면 아주 오물을 뒤집어쓴 것 같은 느낌이 듭니다.

강의 시간에 수강생들에게 자신의 이야기를 해보라고 기회를 줄때가 많은데요. 다른 사람에 대해서는 할 말이 넘쳐나는 이들이 정작 자신의 이야기를 해보라고 하면 길어야 5분을 넘기지 못하는 경우 허다합니다. 네, 그렇습니다. 우리는 지금! 다른 사람 인생에만 지나치게 관심을 갖고, 세상에서 가장 소중한 나 자신에게는 전혀 정성을 쏟지 못하고 있습니다.

다른 사람 인생에 관심 갖지 말라고 하면 다들 그 말의 뜻이 무엇인지 금방 이해합니다. 또 실제로 그렇게 살아야 한다는 것도 잘 알지요. 그럼에도 틈만 나면 다른 사람에 대한 좋지 않은 이야기를 합니다. 습관이 되어버린 것이죠. 이제는 "하지 마라!"라고 해서 될 문제가 아닌 것 같습니다.

그래서 저는, 조금 다른 방향으로 이야기를 하려 합니다. 이제부터는 매일 매 순간 자신에게 관심을 가져보세요. 어떤 인생을 바랍니까? 왜 그런 인생을 꿈꾸는 건가요? 그런 인생을 이루기 위해서는 무엇을 해야 합니까? 당신은 오늘 자신이 바라는 인생을 위해 무엇을 했습니까? 소중한 사람들은 누구인가요? 그들을 사랑하고 아껴주는 행위, 오늘 무엇을 했나요? 무엇을 좋아합니까? 오늘 어떤 하루를 보냈습니까? 기분은요? 무엇을 배우고 깨달았습니까? 이런 질문에 술술 대답할 수 있을 정도로 자신과 대화를 나누어야 합니다. 어쩌다 한 번이 아니라 매일 매 순간 그래야 한다는 뜻입니다.

제가 이렇게 말하면 대부분 사람이 반론을 제기합니다. "내가 얼마나 바쁜지 압니까? 종일 일하고 집안 돌보느라 정신이 하나도 없는데, 무슨 세월 좋은 소리를 하고 있어요!" 네, 그렇군요. 많이 바쁘군요. 그 바쁜 시간에도 불구하고 종일 다른 사람 험담도 하고 비난도 하고 시기 질투도 하고 다른 사람 때문에 속도 많이 상했군요. 바쁘다는 이유로 자신과 대화를 나누지 못한다는 사람이 다른 사람 험담할 시간은 대체 어디서 나오는 것인가요.

해보지 않아서, 습관이 되지 않아서 어색할 뿐입니다. 시간을 따로 내야 하는 것도 아니고요. 출퇴근 시간이나 잠시 누군가를 기다리거나 휴식 시간 정도면 충분합니다. 자신에게 질문을 던지고 스스로 답변하는 습관을 가지도록 노력하는 것이죠. 이렇게 하면 내가 보내는 시간이 꽤 의미 있고 가치 있다는 생각이 듭니다. 하루가 벅차고, 나 자신이 점점 좋아지기도 합니다. 주변 사람들이 사랑스럽게 느껴지고, 그래서 내 존재 가치에 대해서도 다시 생각하게 되지요. 다른 사람 비난하고 험담하면 내 기분도 나빠집니다. 반면, 나에 대해 생각하고 깊이 파고들수록 감정은 훨씬 좋아집니다. 좋은 생각을 많이 했으니 좋은 일들이 끊임없이 일어나겠지요.

황금 멘탈을 가진 사람들은 타인과 비교하지 않습니다. 그것이 얼마나 쓸데없고 무가치한 행위인지 잘 알고 있기 때문입니다. 그들은 오직 자신과 자신의 인생에 대해 생각합니다. 오늘은 내게 어떤 의미인가. 오늘은 얼마나 가치 있는가. 오늘이라는 인생을 잘 보냈는가. 내일은 또 어떤 삶을 맞이할 것인가.

자신에 대해 깊이 생각하며 살아가기 때문에 혹여 주변에서 조롱이나 손가락질을 받는 일이 생겨도 흔들리지 않습니다. 다른 사람

말에 쉽게 휘둘리는 사람은 평소 다른 사람들에게만 관심 가진 이들이죠. 초점이 타인에게 있으니 그들의 눈치를 살피며 살아갈 수밖에 없는 겁니다. 황금 멘탈을 가진 사람들은 타인의 눈치를 보는 게 아니라 어떻게든 그들을 돕겠다는 마음으로 살아갑니다. 그러니 두려움이 없을 수밖에 없고, 따라서 언제 어디서나 당당하게 행동할 수 있는 것이죠. 남들이 보면 멘탈이 강하다고 느끼는 겁니다.

사람은 각자의 인생을 살아갑니다. 다들 생각이 다르고 성향이 다르고 가치관이 다릅니다. 내가 볼 때는 어처구니없지만 그의 입장에서는 당연합니다. 세상은 원래 그렇게 돌아가는 거지요. 저도 살면서 '사람이 어떻게 저럴 수가 있나!' 속에 천불 나는 인간들 많이 보았습니다. 그런데요. 그런 인간들도 가만히 보면 가족도 있고 친구도 있고 모임도 있고 멀쩡하게 잘 살아갑니다. 그 사람에게 비난 퍼부으면서 손가락질해 봐야 내 속만 터질 뿐이죠.

다른 사람 인생에 관심 갖지 마세요. 다른 사람과 비교하지 마세요. 다른 사람 험담하고 비난하지 마세요. 나와 내 인생에 집중하고, 내 집 앞 화단을 잘 가꾸며 살아가야 합니다. 내게서 향기가 나면 인생도 관계도 다 좋아집니다.

여기가 끝이 아니다

우리는 항상 더 나아질 수 있습니다. 더 좋아질 수 있습니다. 이 사실을 잊지 말아야 합니다. 지금이 끝이라면 살아갈 힘이 없겠지요. 다행입니다. 여기가 끝이 아닙니다. 인생은 나아가는 과정입니다. 아직 기회가 있습니다. 힘을 내야 하는 이유입니다. 절망하고 좌절할 필요 없습니다.

사업 실패하고 파산하고 감옥에 갔을 때, 인생 끝난 줄 알았습니다. 아무런 희망도 없다는 말을 습관처럼 내뱉었습니다. 지금 제 삶을 보면, 그 시절 저의 생각이 얼마나 어리석었는지 알 수 있습니다. 남은 인생에서, 어떤 고난과 역경이 닥쳐도 이겨낼 자신 있습니다. 그것이 '끝'을 의미하는 게 아니란 사실을 이제는 잘 알기 때문입니다.

인생은 고난의 연속입니다. 한 가지 문제를 해결하고 나면 또 다른 문제가 닥칩니다. 많은 사람이 '이 문제만 해결되면' 삶이 좋아질 거라고 기대합니다. 물론, 아주 조금 나아질 수는 있겠지만 금세 또 다른 시련이 닥칠 게 분명합니다.

황금 멘탈을 가진 사람들은 인생이 문제와 고난의 연속이란 사실을 잘 알고 있습니다. 그들은 눈앞에 닥친 문제 하나에만 연연하지 않습니다. 파도 하나를 피한다고 해서 끝나는 건 아니니까요. 그들은 모든 순간에 고난이 닥친다는 사실을 알고 있으며, 인생이란 그 모든 고난을 헤쳐나가는 과정이란 사실도 받아들입니다.

일이 뜻대로 잘 풀리지 않을 때가 있습니다. 열심히 살았는데 한순간에 추락하는 일도 적지 않습니다. 믿었던 사람에게 뒤통수 맞는 일도 허다하고요. 이러다 보니, 사는 게 참 고역이구나 싶은 생각이 들 때가 많지요. 때로는 삶을 포기하고 싶을 때마다 다 때려치우고 어디 산속에나 들어갈까 하는 생각이 듭니다.

그럼에도 지금 이 순간 자신을 한번 돌아보면, 그 숱한 고난과 역경을 모두 지나왔음을 깨닫게 됩니다. 네, 그렇지요. 그 아프고 힘든 순간이 끝이었다면 우리는 지금 여기에 있지 못할 겁니다. 아무리 힘들고 어려워도 삶은 계속 앞으로 나아가는 과정이란 사실을 잊지 말아야 합니다. 주저앉고 싶을 때도 있고 포기하고 싶을 때도 많습니다. 분명한 것은, 아무리 거센 파도가 밀려와도 '나'란 존재가 그보다 훨씬 강하다는 사실입니다.

황금 멘탈을 가진 사람들은 자신에게 닥치는 고난과 역경이 어떤 종류인가 관심 없습니다. 그들은 그 무엇보다도 자신이 강한 존재임을 믿습니다. 순간적으로 힘들고 어려울 수는 있겠지만, 결국은 자신이 모든 걸 이겨내고 삶의 끝에 승리하리란 사실에 추호도 의심을 품지 않습니다. 이러한 이유로, 황금 멘탈을 가진 사람들은 넘어지기는 해도 반드시 다시 일어서는 것이지요.

초보 작가들은 푸른 꿈을 안고 글쓰기를 시작합니다. 자신의 이름으로 책이 출간되는 그날을 상상하며 흐뭇한 마음으로 글을 씁니다. 그러다가, 어느 날 누군가가 글이 형편없다는 말을 한마디 던지면 즉시 무너집니다. 다른 작가의 잘 쓴 글을 보아도 흔들립니다. 출판사 거절을 몇 번만 받아도 기가 죽고 말지요.

그럴 필요 없습니다. 첫째, 글을 쓰는 건 나 자신이지만 글이란 게 원래 타인의 평가를 받게 되어 있거든요. 평가는 그들의 마음입니다. 잘 받을 수도 있고 못 받을 수도 있습니다. 둘째, 비교하지 말아야 합니다. 나는 나의 글을 쓰고 그는 그의 글을 쓰며 그녀는 그녀의 글을 씁니다. 인생 자체가 비교 대상이 아니듯이 글도 비교 대상이 아닙니다. 셋째, 출판사 거절에는 전혀 신경 쓸 필요가 없습니다. 출판사가 정말로 원고 보는 눈이 탁월하다면, 그 출판사는 이미 대한민국 최고의 출판사가 되었겠지요. 우리의 글이 닿아야 할 곳은 출판사가 아니라 독자입니다. 출판사는 그 과정에서 넘어야 할 하나의 벽에 불과합니다. 출판사도 결국 사람이거든요. 사람마다 글 보는 눈이 다르니 어떤 곳은 거절하고 어떤 곳은 인정하는 게 당연합니다.

황금 멘탈을 가진 사람들은 팩트에 주목합니다. 멘탈 약한 사람들은 감정에 휘둘립니다. 누가 비난을 하면, 그냥 그 사람의 눈이 그렇구나 팩트만 인정하면 그뿐입니다. 잘 쓴 글을 보면, 그냥 그 사람은 글을 잘 쓰는구나 팩트만 인정하면 됩니다. 출판사 거절을 받으면, 그냥 그 출판사는 내 글을 거절하는구나 팩트만 보면 그만이지요. 사실을 있는 그대로 보는 습관을 가지면 멘탈 강하게 키울 수 있습니다. 비가 내리면 그냥 비가 내린다 해야지, 비가 내려 외롭다 하면 벌써 멘탈 무너지는 겁니다.

초보 작가는 당연히 글을 잘 쓰지 못합니다. 하지만, 여기가 끝이 아닙니다. 지금 못 쓴다고 계속 못 쓰는 건 아니지요. 세상에 그런 사람이 어디 있습니까. 지금은 부족해도 노력하고 연습하면 점점 좋아집니다. 인생 이치가 그렇습니다. 연습도, 노력도 하지 않은 채 결과가 좋기만을 바라는 심보가 문제인 것뿐입니다.

여기가 끝이 아닙니다. 무너지고 쓰러져 한 치 앞도 보이지 않는 막막한 상황에 처하면 누구나 괴롭고 힘듭니다. 그럴 때는 잠시 숨을 돌리고, 지금 자신의 상황을 직시하고, 원인과 결과를 분석한 뒤 자신이 할 수 있는 일에만 집중하면 됩니다. 쓰러졌다 해서 그대로 드러눕는 게 문제이지, 다시 일어나 나아가기만 하면 아무것도 문제 될 것이 없습니다.

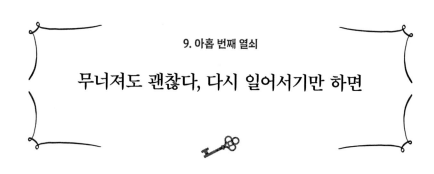

무너져도 괜찮다, 다시 일어서기만 하면

황금 멘탈을 가진 사람들은 멘탈 자체가 강한 경우도 있지만 회복력이 강한 경우가 훨씬 많습니다. 세상에 쓰러지지 않는 사람은 없습니다. 누구나 비바람 맞고 실패하고 사람 때문에 상처 받습니다. 꽃길만 걷길 바란다는 말을 무슨 축사처럼 남발하는데요. 그건 저주나 다름없습니다. 신이 인간을 실수와 실패를 할 수밖에 없도록 만든 것은 그것들로부터 배우고 성장하고 생을 확장시켜 나아가란 뜻이지요. 꽃길만 걸으면 아무것도 배울 수 없기 때문에 최악의 인생을 살게 되는 겁니다.

실수와 실패를 할 수밖에 없다면, 우리가 해야 할 일은 단 하나뿐이죠. 네, 맞습니다. 다시 일어서는 겁니다. 얼마나 빨리, 얼마나 거뜬히 일어나는가 하는 것이 곧 황금 멘탈의 정의라 할 수 있겠지요. 쓰러지고 넘어지는 건 아무 문제가 되지 않는다는 뜻입니다. 와우! 갑자기 막 신이 나기 시작합니다. 실수와 실패가 아무 문제 되지 않는다 하니, 이제 무슨 일이든 신나게 덤벼들 수 있을 것 같습니다. 실수하고 배우고, 실패하고 다시 일어서고. 이렇게 살아갈 수 있다면 두려울 게 하나도 없겠지요. 황금 멘탈을 가진 이들이 언제 어디서나 당당한 이유입니다.

자기 저서를 집필하다가 포기하는 사람 종종 있는데요. 처음 시작할 때는 의욕에 차서 열정적으로 쓰지만, 시간이 지나면 힘들고 어렵다는 이유로 주저앉게 되는 겁니다. 그럴 때 많은 이들이 자기변명을 하지요. 그래, 내가 무슨 책을 쓴다고. 아직은 때가 아니야. 나중에 나이 더 들어서, 내공이 더 쌓이면 그때 가서 써도 늦지 않아.

힘들고 어렵다는 이유로 포기하면 인생에서 해낼 수 있는 일은 아무것도 없습니다. 쉽고 편안한 일만 찾겠지요. 누구나 쉽게 할 수 있는 일은 가치가 없습니다. 가치 없는 일에는 '도전한다'라는 표현을 쓰지 않습니다. 어렵고 힘들기 때문에 가치 있고, 어렵고 힘들기 때문에 해내고 나면 보람 있는 것이지요.

중도에 멈출 수 있습니다. 누구나 마찬가지입니다. 신이 아닌 이상, 힘들고 어렵다 느끼는 건 당연합니다. 문제는, 그대로 주저앉아 불평과 불만만 늘어놓을 것인가, 아니면 또 다른 방법을 찾아 고민하고 연구하면서 한 걸음 더 나아갈 것인가 하는 선택입니다. 이렇게 글을 읽다 보면 당연히 후자가 옳다는 사실을 인정할 겁니다. 허나, 막상 본인이 시련과 역경의 한가운데 서게 되면 아무것도 보이지도 들리지도 않는다는 게 문제의 핵심입니다.

돈을 많이 벌겠다는 게 유일한 목표였습니다. 가족도 친구도 다 뒷전이었지요. 그렇게 돈에 눈이 멀어 무모한 사업을 벌였다가 실패했습니다. 모든 것이 한순간에 무너졌습니다. 파산하고 감옥에 갔지요. 처음엔 화가 나더군요. 돈 좀 많이 벌겠다는 게 이렇게까지 인생 파탄에 이르러야 할 일인가. 나보다 더 욕심 많이 부린 인간들도 다 멀쩡하게 사는데, 왜 나만 이렇게 박살이 나야 하는가. 세상과 타인을 향한 분노가 저를 힘들게 했습니다.

만약 제가 그대로 주저앉아 화만 내고 인생을 포기했더라면 지금의 저는 없었겠지요. 그 순간 다시 저를 일으켜준 것은 독서와 글쓰기였습니다. 책을 읽어 보니까 그 속에 등장하는 모든 인물들이 저 정도의 시련과 고통은 겪었더라고요. 저는 세상에서 제가 제일 힘든 줄 알았는데, 성공한 사람들이 겪은 역경은 저와 비교조차 하기 힘든 경우가 더 많았습니다. 그들이 해냈다면 저라고 못할 것도 없다는 생각이 서서히 자리 잡기 시작했습니다.

황금 멘탈을 가진 이들의 또 하나 공통점은, 어떤 일이 있어도 다시 일어선다는 사실입니다. 그들에게 무슨 일이 일어났는가 하는 것은 중요하지 않았습니다. 어떻게 다시 일어서는가 하는가만 핵심 문제였지요. 나약한 이들은 자신이 실패했다는 사실에만 초점을 맞춥니다. 황금 멘탈을 가진 사람들은 다시 일어서는 데에만 모든 역량을 집중합니다. 나약한 이들과 대화를 나누면 불평, 불만, 눈물, 하소연만 난무합니다. 황금 멘탈을 가진 이들과 대화해 보면 새로운 도전과 패기가 넘쳐납니다.

실패하지 않고 성공한 사람은 한 명도 없습니다. 실패는 성공의 필수 요소라 할 수 있지요. 성공하는 것이 목표라면, 반드시 실패를 해야 한다는 뜻입니다. 단 한 번의 도전으로 성공했다면 그것은 기뻐해야 할 일이 아니라 오히려 불안해야 할 상황이죠. 실패를 하지 않았으니 완전한 성공이라 할 수 없고, 머지않아 더 큰 실패를 할 수도 있기 때문입니다.

감옥에 앉아 다시 삶을 일으킬 생각만 했습니다. 그럴 때마다 자꾸만 나 자신이 실패해서 최악의 상황에 처해 있다는 사실이 떠올랐습니다. 인생 전 과정을 놓고 봤을 때, 나는 지금 성공의 직전에 와 있다! 지금 이 시기만 잘 극복하면 평생의 스토리를 멋지게 장착할 수 있을 것이다! 화장실에서 거울 보며 소리 내어 말했고, 매 순간 중얼거렸고, 글 쓰면서 다짐했습니다.

실패하면 아프고 힘듭니다. 그러나, 이것은 성공하기 위해 겪어야 할 필수 과정입니다. 근육이 끊어지고 부서진 후 다시 연결될 때 비로소 더 단단하고 큰 근육이 만들어지는 법이지요. 몸을 만들고 싶다면, 가장 먼저 해야 할 일은 근육을 부수는 일입니다. 인생 성공하고 싶다면, 가장 먼저 현재의 인생을 박살내야 합니다. 안전하고 따뜻한 비닐하우스를 벗어나 차갑고 냉철한 현실을 마주해야만 더 강해질 수 있습니다.

무너졌다는 사실에 집중하지 마세요. 다시 일어선다는 사실에만 초점 맞춰야 합니다. 황금 멘탈을 장착하게 되면, 남은 인생에서 아무리 힘들고 어려운 순간 마주해도 두려울 게 없습니다.

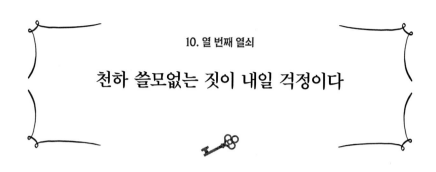

10. 열 번째 열쇠
천하 쓸모없는 짓이 내일 걱정이다

'이제 내 인생은 끝장났다. 거지처럼 살게 되겠지.'

'며칠 후면 감옥에 가야 한다. 난 이제 어떻게 되는 건가.'

'막노동이라니! 죽을 때까지 이 고생을 해야 한단 말인가.'

'돈이 없다. 앞으로 어떻게 살아야 하나.'

'내가 쓴 책이 독자들에게 아무런 반응도 일으키지 못하면 어쩌나.'

허구한 날 걱정이었습니다. 한마디로 '내일 걱정'이었죠. 실패로 인한 쓰나미가 너무 컸던 탓도 있었고, 앞으로의 계획이나 가능성이 전혀 보이지 않았던 때문이기도 합니다. 걱정이 많으니 가슴이 답답했고, 그래서 매일 술만 퍼마셨지요. 답이 없는 걱정만 가득해서 어떻게든 그걸 잊고 회피하려고 취했던 겁니다. 결국 저는 아무런 답도 구하지 못한 채 전과자, 파산자가 되었지요.

위 다섯 가지 걱정은 어떤 결론으로 이어졌을까요? 첫째, 걱정한 일 중 대부분은 일어나지 않았습니다. 저는 거지가 되지도 않았고, 죽을 때까지 막노동을 하는 일도 없었고, 돈도 벌었고, 독자들 반응도 있었습니다. 둘째, 걱정한 일이 실제로 일어나는 경우도 있었지만 생각만큼 최악은 아니었습니다. 감옥에 갔지요. 그걸로 제 인생 끝인 줄 알았습니다. 하지만, 감옥이라는 곳에서도 저는 거뜬히 견뎌냈고, 새로운 인생 맞이할 준비도 할 수 있었습니다.

걱정하는 일은 대부분 일어나지 않습니다. 설령 일어난다 하더라도 미리 걱정한 만큼 최악인 경우는 드뭅니다. 더 중요한 것은, 미리 걱정하는 습관이 이후의 내 삶에 아무런 도움 되지 않는다는 사실입니다. 걱정해서 더 좋아지는 일 없습니다. 걱정해서 미리 좋은 대안 마련하는 경우도 없습니다. 걱정은 그저 걱정일 뿐입니다. 마음 상하고, 몸 상하고, 스트레스 받고, 의욕 상실하고, 부정적인 생각 습관 갖게 되고, 두려움에 떨게 되고, 우울해지고, 인간관계 불편해지고, 주변 사람들까지 괴롭게 만들고, 시간 낭비하고, 해야 할 일 못하게 되고, 이런저런 핑계와 변명 뒤로 숨게 되고, 그러면서도 자신은 그럴 수밖에 없었다며 스스로 정당화하게 됩니다. 천하 쓸모 없는 것이 '내일 걱정'입니다. 담배보다 더 해롭습니다.

걱정도 습관입니다. 걱정하는 사람은 매일 걱정합니다. 한 번쯤 독한 마음을 품고 걱정하는 습관을 뿌리 뽑아야 합니다. 어떻게 해야 할까요? 어떻게 해야 걱정하지 않고 진취적이며 적극적인 마음으로 삶을 마주할 수 있을까요?

첫째, 걱정이 아무짝에도 쓸모없는 생각임을 제대로 인식해야 합니다.

둘째, 자신이 지금 어떤 생각 어떤 기분인가 관심을 가지고 주목해야 합니다.

셋째, 걱정하고 있다 판단되면, 즉시 멈추고 다른 좋은 생각을 해야 합니다. 스마트폰에 행복한 사진을 담아두어도 좋고, 지갑에 아이들 사진 넣어놔도 좋습니다.

넷째, 자신의 현재와 미래가 점점 좋아지고 있다는 확신을 가져야 합니다.

다섯째, 어떤 일이 닥쳐도 맞부딪쳐 이겨내겠다는 패기와 배짱을 길러야 합니다.

황금 멘탈을 가진 이들은 잘 알고 있습니다. 아무리 힘들고 어려운 일 닥쳐도 그것이 내 인생을 뿌리째 뽑아내지는 못한다는 사실을 말입니다. 세상에는 우리가 차마 상상조차 할 수 없을 만큼 고통스러운 일을 당하는 사람도 적지 않습니다. 그 고통에 몸부림치며 절망하고 좌절하는 이가 있는가 하면, 참고 견뎌 결국은 이겨내는 사람도 분명 많이 있습니다. 걱정과 근심은 다시 일어서는 삶에 아무런 도움 되지 않습니다. 이겨내겠다는 마음, 그 무엇도 나를 쓰러뜨릴 수 없다는 기백만이 삶의 무게를 지탱할 수 있게 해줍니다.

내일 폭풍이 몰려온다고 합니다. 방구석에 앉아 걱정하는 게 맞을까요, 아니면 지붕 고치고 주변 물길 파고 축대를 튼튼하게 고정하는 게 맞을까요. 네, 맞습니다. 당연히 적극적으로 움직이는 게 폭풍을 대비하는 바람직한 태도일 테지요.

인생에는 두 가지 일밖에 일어나지 않습니다. 내가 어떻게 할 수 있는 일, 그리고 내 힘으로는 어쩌지 못하는 일. 만약 무슨 일 때문에 걱정이 된다면 다음 순서대로 생각해보길 바랍니다.

① 이 문제의 원인은 무엇인가.
② 원인을 없애는 해결책은 무엇인가.
③ 해결책은 내가 통제할 수 있는 일인가.
④ 통제할 수 있다면 즉시 그 일을 하고
⑤ 통제할 수 없다면 과감히 내려놓고 할 수 있는 다른 일을 한다.

그럼에도 많은 이들이 스스로 통제할 수 없는 일에 매달려 시간을 낭비합니다. 걱정하는 습관 없애지 못하면 인생 점점 더 힘들어질 겁니다. 자기 인생뿐만 아니라 주변 사람들 인생까지 불편하게 만들지요. 성공하고 싶다면, 더 나은 삶을 원한다면, 강한 멘탈 갖고 싶다면, 제일 먼저 걱정하는 습관부터 뜯어고쳐야 합니다.

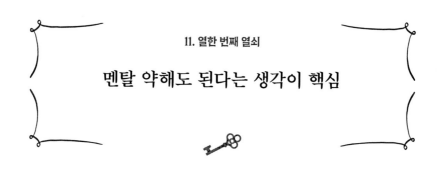

멘탈 약해도 된다는 생각이 핵심

강박은 사람을 힘들게 합니다. 공부 잘해야 한다, 돈 많아야 한다, 인간관계 원활해야 한다, 좋은 회사에 취직해야 한다, 제 나이에 결혼해야 한다, 아이는 몇을 낳아야 한다…. 이렇게 '- 해야 한다'라는 모든 종류의 강박들이 우리를 불행하게 만드는 요인입니다. 무슨 일이든 나름의 이유와 정당성을 갖추면 아무 문제 될 것이 없습니다.

운동을 좋아하는 친구가 있습니다. 공부는 기본만 하고 운동을 열심히 해서 국가대표로 성공하길 꿈꿉니다. 그래서 이 친구는 공부보다 운동에 더 무게를 두고 학창 시절을 보냅니다. 무슨 문제가 있을까요? 학생은 무조건 공부를 잘해야 한다는 강박에 싸여 있다면, 이 친구는 공부도 운동도 제대로 하지 못할 게 뻔합니다. 매 순간 공부해야 한다는 강박으로 책상 앞에 앉아 있으면서, 머릿속으로는 운동하는 자신의 모습을 그리기만 하겠지요.

세상에는 멘탈 강한 사람도 있고 약한 사람도 있습니다. 멘탈은 타고나는 게 아니라 여러 가지 요인으로 만들어지는 것이죠. 만약 자신이 황금 멘탈을 지니고 있다면, 그것으로 고난과 역경을 극복하며 살아가면 됩니다. 반면, 멘탈이 약해서 쉽게 무너지고 상처받는 사람이라면 멘탈 강한 사람들보다 조금 더 주의를 기울이고 꼼꼼하게 준비하고 계획하면서 살아가면 됩니다. 멘탈 약한 것이 인생을 불행하게 살 이유가 될 수는 없습니다.

가장 중요한 것은, 멘탈이 약해도 살아가는 데 아무 문제 없다는 사실을 인정하는 태도입니다. 무슨 일이든 자신의 상황과 현실을 직시하는 데에서 시작해야 합니다. '문제'가 있다고 생각할수록 '문제'는 점점 더 커지고, 또 당사자는 이를 심각하게 받아들이게 됩니다. 더 나은 삶을 위해 보완하고 개선하면 된다, 가볍게 여기고 접근해야 풀이도 수월해집니다.

멘탈이 약해도 아무 문제 없다고 생각해야 한다면서 저는 이 책을 왜 쓰고 있는 걸까요? 인생의 개념을 '확장'으로 보아야 한다고 믿기 때문입니다. 많은 이들이 자신에게 무슨 문제나 하자가 있어서 바꾸고 고쳐야 한다고 생각하는데요. 저는 다르게 생각합니다. 우리 모두에게는 아무런 문제가 없습니다. 신이 우리를 하자투성이로 만들었을 리 없습니다. 괜찮습니다. 좋습니다. 그런데, 더 좋아질 수 있다는 거지요. 이미 충분하지만, 더 나은 삶을 향해 나아가야 합니다. 가능성과 잠재력이 있는데도 안주한다면 그것은 자기 인생에 대한 예의가 아닙니다. 타고난 능력과 가능성을 최대한으로 뽑아내야 후회 없는 인생을 살아갈 수 있습니다.

멘탈 약한 것이 무슨 문제냐 하자는 아니지만, 더 강한 정신력을 지닐 수 있다면 당연히 노력해야 마땅합니다. 공부 못하는 게 인생 실패를 뜻하는 건 아니지만, 더 잘할 수 있는 능력 있다면 당연히 시도하고 도전해야 합니다. 인간관계 어려워하는 사람 있지요. 그럴 수 있습니다. 하지만, 자신에게 사람들과 어울릴 수 있는 재능이 잠재되어 있다면 그 능력을 개발하고 확장하는 것이 더 나은 인생을 위해 도움 되겠지요.

황금 멘탈을 가진 사람들은 자신에게 무슨 문제가 있다는 생각을 하지 않습니다. 더 잘할 수 있고, 더 나아갈 수 있고, 더 좋아질 수 있다는 사실을 믿을 뿐입니다. 그래서 황금 멘탈을 가진 사람들은 매 순간 노력을 게을리하지 않는 겁니다.

사람의 생각은 꼬리를 무는 습성이 있습니다. 한번 부정적인 생각에 빠져들면 계속 안 좋은 생각을 하게 됩니다. 나는 멘탈이 약해서 문제야. 이런 생각을 하기 시작하면, 뭔가 조금만 일이 풀리지 않아도 약한 멘탈 때문에 그런 거라고 변명과 핑계를 대곤 하지요. 실제로 자신에게 일어난 문제를 얼마든지 슬기롭게 극복하고 해결할 수 있음에도 약한 멘탈 탓으로 돌리는 바람에 극복할 노력조차 하지 않게 되는 겁니다.

감옥에서 만났던 사람들이 주로 하는 말이 있습니다. 부모 잘못 만나서, 돈이 없어서, 사회구조가 마땅찮아서, 기회가 없어서, 나쁜 친구들 만나서, 공부할 환경이 좋지 못해서…. 그들은 입만 떼면 세상과 타인을 탓합니다. 세상과 타인 때문에 자신에게 어떤 문제가 생겼다고 주장하지요.

황금 멘탈을 가진 사람들은 정반대로 얘기합니다. 부모가 능력이 없었지만 그럼에도, 돈이 없었지만 그럼에도, 사회구조가 마땅찮았지만 그럼에도, 기회가 없었지만 그럼에도, 나쁜 친구들 만났지만 그럼에도, 공부할 환경이 좋지 못했지만 그럼에도…. 그들은 항상 '자신의 태도와 노력'에 초점 맞춥니다.

멘탈이 약한 것이 정말로 문제가 된다고 생각합니까? 아니면, 약한 멘탈을 핑계 삼아 그 뒤로 숨는 것이 편하고 쉬워서 그러는 겁니까? 다시 강조합니다. 멘탈이 약하다는 사실 자체는 아무런 문제가 되지 않습니다. 더 강한 멘탈을 갖기 위해 노력하지 않고 머물러 자포자기하는 태도가 문제인 것이지요.

누구나 황금 멘탈을 장착할 수 있습니다. 이 책에 나오는 60가지 멘탈 강화 훈련을 익히고 실천하면 어떤 고난 앞에서도 무릎 꿇지 않는 강인한 정신력을 키울 수 있습니다. 자신에게 그럴 만한 능력과 재능이 있다는 사실을 믿어야 합니다.

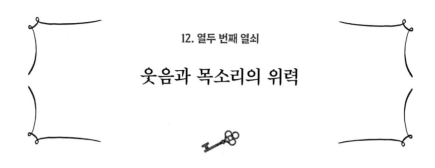

12. 열두 번째 열쇠

웃음과 목소리의 위력

감옥에서 웃었습니다. 같은 방을 쓰는 사람들이 저를 보고 미쳤다 하더군요. 막노동 현장에서도 웃었습니다. 같이 일하는 사람들이 제게 화를 냈습니다. 일이 장난이냐고 말이죠. 웃으면 미친놈 소리를 듣는 세상, 웃으면 일을 장난으로 여긴다고 생각하는 세상. 그래서 저는 더 웃었습니다. 사업 실패하고 더 이상 잃을 것이 아무것도 없었기 때문에 미친놈처럼 장난처럼 그렇게 살아도 되겠다고 생각했습니다.

미친놈의 삶은 점점 좋아졌습니다. 장난처럼 사는 인생은 빠른 속도로 나아졌습니다. 웃음의 위력은 상상을 초월했습니다. 먼저, 제 마음이 편안했습니다. 세상 시름 다 안고 사는 사람처럼 인상 팍팍 썼던 시절에는 하는 일마다 꼬이고 인간관계 엉망이었거든요. 그런데, 웃음 가득 품고 살기 시작한 후로는 손대는 일마다 승승장구했고 사람 관계도 좋아졌습니다.

웃음의 위력을 알고 난 후부터 더 많이 웃었습니다. 사람을 만나면 먼저 웃었고, 상대를 웃기기 위해 노력했고, 불편한 말을 들어도 웃었고, 분위기 살벌할 때도 웃었습니다. 웃음은 걱정과 근심을 줄여주었고, 살아가는 기쁨을 느끼게 해주었으며, 밤에 잠도 잘 자게 해주었습니다.

사람들에게 웃어보라 했습니다. 제 말을 들은 사람 중에는 멋쩍게 웃는 사람도 있었고, 아예 고개를 숙이며 저를 피하는 사람도 많았습니다. 인상 쓰고 있다가 갑자기 웃기가 민망했던 탓이겠지요. 때로는 뭐 웃을 일도 없는데 자꾸 웃으라 하냐며 못마땅한 표정을 짓는 사람도 눈에 띄었습니다. 우리나라 사람들은 웃음에 인색합니다. 외국에서는 길 가다가 낯선 사람 보고 미소를 지으면 상대도 웃어준다 합니다. 우리나라에서는 길에서 낯선 사람 보면서 웃으면 싸움 나지요. 영어로는 'birds singing'이라 하는데 우리말로는 '새가 운다'입니다. 한이 서려 있는 민족이라 그럴 수도 있겠지만, 어쨌든 제 경험으로 보면 웃는 것이 모든 성공과 성장의 기본이라 할 수 있겠습니다.

표정 밝은 사람과 함께 있으면 나까지 기분 좋아집니다. 표정 어두운 사람과 같이 있으면 나도 기분 가라앉습니다. 웃음은 주변 사람들의 마음에까지 영향을 미치는 에너지란 뜻이지요. 이왕이면 선하고 즐겁고 유쾌한 에너지를 뿜어내는 사람이 되어야 하지 않겠습니까.

웃음 못지않게 삶에 긍정적인 영향을 미치는 요소가 또 한 가지 있습니다. 목소리입니다. 저는 한 달 평균 25회 강의를 하는데요.

예전에는 오프라인으로 대면 수업을 하다가 코로나19 사태 이후 온라인으로 전환했습니다. 온라인 강의는 시스템이 중요합니다. 화질, 음향, 인터넷 연결 등 어느 하나 소홀히 준비할 수 없지요. 그중에서도 제가 가장 중요하게 여기고 장비도 고가의 제품을 쓰는 것이 바로 마이크입니다.

다른 분야 강의를 듣다 보면 강사의 목소리가 들릴 듯 말 듯한 경우 있습니다. 집중은커녕 듣기도 싫다는 생각이 듭니다. 무슨 소린지 알아들을 수 있어야 집중을 하든 이해를 하든 할 것 아니겠습니까. 시스템 문제인지 강사 목소리가 원래 작은지는 알 수 없으나, 그런 강의를 들을 때마다 상대방에게 전해지는 '소리'의 크기와 정확도가 얼마나 중요한가 생각하게 됩니다.

목소리는 크고 분명해야 합니다. 내가 전하고자 하는 말의 의미가 상대에게 명확하게 전달되어야만 소통이 원활하겠지요. 말이 분명하지 못하거나 목소리가 작아서 잘 들리지도 않는 경우라면 말하는 사람에 대한 신뢰나 내용 이해도가 급격히 떨어질 겁니다.

아울러, 목소리를 크고 분명하게 하면 자신감이나 긍정적인 기분도 상승하는 효과를 볼 수 있습니다. 우울하거나 슬프거나 괴로울 때 어떤 자세 어떤 목소리가 되나요? 네, 그렇지요. 고개는 떨구고 어깨는 움츠러들고 목소리는 기어 들어갑니다. 감정이 태도와 목소리에 영향을 미친다는 뜻입니다. 중요한 것은, 그 반대도 똑같이 형성된다는 사실입니다. 태도와 목소리를 바꾸면 감정도 변화한다는 소리지요. 고개를 들고 어깨를 펴고 목소리를 크게 하면 자신감 생기고 당당하며 유쾌하고 즐겁고 활력 넘치는 기분 느끼게 됩니다.

감정을 내 마음대로 바꾸기란 힘들지만, 태도와 목소리 바꾸는 건 얼마든지 할 수 있거든요.

시련을 겪는 사람이 산에 올라가 두 손을 번쩍 치켜들고 소리를 꽥 지르고 나면 한결 기분이 나아지는 것도 이러한 맥락에서 설명 가능합니다. 오후에 나른하게 졸음 쏟아질 때, 자리에서 벌떡 일어나 양손을 허리춤에 대고 고개를 치켜들고 "악! 악! 악!" 소리를 지르면 잠이 확 달아나면서 의욕도 생깁니다.

웃어야 합니다. 미친 듯이 웃어야 합니다. 목소리 크고 당당하게 내야 합니다. 고개 들고 어깨 펴야 합니다. 지금 이 글을 쓰고 있는 저는 전과자, 파산자입니다. 죄짓고 감옥에까지 다녀온 제가 '당당하게 웃으며 살라'는 말을 하고 있는 것이지요. 이 글을 읽는 독자 여러분이 고개를 숙일 이유가 뭐가 있겠습니까.

황금 멘탈을 가진 사람들은 언제 어디서나 여유 있어 보입니다. 그들의 얼굴에는 늘 웃음기가 번지고, 고개와 어깨는 항상 위와 앞을 향해 있지요. 돈 많고 성공해서 당당한 게 아니라, 당당했기 때문에 성취한 겁니다. 그들은 웃음과 목소리의 위력을 알고 있습니다. 특히, 힘들고 어려운 때일수록 많이 웃고 목소리 분명하게 해야 위기를 돌파할 수 있다는 사실을 일찌감치 깨달은 거지요. 멘탈이 강해서 웃는 게 아닙니다. 웃으면 멘탈이 강해집니다. 황금 멘탈을 소유했기 때문에 목소리가 크고 당당한 게 아닙니다. 목소리를 크고 당당하게 내면서 황금 멘탈을 갖게 된 것이지요.

지금 당장 큰 소리로 한번 웃어 보세요. 목소리도 크고 당당하게 내보세요. 이전과는 다른 세상을 만나게 될 겁니다.

'좋은 생각' 스위치

운전 중에 앞차가 깜빡이도 켜지 않은 채 끼어듭니다. 순간 짜증이 팍 치솟습니다. 급히 차선을 바꿔 앞차 옆으로 갖다 대고는 창문을 내립니다. "야! 운전 똑바로 해 인마! 사고 날 뻔했잖아!" 욕설과 함께 소리를 지릅니다. 상대의 반응은 다양합니다. 얼굴을 붉히며 미안하다는 손짓을 하기도 하고, 별 미친놈 다 보겠다는 표정을 지으며 그냥 무시하고 가는 사람도 있고, 되려 더 큰 소리로 욕을 하며 싸우겠다는 듯 덤벼드는 사람도 있습니다.

상대가 어떤 반응을 보이든, 나에게 좋은 점은 무엇일까요? 화를 내고 욕을 하며 소리를 지른 결과, 내게는 어떤 이득이 있는 걸까요? 상대가 미안하다는 손짓을 한다고 해서 내가 승리한 걸까요? 상대가 그냥 나를 무시하면 기분이 더 나빠지지 않을까요? 오히려 더 화를 내며 덤벼들면 큰 싸움으로 번지지 않겠습니까? 네, 맞습니다. 짜증이 난다고 해서 화를 내고 욕을 했을 때 나에게 도움이 되는 점은 하나도 없습니다. 감정, 시간, 위험 등 손해만 봅니다.

운전할 때뿐만이 아닙니다. 일상을 살아가다 보면 이렇게 순간적으로 욱할 때가 많지요. 사람의 감정은 마음대로 조정하기가 어려워서 순간적으로 화가 치솟을 때 통제하기가 힘듭니다. 저는 이렇게 매 순간 치솟는 감정 때문에 사고도 많이 쳤고, 인생에서 손해도 많이 보았습니다. 지금은 다릅니다. 기가 막힌 인생 스위치를 찾았기 때문입니다.

"좋은 생각!"

화가 나거나 우울할 때, 실망하거나 좌절할 때, 시기와 질투 감정이 생길 때. 뭐가 됐든 부정적인 감정이 마음속에 꿈틀거린다 싶을 때마다 "좋은 생각!"이라고 큰 소리로 말합니다. 이왕이면 표정도 환하게 웃으면서 말하면 더 효과적입니다. 머릿속으로, 마음속으로 '좋은 생각을 해야 한다'라고 되뇌이는 것은 별 효과가 없습니다. 반드시 소리내어 말해야 합니다. 이렇게 하면 방금 치솟았던 불쾌한 감정이 가라앉고 얼른 좋은 생각 쪽으로 전환할 수 있습니다.

주의할 점이 있습니다. 평소에 자신에게 좋은 생각이 어떤 것인지 미리 몇 가지 정해놓아야 합니다. 저 같은 경우에는 총 세 가지 생각을 마련해두었는데요. 첫째, 무대 위에 올라 수강생들의 환호와 박수를 받으며 강의하는 모습입니다. 둘째, 아들 어렸을 때 귀엽게 재롱떨던 모습입니다. 셋째, 첫 번째 책 계약서에 사인하던 모습입니다. 이렇게 세 가지 장면을 자주 떠올리다 보니, 어떠한 경우에도 자동으로 그 모습들을 선명하게 상상할 수 있게 되었습니다.

부정적인 생각이나 불쾌한 감정이 생길 때 굳이 이렇게까지 해야 하는 이유가 무엇일까요? 나 자신을 위해서입니다. 아까도 말했지만, 순간적으로 욱하는 감정은 스스로에게 아무런 도움 되지 않습니다. 오히려 해만 끼칩니다. 득이 될 게 아무것도 없는 감정 때문에 손해만 보면서 사는 것은 참으로 어리석은 인생이겠지요. "좋은 생각!" 스위치를 켜서 얼른 생각의 전환을 일으키는 것이 지혜롭고 현명한 방식입니다.

"긍정적으로 생각하고 말하고 행동해야 한다!"라는 말, 아마 귀가 따갑도록 들어왔을 겁니다. 그럼에도 실행하기가 쉽지 않지요? 너무 많이 들어서 익숙해졌기 때문이기도 하고요. 학습만 하고 실천을 하지 않은 탓이기도 합니다. 황금 멘탈을 가진 이들은 긍정의 위력을 누구보다 잘 알고 있습니다. 그들은 부정적인 생각이나 불편한 감정이 삶에 치명적이란 사실을 알고, 그것들이 자기 삶을 침범하지 않도록 늘 경계하며 주의를 기울입니다.

실패했을 때도 어떻게든 좋은 쪽으로 생각하고, 한 치의 희망조차 보이지 않을 때도 낙천적으로 생각하며, 슬픔에 빠졌을 때도 마음 회복에 최선을 다합니다. 생각이 인생을 만듭니다. 삶이 잘 풀리지 않는다 싶은 사람들 만나 대화해보면, 예외 없이 불평과 불만 등 부정적인 생각들로 가득 차 있다는 사실을 알 수 있습니다. 더 중요한 것은, 그들은 자신이 부정적이란 사실을 아예 모르고 있다는 거지요. 제가 아무리 좋게 생각하라고 권해도 "네 일 아니라고 쉽게 말하지 마라!" 하며 되려 화를 냅니다.

부정적인 생각, 불편한 감정을 느끼고 있을 때 순간적으로 마음을 바꾸는 것이 쉬운 일은 아닙니다. 그래서 평소에 연습과 훈련을 해두어야 하는 거지요. 연습과 훈련이라고 하지만 특별한 건 아닙니다. 첫째, 좋은 생각을 해야 인생이 좋아진다는 사실을 인식해야 하고요. 둘째, 부정적인 생각은 털끝만큼도 용납하지 말아야 한다는 사실을 받아들여야 하고요. 셋째, 틈만 나면 "좋은 생각!"이라는 인생 스위치를 켜야 합니다. 생각이 인생을 바꾼다는 사실을 한 번만 경험해보면, 두 번 다시 쓰레기 같은 생각 하지 않게 될 겁니다.

황금 멘탈을 가진 이들의 말 습관 하나를 소개합니다. 그들이 절대로 하지 않는 말이 하나 있는데요. 그것은 바로 "어쩔 수 없다!"입니다. 대부분 사람이 외부 사건이나 환경으로 인해 부정적인 생각이나 불편한 감정 느끼는 걸 "어쩔 수 없다!" 하며 받아들이는데요. 황금 멘탈을 가진 이들은 자신의 감정조차 스스로의 힘으로 통제할 수 있다고 믿습니다. 말로만 주도적 인생이라 하지 말고, "좋은 생각!" 스위치를 통해 생각과 감정을 바꾸는 연습 꼭 해보시길 바랍니다.

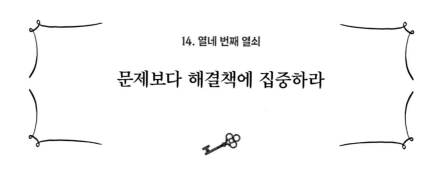

문제보다 해결책에 집중하라

황금 멘탈을 가진 사람들은 어떤 고난이나 역경이 닥쳐도 흔들리지 않습니다. 설령 비바람에 쓰러진다 하더라도 오랜 시간 주저앉아 있는 게 아니라 금세 다시 일어섭니다. 그들이 이렇게 강인한 정신력을 갖추고 살아갈 수 있는 이유는, 문제보다 해결책에 집중하기 때문입니다.

문제가 하나도 없는 완벽하고 깔끔한 인생을 바라는 사람 많습니다. 하지만, 그런 인생은 없습니다. 우리 삶은 매 순간 문제의 연속이지요. 하나를 해결하고 나면 또 다른 문제가 닥칩니다. 인생의 의미는 '완벽하고 깔끔한 꽃길'이 아니라, 문제를 하나씩 해결하는 과정에서 더 강해지고 지혜롭게 바뀌어가는 '확장'에 있습니다.

어린 자녀가 물컵을 떨어뜨렸다고 가정해봅시다. 가장 먼저 해야 할 일은 아이가 다치진 않았는지 확인하는 것이고요. 다음으로 깨진 유리 조각을 치워야 하겠지요. 그런 다음 쏟아진 물을 닦습니다. 마지막으로, 아이에게 다음부터 조심하라고 잘 타일러야 합니다. 물컵을 떨어뜨린 것은 문제의 발생입니다. 순서대로 언급한 것은 해결책에 해당합니다. "어휴! 내가 너 때문에 진짜 못살아!", "내가 조심하라고 했잖아! 어쩔 거야 이제!", "힘들어 죽겠는데 아주 일거리를 만드는구나!" 이런 생각이나 말들은 문제 자체에만 연연하는 습성입니다. 해결에 아무런 도움 되지 않고 감정만 상할 뿐이지요. 이렇게 화를 내거나 푸념을 쏟아내고 나면 그걸로 끝나는 게 아닙니다. 시간이 흘러도 그때의 속상함이 계속 남아 마음을 어지럽히곤 하지요. 화와 짜증을 전달받은 자녀의 기분도 좋을 리 없습니다. 동생이나 친구 등 또 다른 누군가에게 감정풀이를 할 게 뻔합니다. 악순환이 반복된다는 뜻입니다.

사업에 실패하고 많은 빚을 졌을 때, 어떻게든 문제를 해결하기 위해 노력했어야 합니다. 당장 돈을 구할 방법이 없다면 채권자들을 일일이 만나 상황을 있는 그대로 얘기하고 언제까지 어떻게 돈을 갚겠다 양해라도 구했어야 합니다. 뻔하고 당연한 말이지요.

그런데 저는 무엇을 했을까요? 매일 술만 퍼마셨습니다. 현실을 회피하려고만 했지요. 자고 일어나면 모든 문제가 저절로 해결되었으면 좋겠다는, 어처구니없는 망상만 했습니다. 문제를 해결하기 위한 노력은 하나도 하지 않고, 문제가 벌어진 상황을 두려워하면서 하소연과 푸념, 불평과 불만, 세상과 타인을 향한 분노만 쏟아내며 하루하루 보냈습니다. 실패는 누구나 합니다. 하지만, 모든 실패자가 저처럼 감옥에 가고 파산을 하는 건 아니거든요. 해결책에 초점 맞추는 황금 멘탈을 가진 사람들은 실패로 추락했다가도 기어이 다시 절벽을 기어 올라옵니다. 문제에만 연연했던 저는 끝도 없이 추락만 했던 것이지요.

제 주변에는 돈을 많이 벌고 싶다고 입버릇처럼 말하는 친구들이 있는데요. 그들의 하루를 가만히 지켜보면, 돈을 버는 것과 관련된 행동을 하는 시간보다 시대와 나라와 현실을 탓하고 불평하는 시간이 훨씬 많다는 사실을 알 수 있습니다. 그들의 입에서는 항상 '문제'만 나옵니다. 이래서 문제이고 저래서 문제입니다. 누가 더 많은 문제를 얘기하는가 내기라도 한 것 같습니다.

작가의 꿈을 가지고 저를 찾아오는 이들 중에도 해결책보다 문제에 더 집착하는 사람 많습니다. 책을 출간하고 싶다 하면서도 글은 전혀 쓰지 않습니다. 글쓰기가 어렵다, 힘들다, 주제 정하기가 막막하다, 시간이 없다, 문장력이 부족하다, 피곤하다, 머리가 아프다, 집중이 잘되지 않는다, 가족이 반대한다, 아이들 때문에 글을 쓸 수가 없다…. '그래서 어떻게 하겠다' 하는 말은 한마디도 없습니다. 그저 문제만 줄줄 쏟아내고 있습니다. 제가 무슨 신도 아니고, 그렇게 많은 문제들을 쏟아내는 사람에게 무슨 비법을 전해줄 수 있겠습니까. 책을 출간하고 작가가 되는 사람들은 문제가 하나도 없어서 매일 글을 쓴 걸까요? 결코 그렇지 않습니다. 이 세상 글 쓰는 사람들은 모두 제각기 나름의 문제를 안고 있습니다. 우리와 다를 바 하나도 없습니다. 그럼에도 그들은 해결책에 집중합니다. 어떻게 하면 쓸 수 있을까. 뭔가 방법 하나라도 생각나면 즉시 글을 씁니다. 문제가 없어서 글을 쓰는 게 아니라, 문제가 많음에도 해결책에 집중하면서 한 걸음씩 나아가는 것이지요.

사람 때문에 감정 상했을 때도 다르지 않습니다. 직접 만나 터놓고 대화를 하든지, 그 사람과의 관계를 정리하든지, 아니면 아예 그 사람이 한 말을 무시하든지, 어떤 식으로든 적극적인 대처를 하는 것이 나의 정신 건강에 좋습니다.

생각보다 많은 사람이 혼자서 끙끙 앓거나 또 다른 이들을 만나 험담을 하는 식으로 감정 소모를 합니다. 해결책이 아니라 문제만 더 크게 만드는 셈이지요.

사람들이 해결책보다 문제에 집착하고 연연하는 이유는 무엇일까요? 그것이 더 쉽기 때문입니다. 적극적으로 문제를 직시하고 풀어내기 위해 고민하는 것은 어렵고 힘든 과정입니다. 그냥 투덜대는 것이 훨씬 쉽지요.

하지만 기억해야 할 것이 있습니다. 더 나은 인생을 위해서는 반드시 힘들고 어려운 과정을 선택해야 한다는 점입니다. 황금 멘탈을 가진 이들은 고난을 기꺼이 선택합니다. 그 뒤에 오는 성취와 희열을 잘 알기 때문입니다. 문제에 빠져 있지 말고 해결책에 집중하세요. 내가 통제할 수 있는 문제인가. 내가 할 수 있는 일은 무엇인가. 건설적인 생각 습관이 인생 문제를 해결해줍니다.

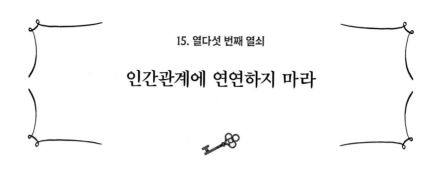

15. 열다섯 번째 열쇠

인간관계에 연연하지 마라

온 마음과 정성 다해 상대를 위해주었는데, 어느 순간 뒤통수를 치거나 허탈하게 떠나버리는 사람 겪은 적 있을 겁니다. 상처를 받지요. 마음이 아픕니다. 어떻게 저럴 수가 있나. 한동안 슬픔과 배신감에서 벗어나기 힘듭니다.

또 다른 경우도 있습니다. 내가 무슨 특별한 잘못도 하지 않았는데, 나에 대해 험담을 늘어놓는 사람들. 그들은 나를 싫어합니다. 이유는 잘 모르겠습니다. 자기 마음에 들지 않는 구석이 있겠지요. 하지만 억울합니다. 내가 뭘 그리 잘못했길래. 주변 다른 사람들도 그의 이야기를 들으면서 저에 대한 인식을 좋게 가질 리 없습니다.

가까이하고 싶은 사람은 떠나고, 싫은 사람은 곁에 찰싹 붙어 있는 경우도 많습니다. 인간관계가 참 마음같이 안 됩니다. 인생 스트레스 중에서 큰 부분을 차지하는 것이 바로 인간관계입니다. 저도 사람 때문에 마음고생 많이 했습니다. 누군가로부터 상처를 받기도 했고, 또 저도 모르는 사이 남에게 상처를 준 적도 많을 테지요. 인간관계에 대해 나름의 철학을 정립하는 것이 행복하고 평온한 삶을 만드는 데 큰 도움이 될 겁니다.

첫째, 떠날 사람은 떠납니다. 내가 아무리 좋아하고, 붙잡고 싶어 해도 갈 사람은 결국 갑니다. 움켜쥘 수 있는 게 아니란 뜻입니다.

둘째, 아무리 싫어도 곁에 있을 사람은 곁에 있습니다. 이 또한 마찬가지입니다. 가라고 소리를 질러도 꼼짝하지 않습니다.

셋째, 나비를 좇으면 나비는 떠납니다. 정원을 가꾸면 나비가 몰려듭니다. 사람을 좇으면 사람은 떠납니다. 나를 가꾸면 사람들이 몰려듭니다.

넷째, 끼리끼리 모입니다. 내가 품격 있게 놀면, 주변에 품격 있는 사람들 몰려옵니다. 내가 허섭하게 놀면, 주변에 허섭한 사람들 몰려옵니다.

다섯째, 사람의 진가를 보는 데에는 시간이 걸립니다. 처음엔 엉망이다 싶었는데, 시간이 지날수록 진국인 사람 있고요. 처음엔 홀딱 반했으나, 시간이 지날수록 형편없는 사람도 많습니다.

여섯째, 죽음에 이르렀을 때 다른 사람이 나를 어떻게 생각하는가 신경 쓰는 사람 한 명도 없습니다. 우리가 관심 가져야 할 것은, 누구를 얼마나 사랑할 것인가 하는 문제뿐입니다. 눈치 보며 인정과 칭찬 받으려는 욕구를 내려놓아야 합니다.

일곱, 다들 열심히 살아가고 있습니다. 내가 보기엔 밉상이지만, 그 사람도 자신의 위치에서 죽을힘을 다해 살아가고 있다는 사실을 알아야 합니다. 사람마다 환경이 다르고 성향이 다르고 관점이 다릅니다. 그 사람이 쓰고 있는 안경의 색깔에 따라 세상도 다르게 보이는 것뿐입니다.

제가 생각하는 인간관계의 철학이 정답이라고 할 수는 없습니다. 하지만, 나름의 철학을 갖고 있다는 사실만으로도 관계에서 상처받는 경우 크게 줄일 수 있습니다. 황금 멘탈을 가진 사람들의 특징 중 하나는 집착하지 않는다는 점입니다. 그들은 사물, 사람, 사건 따위에 집착하지 않습니다. 굳이 집착하는 하나를 꼽으라면, 오직 자신의 인생 비전에만 집착하지요.

인간관계에서 비롯되는 사사로운 감정들에 연연하면 큰일을 할 수가 없습니다. 실제로 누군가를 미워하거나 그에 대한 좋지 않은 마음을 품으면 일상에 집중하기 힘들거든요. 내가 겪으면 아주 중요한 문제 같지만, 한 걸음만 물러나 객관적으로 바라보면 그것이 별 문제 아니란 사실을 알 수가 있습니다.

5년 전에도 누군가를 싫어하고 증오하고 그 사람 때문에 답답한 적 있었을 겁니다. 분명 있었을 테지요. 하지만, 전혀 기억 나지 않을 겁니다. 10년 전에도, 5년 전에도, 3년 전에도, 불과 열흘 전에도, 우리는 분명 누군가에 대한 못마땅한 생각을 하면서 답답하게 한숨 쉬었을 텐데요. 지금 돌이켜보면 기억이 아예 나질 않거나 희미할 거란 말입니다. 네, 맞습니다. 시간이 지나고 나면 아무것도 아닌 일입니다. 그런 일을 가지고 마치 인생 중대한 문제인 양 고뇌하고 스트레스 받는 것이지요.

사람은 생각보다 다른 사람 인생에 별 관심 없습니다. 굳이 잘 보이려고 애쓸 필요 없다는 뜻입니다. 또한, 사람의 마음은 시시각각 변합니다. 누군가가 나를 생각해주는 마음이 한결같을 거란 기대도 할 필요가 없습니다. 다른 사람에게 잘 보이려고 애쓰지 마세요. 다른 사람이 나를 좋아해줄 거란 기대도 하지 마세요. 다른 사람으로부터 존경받고 인정받으려고 노력할 필요 없습니다.

우리가 관심 가지고 노력해야 할 것은 딱 하나뿐입니다. 지금 당장 거울 앞에 서서 그 속에 비치는 사람을 바라보세요. 바로 그 사람! 우리가 존중하고 인정하고 사랑해주어야 할 유일한 존재입니다.

마음 지친 날에는 '수고일기' 써보기

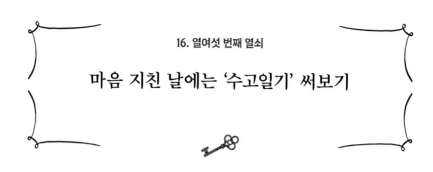

나름 정성 다해 작업했는데, 팀장으로부터 호되게 야단맞았다. 고객 푹 숙이고 얼굴 시뻘겋게 달아오른 그 느낌이 아직도 생생하다. 부끄럽고 화가 났다. 그래도 잘 참았다. 잘 견뎠다. 직장 생활 다 그런 거라고, 주변 동료들이 아무런 도움 되지 않는 위로의 말을 해주었다. 나를 아끼고 생각해주는 그들이 있어 다행이란 생각도 든다. 힘들고 지친 하루였다. 그럼에도 웃음 잃지 않았다. 잘했다 이은대. 수고했다 이은대. 오늘, 너 참 멋졌다!

가슴에 불덩어리를 안은 채 그냥 잠드는 것과 이렇게 간단하게라도 스스로에게 격려의 글을 적은 후에 잠드는 것은 하늘과 땅만큼 차이가 있습니다. 하루 정도라면 그저 기분 문제일 테지만, 매일 꾸준히 누적되면 자신감과 자존감이 비교도 할 수 없을 만큼 성장합니다. 저는 이렇게 쓰는 글을 '수고일기'라고 부릅니다. 세상 누구라도 매일 '수고하며' 살아갑니다. 그 수고를 스스로 인정해주느냐 그렇지 않느냐 차이로 인해 자존감의 강도가 달라집니다.

황금 멘탈을 가진 사람들은 자신을 아끼고 사랑하는 마음을 중요하게 여깁니다. 그들은 타인으로부터 존중과 인정을 받기 위해 안간힘을 쓰기보다, 스스로 인정하고 격려하고 존중해주는 말과 행동을 더 많이 합니다. 그래서, 다른 사람이 나를 향해 손가락질하거나 비난해도 흔들리지 않는 것이죠. 자신을 어떻게 생각하느냐에 따라 세상을 살아가는 중심의 견고함이 달라진다는 뜻입니다.

평소 성실하게 일하며 맡은 바 책임을 다하는 사람 중에서도 주변 사람들이 조금만 삐딱한 소리를 하면 금세 무너지는 경우 종종 보는데요. 겉으로는 아무 문제 없이 잘 살아가는 것 같지만, 이런 사람들은 자신에 대한 확신이 부족하기 때문에 늘 불안하고 초조할 수밖에 없습니다. 조금 덜렁대고 부족해 보여도 자신을 믿고 나름의 신념이 투철한 사람은 다른 사람들이 무슨 말을 해도 휘둘리지 않습니다. 꿋꿋하게 자신의 길을 걷습니다.

'수고일기'라는 형식 자체보다 자신을 존중하고 아끼는 마음이 더 중요합니다. 그런데 머릿속으로만 나를 위한다, 나를 존중한다 생각하는 것은 별 위력을 발휘하지 못합니다. 생각한다 하면서도 또 다른 생각이나 느낌을 갖기 쉽기 때문입니다. 글로 적으면 확실해집니다. 손으로 쓰고 눈으로 보며 읽는 행위가 객관적 증명을 해주기 때문이기도 합니다. 내가 나를 향해 수고했다는 응원의 말을 전하는 단순한 행위가 엄청난 위로와 용기를 줍니다. 사실 우리는 다른 사람 챙기고 위하고 격려하는 데에만 익숙해져 있고, 나 자신에게 힘을 주는 데에는 인색하거든요. 오죽하면 제가 강의할 때 "치킨 다리는 무조건 본인이 먼저 드세요!"라고까지 말하겠습니까.

무조건 내 이익만 우선하는 이기주의와는 차원이 다릅니다. 존재 가치로서 나 자신을 인정해주자는 말입니다. 겸손을 미덕으로 생각한 유교적 사상 탓인지, 언제 어디서나 자신보다는 타인을 치켜세우고 다른 사람을 먼저 위하고 챙기는 습성이 생긴 것 같습니다. 남을 배려하고 챙기는 행동이 잘못되었다는 게 아니라, 상대적으로 나 자신을 업신여기는 게 문제라는 뜻입니다.

세상에서 가장 소중한 존재는 나 자신입니다. 내가 있어야 다른 사람의 존재도 의미가 있는 것이죠. 지금껏 살아온 인생 한 번 돌아보세요. 힘들고 어려운 순간 얼마나 많았습니까. 그 많은 시련과 고난을 꿋꿋하게 참고 견디며 여기까지 왔습니다. 때로 극복하기도 했고, 때로 좌절과 절망을 하기도 했고, 때로 쓰러져 눈물 흘리기도 했습니다. 그 모든 시간을 악착같이 버티며 이겨낸 나 자신인데, 스스로에게 단 한 번도 수고했다는 격려의 말을 듣지 못했다면 너무 서글픈 일 아니겠습니까.

이제부터라도 나를 챙겨야 합니다. 늦지 않았습니다. 자신에게 수고했다 말해주세요. 잘했다 해주고, 기특하다 말해주고, 대견하다 토닥여주어야 합니다. 태어나서 죽는 순간까지 늘 내 곁에 있는 사람은 오직 하나, 나뿐입니다. 내가 나에게 잘해주지 못하면서 다른 사람들에게 인정과 칭찬을 받으려고 애써 봤자 무슨 소용일까요. 내가 나를 챙기고 아껴주면 설령 다른 사람들이 나를 조금 소홀히 대해도 아무 문제 없습니다. 천군만마가 곁에 있는데 두려울 것이 없겠지요.

멘탈 무너지는 대부분의 경우가 사람 때문이란 사실을 부정할 수 없습니다. 어떤 상황이든 사람으로 인해 상처를 받는다는 것은 내가 그들에게 어떤 기대를 품었다는 증명입니다. 기대를 했으니 상처를 받는 것이지요.

상처를 받지 않거나, 상처를 받았음에도 거뜬하게 견딜 수 있는 최선의 방법은 스스로 강해지는 것뿐입니다. 스스로 강해진다는 말은 내가 나를 믿는다는 의미이기도 하지요. 자기 확신이야말로 거친 세상 헤쳐나가는 가장 큰 원동력이 될 수 있고요. 그러한 자기 확신은 내가 나에게 건네는 말들로 키워나갈 수 있습니다. 수고일기가 당신의 멘탈을 강하게 만들어줄 겁니다.

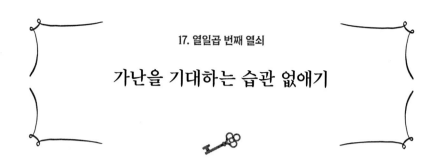

가난을 기대하는 습관 없애기

이 글의 제목을 보고 의아해하는 사람이 많을 거라고 짐작합니다. 가난을 기대하다니? 세상에 그런 사람도 있나? 네, 맞습니다. 이해하기 힘들겠지만, 많은 이들이 가난을 기대하는 습성을 가진 채 살아갑니다.

제 주변에는 강사의 꿈을 키우는 이들이 많습니다. 각자의 콘텐츠를 연구하고 만들어 온라인이든 오프라인이든 무대 위에 서는 사람들이죠. 그들은 열정적이며 공부를 게을리하지 않습니다. 곁에서 지켜보면, 저토록 열심히 공부하고 노력하는 사람들이야말로 성공해야 한다는 생각이 절로 들 정도입니다. 문제는, 그들 스스로 자신의 가치를 인정하지 못한다는 사실입니다.

"수강료 얼마 받으세요?"

"아직은 제가 초보 강사이고, 또 사람들에게 돈 받기가 좀 뭐해서 그냥 무료로 진행하고 있습니다."

100명한테 물어보면 70~80명은 이렇게 답변합니다. 강의라는 것은, 공부하고 연구하고 노력하고 준비해서 다른 이들에게 뭔가 도움이 될 만한 정보와 지식을 전하는 일입니다. 그에 상응하는 대가를 받아야 마땅합니다. 죄를 짓는 것도 아니고, 수강생들에게 미안하거나 송구스러운 일을 하는 것도 아닙니다. 당당하고 떳떳하게 강사료를 요구해야 하는데, 자신의 몸값을 얘기할 때마다 고개를 숙이거나 쭈뼛거리는 것은 참으로 이해하기 힘든 행동이지요.

이러한 것들이 바로 '가난을 기대하는' 행동입니다. 정당한 대가를 받으면서도 마치 과분한 돈을 받는 것처럼 잘못된 느낌을 갖는 것이지요. 나에게는 그럴 만한 자격이 없다, 나는 그만한 노력을 하지 않았다, 나는 이보다 적은 돈을 받아도 충분하다…. 자신의 그릇을 작게 여기고, 자격지심을 품고, 가난하고 부족하게 사는 것이 바람직한 태도인 것처럼 겸양을 떠는 겁니다.

공짜로 나눠주는 것만이 올바른 태도가 아닙니다. 자신이 그렇게 다른 이들에게 무조건 무료로 나눠주기만 하면, 나중에 다른 훌륭한 강사가 정당한 비용을 요구할 때 납득하기 힘든 상황이 펼쳐지겠죠. 나는 공짜로 주었는데 너는 왜 돈을 받느냐. 만약 세상 모든 사람이 이런 식의 사고방식을 갖는다면 그 누구도 생산성을 높이기 위한 노력 따위 하지 않을 겁니다. 자본주의의 근간을 흔드는 생각이지요.

설명을 다소 복잡하게 한 것 같아서 다시 정리합니다. 공부하고 노력하여 강사로서 역할을 제대로 수행한다면, 그에 맞는 정당한 대가를 떳떳하게 요구할 수 있어야 합니다. 강사료를 많이 받는 것이 부끄러운 게 아니라, 강사료에 걸맞는 강의 수준을 갖추지 못하는 것이 창피한 일이지요.

황금 멘탈을 가진 사람들은 남들보다 몇 배 노력합니다. 다른 사람들에게 인정과 칭찬을 받는 것보다 스스로 최선을 다했다는 떳떳함이 생길 때까지 온 힘을 다하는 것이죠. 그런 다음, 자신의 노력과 실력에 맞는 정당한 대가를 요구합니다. 황금 멘탈을 가진 이들이 자신의 몸값을 말할 때 눈빛을 보면 아우라가 펼쳐지고 자신감이 뿜어져 나옵니다. 상대방이 한 치의 의심이나 돈이 너무 과하다는 생각 자체를 하지 않게 되지요. 얼마나 멋있습니까!

우리도 그렇게 해야 합니다. 안으로는 그 누구보다 열심히 최선의 노력을 다해야 하고, 밖으로는 자신의 몸값에 대해 한 치의 부끄러움도 없이 세상에 요구할 수 있어야 합니다. 가난을 기대하는 게 아니라 풍요와 행복과 빛을 기대하는 인생을 살아야지요. 생각은 습관입니다. 자신이 큰돈을 받을 만한 자격이 없다는 생각을 반복하면, 아무리 실력을 쌓아도 정당한 값을 요구하기 힘들어집니다. 반면, 스스로의 가치에 떳떳하다는 생각을 거듭하면, 언제 어디서나 당당하게 자신을 드러낼 수 있는 겁니다.

실력은 형편없으면서, 노력도 하지 않으면서 몸값만 높이 부르는 사람도 없지 않습니다. 이런 사람은 가난을 기대하는 사람들보다 더 몹쓸 인간들이죠. 대전제를 잊지 말아야 합니다. 노력이 먼저이고, 그다음이 당당한 인생입니다. 노력하면서도 떳떳하지 못하면 비굴이고요. 노력하지 않은 채 뻔뻔스럽게 얼굴 높이 세우면 오만입니다. 치열하게 노력하고, 그 대가를 당당하게 요구하는 멋진 인생을 추구해야 합니다.

가난에 찌든 인생을 사는 것은 내 삶에 대한 예의가 아닙니다. 세상이 그렇고 사회가 이렇고 코로나가 저렇다는 핑계와 변명은 이제 접어야 합니다. 그런 와중에도 여전히 풍요의 길을 걷고 있는 사람들이 넘쳐나니까요. 어린 시절부터 지금까지 제가 살아온 세월 돌아보면, 언제 한 번이라도 경기 좋다는 소리 들어본 적 없습니다. 살기 참 좋다는 시절 단 한 번도 없었습니다. 그럼에도 주변에는 늘 성공하는 사람과 주저앉은 사람들이 똑같이 존재했습니다.

생긴 대로 살라는 말이 있지요. 번영과 성장을 가로막는 표현인데요. 달리 생각했으면 좋겠습니다. 우리 모두의 '생김'은 신이 창조한 모습이지요. 그 '생김'은 애초부터 풍요, 번영, 창조, 성장, 성공입니다. 네, 맞습니다. 이제부터라도 '생긴 대로' 삽시다. 어떤 난관이 닥치든 거뜬히 극복하고, 어디에서 무슨 일을 하든 당당히 승리하는 겁니다. 이것이 바로 황금 멘탈의 기본이겠지요.

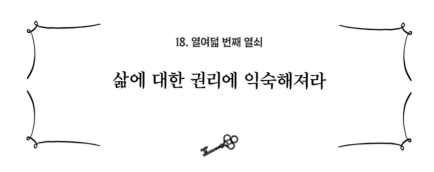

삶에 대한 권리에 익숙해져라

주로 사무실에서 글을 씁니다. 집에서 5분 거리이기도 하고, 집에서는 양반다리로 앉아 글을 써야 하기 때문에 사무실 의자와 책상을 사용하는 것이 자세에도 좋기 때문입니다. 사무실은 여덟 평짜리 원룸입니다. 온라인 강의를 위해 큰 책상 두 개와 모니터 세 대, 그리고 책장과 많은 책들. 원룸 사무실은 발 디딜 틈조차 없을 만큼 빼곡하게 차 있습니다.

며칠 전, 사무실에서 글을 쓰는데 갑자기 졸음이 쏟아졌습니다. 원래 낮잠을 잘 자지 않습니다. 밤에 푹 잤기 때문에 낮에 또 잠을 청하면 마치 게으른 사람처럼 느껴지기 때문입니다. 한 번 낮잠을 자기 시작하면 습관이 되어 매일 늘어질 수 있기 때문이기도 합니다. 억지로 참았습니다. 글 쓰는 데 집중이 되질 않고 눈은 저절로 감겼지요.

도저히 견디기가 힘들어 잠깐 눈을 붙이기로 했습니다. 스마트폰

알람을 30분에 맞추고 책상에 엎드려 눈을 감았습니다. 어찌나 단잠을 잤는지, 방금 엎드린 것 같은데 금세 알람이 울렸습니다. 자리에서 일어나 잠시 밖으로 나갔습니다. 근처 공원을 한 바퀴 돌고는 다시 사무실로 들어왔지요. 시원한 물 한 잔을 들이켜고는 글을 쓰기 시작했습니다. 몸도 정신도 개운해졌고, 집중도 잘되었습니다.

피곤하면 낮잠 잘 수 있습니다. 그것은 우리 모두의 타고난 권리입니다. 낮잠 정도를 가지고 삶의 권리 운운하니까 너무 거창한 것 같나요? 일상 꽤 많은 부분에서 우리는 '그래서는 안 된다!' 하는 강박과 규칙에 얽매여 있는 듯합니다. 소리를 질러서는 안 되고, 크게 웃으면 안 되고, 늦잠을 자면 안 되고, 열심히 살지 않으면 안 되고, 책을 읽지 않으면 안 되고, 가정에 소홀하면 안 되고, 나의 기분과 상관없이 상대방에게 불쾌함을 주어서는 안 되고…. 네, 모두 맞는 말이지요. 그러나, 이러한 강박과 규칙이 스스로를 불행하게 만든다면 다시 한번 생각해보아야 할 문제입니다.

툭하면 엎어져 낮잠을 자고, 두 시간 세 시간 하릴없이 잠에 빠져 지낸다면 그것은 나태하고 불성실한 모습이겠지요. 절대 그래서는 안 됩니다. 하지만, 잠이 쏟아져 견딜 수 없을 때 알람을 맞춰놓고 잠시 잠을 청하는 건 누구나 '해도 되는' 마땅한 삶의 권리입니다. 소리를 지를 수도 있고, 크게 웃을 수도 있고, 늦잠을 잘 수도 있고, 때로 편하게 놀 수도 있고, 책을 멀리할 수도 있으며, 친구들과 어울릴 수도 있고, 내 기분 따라 행동할 수도 있다…. 이렇게 가끔은 '다 해도 괜찮다'라고 스스로에게 자유를 허락해주는 것도 꼭 필요한 삶의 요소라고 생각합니다.

교도소에 복역하는 사람들에게도 하루 30분 '자유시간'을 줍니다. 물론 일반인과는 다르게 많은 제약을 두긴 하지만, 어쨌든 자물쇠를 열어 운동장으로 나갈 수 있는 기회를 매일 줍니다. 사람은 누구든 숨통이 트여야 살아갈 수 있습니다. 열심히 사는 건 좋지만, 그렇다고 해서 매 순간 목을 죄며 사는 것은 바람직하지 못합니다.

황금 멘탈을 가진 사람들은 스스로 멘탈이 떨어지지 않도록 관리하고 통제합니다. '멘탈 강하게 살아야 해!'라는 강박으로 자신을 옭아매지 않습니다. 삶에 대한 의무와 역할에 최선을 다하면서도 누릴 수 있는 권리를 최대한 누리려 하지요. 가끔 자신에게 허락하는 자유와 일탈이 오히려 평소 치열하게 살아가는 삶의 동력이 되는 겁니다.

모든 걸 팽개치고 마음대로 하라는 뜻이 아닙니다. 마라톤 선수가 뛰는 도중에 물을 마시거나 잠시 멈춰 허리를 숙이고 숨을 고르듯이, 최선을 다해 살아가는 일상 속에서도 자신에게 여유와 기회를 주라는 의미입니다. 자신만 뒤처진다는 생각에 조바심을 내거나, 승부욕 때문에 몸을 사리지 않거나, 해내야만 하는 일 때문에 마음 엉망이 되는데도 몰아붙이는 그런 일은 절대 없어야 하지 않겠습니까.

열심히 살아서 뭐 해, 이런 따위 염세주의도 경계해야 하지만, 무조건 앞만 보며 질주해야 한다는 자기 계발 중독이나 성공 지향주의도 주의해야 할 태도입니다. 강한 멘탈을 가지기 위해서는 밀고 당기는 리듬을 탈 줄 알아야 합니다. 낚싯줄이 너무 팽팽하면 끊어집니다. 줄을 풀어 느슨하게 했다가 다시 감아 조였다가, 이렇게 풀었다가 조이는 리듬이 물고기의 힘을 빠지게 해서 결국 낚아 올리게 되지요. 인생도 마찬가지입니다. 이루고자 하는 목표를 물고기로 생각하고, 자신을 풀었다고 조였다가 하는 일상 리듬을 적당히 유지할 줄 알아야겠지요.

30분간의 낮잠 덕분에 이후 업무를 더 효율적으로 진행할 수 있었습니다. 몸도 개운했고요. 그러나, 그보다 더 큰 배움이 있었지요. 나 자신을 옭아맸던 '절대 그래선 안 돼!'라는 사고방식을 깨트릴 수 있었습니다. 때로는 나에게 인생에서 누릴 수 있는 작은 권리를 허락하는 것이 살아가는 맛을 더해준다는 사실. 저는 그날 이후 멘탈이 더 강해졌습니다.

아름답게, 나답게

군이 황금 멘탈을 언급하지 않더라도, 살아가면서 반드시 갖춰야 할 두 가지 마음가짐이 있습니다. 하나는 '남과 비교하지 말라!'이고요, 다른 하나는 '남이 뭐라고 하든 휘둘리지 말라'입니다.

세상의 기본은 다양성입니다. 똑같은 인간들이 똑같은 모습으로 똑같은 장소에 모여 산다면 세상이 제대로 돌아가겠습니까. 모든 사람은 서로 다르다는 것이 진실이며 세상 법칙입니다. 태어나는 아기가 가장 먼저 익혀야 하는 인생 절대 원칙이 바로 '다름'입니다.

키가 좀 더 컸으면 좋겠다고 생각했습니다. 머리숱이 풍성해서 헤어 스타일을 여러 모양으로 바꿀 수 있으면 좋겠다는 생각도 했습니다. 부모 재산이 많아서 스포츠카를 타고 대학에 다니면 좋겠다고 생각했고, 노래와 춤에 소질 있었더라면, 그래서 연예인이 될 수 있었으면 얼마나 좋을까 바람을 갖기도 했었습니다. 학창 시절의 저는 늘 제가 아닌 다른 사람이 되고 싶어 했습니다. 내가 무엇을 잘하는지, 나는 무엇을 좋아하는지, 나는 어떤 삶을 추구할 것인지, 나만의 신념과 철학은 무엇인지 이런 것들에 대해서 생각해본 적이 한 번도 없었습니다. 그러니 당연하게도 저는 저 자신에 대해 아는 것이 별로 없었지요.

다른 사람들과 다툼이 잦았습니다. 제가 먼저 시비를 붙이는 경우가 많았는데요. 왠지 모르게 다른 이들이 못마땅했습니다. 무슨 말을 해도 듣기가 싫고, 어떤 행동을 해도 보기가 싫었지요. 돌이켜보면, 그 시절 제가 다른 사람들을 싫어했던 이유는 명확합니다. 제가 저 자신을 싫어했기 때문입니다. 자신을 싫어하고 못마땅하게 여기는 사람이 다른 사람을 사랑할 수는 없는 법이지요. 그렇게 저는 저와 타인, 그리고 세상에 대한 불평과 불만을 가진 채 어른이 되었습니다.

직장 생활 하면서 지원팀, 인사팀, 교육팀 등 다양한 일을 했었는데요. 지원팀은 야근이 잦았고, 교육팀은 출장이 많았고, 인사팀은 사장 직속이라 스트레스가 심했지요. 전국 각 지점에서 근무하는 사람들은 본사 발령 받는 게 꿈이라며 저를 부러워했는데, 저는 발령받는 부서마다 이런저런 문제점들만 꼬집어 불평하면서 직장 생활 자체에 회의를 느끼곤 했습니다. 저 자신을 싫어하는 습성이 몸에 배어 주변 모든 것들을 못마땅하게 여겼던 거지요. 생각하는 습관, 말투, 행동 등 모든 것이 '삐딱한 사람'이 되고 말았습니다.

모든 사람과 일과 사건에는 장점과 단점이 있게 마련입니다. 좋은 점만 가득한 사람도 없고 나쁜 점만 가득한 일도 없는 법이지요. 행복하게 살길 원한다면, 어떠한 경우에도 좋은 점만 보려고 노력해야 합니다. 그래야 주변 세상이 환해집니다. 과거 저처럼 불평과 불만으로 가득한 일상을 살면 늘 먹구름 가득한 일상을 살아갈 수밖에 없습니다.

사업 실패하고 감옥에 갔을 때, 함께 방을 쓰는 다른 이들이 나와 다르다는 사실을 처음으로 인식하게 되었습니다. 그곳에서는 각자의 사연을 귀담아듣게 되거든요. 아무래도 힘든 과정을 겪고 추락해 모인 사람들이라서 서로에게 약간의 연민을 품고 있었겠지요. 그들의 이야기를 들으면서 놀라기도 하고 안쓰럽다는 생각을 갖기도 했습니다. 사람이 어떻게 저런 인생을 살아올 수 있었을까. 기가 차고 어이가 없고 도저히 상상조차 하기 힘든 시간들을, 그들은 견뎌왔던 겁니다.

그제야 눈을 떴습니다. 세상에는 나와 다른 사람들이 살고 있다는 사실을요. 제가 만약 누군가의 큰 키를 부러워한다면, 그 사람이 겪은 불행까지도 모두 감당해야 합니다. 제가 만약 누군가의 풍성한 머리숱을 부러워한다면, 그 사람이 겪은 모든 고통까지 안아야 합니다. 곰곰이 생각해보았습니다. 그럴 자신이 있는가. 그들의 좋은 점을 내 것으로 만드는 대신, 그들의 불행과 고통과 결핍과 상처까지도 모조리 품에 안을 자신 있는가.

다른 사람과 비교하지 마세요. 세상은 서로 다른 사람들이 살아가는 곳입니다. 나는 나대로의 장점과 단점이 있고, 그는 그 나름대로의 장점과 단점을 갖고 살아갑니다. 비교 자체가 아무런 쓸모도 없다는 뜻입니다. 마찬가지로, 누군가 나를 비난하고 험담한다 하더라도 그것은 그의 눈으로 보는 내 모습일 뿐이란 사실도 알아야 합니다. 각자의 눈이 다르기 때문에 서로에게 보이는 부분도 다르게 마련입니다. 그가 무엇을 보든 그것은 그의 삶이고요. 나는 내 눈에 비치는 세상을 보며 살아갈 뿐입니다.

황금 멘탈을 가진 이들은 남과 비교하지 않습니다. 그들은 다른 사람들이 뭐라고 하든 자신의 삶에만 집중합니다. 비교에 아무런 의미나 가치가 없음을 잘 알고 있기 때문입니다. 다른 사람의 말이 내 삶을 좌우할 수 없음을 일찌감치 깨달았기 때문입니다. 비교만 하지 않아도, 다른 사람 말에 휘둘리지만 않아도, 그 두 가지만 철저하게 실천해도 지금과는 전혀 다른 강인한 삶을 살아갈 수가 있습니다.

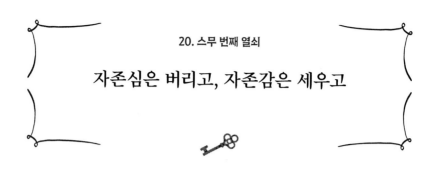

자존심은 버리고, 자존감은 세우고

다른 사람들은 내가 쓴 글을 읽으며 어떻게 평가할까요? 상상만 해도 마음이 움츠러듭니다. "와! 멋지다!" 글쎄요. 그렇게 말하는 사람이 얼마나 될까요. 아마 대부분은 무관심할 테고, 또 일부는 엉망이라며 흉을 보지 않을까 싶습니다.

초보 작가 입장에서 독자들 반응이 신경 쓰이는 것은 당연한 일입니다. 작가를 포함한 모든 생산자는 자신이 만들어낸 결과물을 타인으로부터 평가받는 존재이기 때문입니다.

일기처럼 평가에서 제외되는 글은 쓰기가 한결 편안합니다. 아무한테도 보여주지 않고 서랍 속에 넣어둔 채 혼자만 보면 되니까 말이죠. 하지만, 세상에 공유하는 글은 어떤 식으로든 다른 사람들의 반응을 이끌어내게 마련입니다. 인정과 칭찬을 받고 싶은 마음 인지상정이겠지요.

10년 넘게 매일 글을 쓰고 있습니다. 저도 처음에는 다른 사람들 눈치를 보았습니다. 그들이 내 글을 읽고 좋은 반응 보이길 기대했지요. 그러다 보니 한 줄 쓰기가 힘겨웠습니다. 썼다 지우고, 또 썼다 지우길 반복했습니다.

그렇게 타인에게 잘 보이고 싶은 마음으로 글을 쓰는 동안 제 글쓰기 실력이 늘었느냐 하면 그것도 아니거든요. 오히려 자신감 잃고 쓰기 싫어지고 내가 지금 뭐 하고 있나 회의에 빠지기도 했습니다.

두 가지 질문을 찾았습니다. 이 질문을 통해 글 쓰는 태도를 완전히 바꿀 수 있었지요. 첫째, '나는 내 글을 어떻게 보는가?'입니다. 둘째, '지금 쓰는 글이 이전에 쓴 글보다 나은 점은 무엇인가?'입니다.

자존심이란 말이 있고, 자존감이란 표현이 있습니다. 글을 쓸 때는 자존심보다 자존감에 무게를 두어야 합니다. 그래야 꾸준히 오래 즐기면서 행복하게 글을 쓸 수가 있습니다.

자존심이란, 내가 보는 나보다 남이 보는 내가 더 중요하다고 느끼는 감정입니다. 인정과 칭찬을 받고 싶고, 좋은 말 듣고 싶고, 다른 사람과 비교해서 더 낫기를 기대하는 마음이지요.

자존감이란, 남이 보는 나보다 내가 보는 내가 더 중요하다고 느끼는 감정입니다. 남들이야 뭐라고 하든, 스스로 만족하고 감사하고 행복하다 느끼는 마음이지요. 다른 사람과 비교하는 것이 아니라, 이전의 나와 비교하여 점점 나아지는 모습에 만족하고 스스로를 인정하는 감정입니다.

세상에는 수많은 부류의 사람들이 있습니다. 각자의 생각이 다르고 취향이 다르고 보는 눈이 다릅니다. 철학도, 가치관도, 성향도, 교육 받은 정도도, 살아온 경험도 모두 다르지요. 그들 모두를 만족시킬 수 있는 결과물은 창조할 수도 없으며, 그런 건 애초에 있지도 않습니다.

무슨 말인가 하면, 내가 글을 써서 누군가를 만족시켰다 한들, 또 다른 이들은 필시 내 글을 비난하고 흉볼 거라는 뜻입니다. 아무리 머리를 쥐어짜고 실력 발휘를 하더라도, 세상에는 내 글을 좋아하는 사람도 있고 싫어하는 사람도 있게 마련입니다.

따라서, 다른 사람들에게 잘 보이기 위해 글을 쓰는 것은 처음부터 불가능한 일에 매달리는 것과 같습니다. 자연스럽게 일어나는 감정이라 하더라도 의지를 갖고 마음을 바꾸려는 노력을 해야 합니다. 다른 사람들에게 잘 보이기 위해 글을 쓰는 게 아니라, 어제보다 더 나은 글을 쓰기 위해 노력해야 하는 것이죠.

다른 사람들이 자신의 글을 보고 뭐라고 할까 두려워하는 이들에게 "당신은 자신의 글을 어떻게 생각합니까?"라고 물었을 때, 명확하게 답하는 사람 아직 본 적 없습니다. 그만큼 사람들은 자신의 주관이나 가치관보다 다른 사람들 시선에 더 신경을 쓰며 살아간다는 뜻입니다.

남이 내 글을 좋게 평가하면 우쭐하며 자만에 빠지고, 그들이 내 글을 나쁘게 평가하면 자괴감에 빠지고 실망하며 위축됩니다. 모든 통제권을 타인에게 넘겨주었으니 주도적 인생을 살기가 어렵지요. 좋은 평가보다는 나쁜 평가를 받는 경우가 훨씬 많기 때문에 삶이 우울하고 불행해집니다.

행복한 마음으로 즐기면서 글을 쓰기 위해서는 자존심은 버리고 자존감을 갖춰야 합니다. 정답이라 할 수는 없겠지만, 지난 10년간 글을 쓰면서 나름 정리한 저만의 방식이 있습니다. 몇 가지 공유해 봅니다. 초보 작가는 물론이고, 새로운 도전을 시작하는 모든 이들이 멘탈 강화하는 데 도움 되었으면 좋겠습니다.

첫째, 자기 확신이 우선입니다. 그 누구보다 자신을 믿어야 합니다. 그러기 위해서는 작은 성취 경험을 자주 쌓아야 하는데요. 매일 정해진 목표를 달성하는 것이 가장 쉽고 빠른 방법입니다.

둘째, 솔직해야 합니다. 많은 이들이 글을 솔직하게 쓴다고 착각하고 있는데요. 여기서 말하는 '솔직하게'란 감정이 아니라 팩트입니다. 감정은 시시각각 변화합니다. 기쁘다, 좋다, 행복하다, 우울하다 등 감정의 직접적 표현은 삼가고 육하원칙에 따라 보고, 듣고, 경험한 것을 있는 그대로 쓰는 연습을 해야 합니다.

셋째, 글을 못 쓴다고 해서 자신을 '글을 못 쓰는 사람'이라고 정의하는 어리석음에서 벗어나야 합니다. 우리는 단지 오늘 이 순간 글을 좀 못 쓸 뿐입니다. 연습과 훈련을 통해 얼마든지 나아질 수 있습니다. 순간의 부족함과 모자람을 자신의 정체성으로 연결하는 오류를 범해서는 안 되겠지요.

넷째, 자신의 못난 점도 기꺼이 쓸 수 있어야 합니다. 초보 작가들의 글을 보면, 은근히 '모든 것이 좋다!' 하는 식으로 마무리하는 경우 많은데요, 글은 곧 인생입니다. 모든 게 좋아지는 때는 거의 없습니다. 문제는 늘 있습니다. '그럼에도 불구하고' 인정하고 살아간다는 의미의 마무리가 중요합니다.

다섯째, 최고가 아니라 최선을 추구해야 합니다. '끝내주는 글을 쓰겠다'가 아니라, '오늘도 글을 쓰겠다'여야 합니다. 베스트셀러를 쓰는 것이 목표가 아니라, 베스트라이프를 살아가는 것을 목적으로 삼아야 합니다.

세상에는 나보다 글 잘 쓰는 사람 천지입니다. 세상에는 나보다 글 못 쓰는 사람도 넘쳐납니다. 그러니 누구와 비교하면서 더 잘난 글을 쓰겠다 덤비지 말고, 그저 오늘도 가장 '나다운' 글을 쓰겠다는 마음으로 한 줄 한 줄 적어나가면 좋겠습니다. 다른 모든 일도 마찬가지입니다. 타인과 비교하며 살아가는 것만큼 어리석은 태도는 없습니다. 아름답게, 나답게 살아가는 인생이 최고입니다.

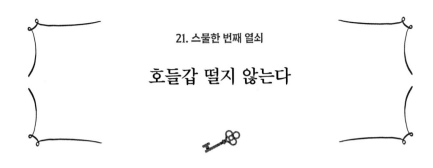

호들갑 떨지 않는다

사업 실패했을 때, 매일 술을 퍼마시면서 신세 한탄만 했습니다. 친구든 누구든 사람만 만났다 하면 제 인생이 얼마나 처참한가에 대해 설명하기 급급했지요. 상대방이 제 말을 듣고 격하게 공감하면서 "아이고 큰일났구나!" 해주길 바랐습니다. 대체 그게 저한테 무슨 도움이 되는지 지금도 이해할 수가 없습니다만, 어쨌든 당시의 저는 제정신이 아니었다고 해도 과언이 아니니까요.

최근에 몸이 아팠을 때도 비슷했습니다. 내가 아프다는 사실을 세상에 알리지 못해 안달 난 사람처럼 행동했습니다. 강의를 원활하게 진행할 수 없었기 때문에 수강생들에게 사실을 제대로 알리는 거야 꼭 필요한 일이었겠지만, 그 외에도 가족을 포함한 주변 사람들에게 내가 얼마나 아픈지 제대로 전하기 위해 아주 용을 썼던 거지요. 도대체 저는 왜 그랬을까요? 왜 제가 힘들고 어려운 상황에 처할 때마다 그 사실을 주변 사람들에게 알리려고 발버둥을 쳤던 걸까요.

저는 이러한 모든 말과 행동의 원인을 '회피'라고 정의 내렸습니다. 힘드니까, 어려우니까, 괴로우니까, 상황이 좋지 않으니까… 그러니까 내가 무언가를 하지 못하거나 주저앉더라도 그것이 어쩔 수 없는 일임을 알고 있어라, 뭐 그런 취지였던 게 아닌가 생각합니다. 초라하고 못난 행동이었습니다. 내가 힘들고 아프다는 사실을 세상이 아는 것은 별 의미가 없습니다.

시간이 지나고 깨달았습니다. 저의 약점과 단점을 다른 이들에게 알리는 것은 불필요한 일 정도가 아니라 절대로 해서는 안 되는 일이란 사실을 말이죠. 타인은 제게 '위로'만을 전하지 않습니다. 조롱, 모멸, 멸시, 무시, 동정 등 전혀 기대하지 않던 온갖 부정적인 공격도 서슴지 않습니다. 이것이 바로 저 스스로 약점과 단점을 드러낸 결과입니다.

사업 실패하고 파산하고 알코올 중독자가 되었습니다. 재산 다 날리고 부모와 처자식 먹여 살릴 방법 막막하고 빚만 산더미였죠. 감옥에 들어가면서 제가 최악이라고 생각했습니다. 그 생각은 한 달 만에 바뀌었습니다. 감옥에서 만난 사람들의 사연을 들어보니, 저는 명함도 내밀지 못할 정도였습니다. 그들에게 실패는 익숙한 단어였고, 저보다 처참한 실패를 겪은 사람도 허다했습니다.

몸에 통증이 생겨 병원도 여러 군데 다니고 인터넷으로 검색도 수없이 했는데요. 세상에 아픈 사람이 그렇게 많은 줄 처음 알았습니다. 저는 저만 아픈 줄 알았거든요. 감기 몸살 정도야 누구나 겪는 아픔이지만, 신경과 염증과 허리 디스크까지 3종으로 극심한 통증을 겪는 사람은 흔치 않을 거라고 생각했습니다. 전혀 아니었습니다. 세상에는 여러 질병을 동시에 겪으며 말로 표현하기 힘들 정도의 고통을 당하고 있는 사람이 셀 수 없을 만큼 많았습니다.

학창 시절에 담임 선생님 짝사랑했던 경험 있습니다. 열병 같았죠. 그 선생님의 얼굴, 표정, 말투, 제스처 등 아직도 생생하게 기억하고 있습니다. 밤잠 이루지 못한 건 뭐 일일이 말할 수도 없고요. 아무 예고도 없이 어느 날 무심하게 결혼을 하셨지요. 그때 이후로 저는 빈 가방을 들고 학교에 다녔습니다. 탈선한 거죠. 어느 소년의 짝사랑 이야기라고 치부해버리기엔 너무 아팠습니다. 어른이 되고 보니, '이별'과 '상처'에 관한 노래가 엄청나게 많다는 사실을 알게 되었지요. 저만 이별하고 저만 상처받은 게 아니라, 세상 사람 대부분이 이별과 상처를 경험한다는 뜻입니다.

저뿐만 아닙니다. 사람들은 자신이 겪는 아픔과 슬픔과 고통을 부풀려 생각하는 습성이 있습니다. 모두가 겪는 일인데도 나만 경험하는 것처럼, 모두가 힘들고 어려운데 나만 괴로운 것처럼. 마치 세상에서 내가 제일 힘들고 괴롭다는 사실을 알리지 못해 안달이 난 사람처럼 그렇게 말하고 행동하는 경향이 있습니다.

그렇지 않다는 사실을 받아들여야 합니다. 나만 힘든 게 아닙니다. 나만 괴로운 게 아닙니다. 살아가는 우리는 멍에를 짊어지고, 나름의 상처와 아픔을 견디며, 그럼에도 한 걸음씩 하루씩 살아내고 있습니다. 서로 다른 인생을 살아가면서도 서로의 마음에 공감할 수 있도록 만들어놓은 신의 섭리에 감탄할 따름입니다.

나만 힘든 게 아니었구나, 나만 괴로운 게 아니었구나…. 이 사실을 알았을 때 큰 위로를 받았습니다. 모두 각자의 자리에서 참고 견디며 극복하기 위해 애를 쓰면서 살아간다는 사실을 알았을 때, 저도 힘을 낼 수가 있었습니다. 그러니, 혼자만 고통스럽다며 호들갑 떨지 말고 살았으면 좋겠습니다. 조금만 여유를 가지고 주변을 돌아보면, 나보다 힘든 사람 얼마든지 찾을 수 있습니다. 내게 남은 여력으로 그들을 돕고, 내가 겪는 고통과 시련의 이야기로 그들에게 힘과 용기를 줄 수 있는 삶이 훨씬 멋지지 않겠습니까.

사업 실패하고 온갖 고난과 역경 겪었던 이야기로 다른 사람 도우며 살았습니다. 이번에 죽을 만큼 아팠던 이야기로 또 다른 누군가를 도울 작정입니다. 호들갑이 호의로 바뀌면 살맛이 납니다. 힘들고 어려운 순간을 보람과 가치로 바꾸는 것이 우리가 살아가야 할 이유겠지요.

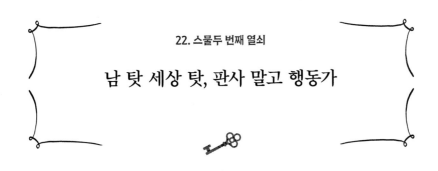

남 탓 세상 탓, 판사 말고 행동가

사업에 실패했던 초기에는 모든 것이 내 탓이라 여겼습니다. 잘못된 선택, 무리한 추진, 터무니없는 욕심 등 괜한 짓을 저질러 일을 크게 만들었다고 생각했지요. 후회도 많이 했고 자괴감도 매일 가졌습니다. 그렇게 모든 문제의 원인을 나 자신에게로 돌린 결과는 어땠을까요? 무능력하고 얼이 빠진 저 자신을 못마땅하게 여기기 시작했습니다. 내가 나를 싫어하고 증오하게 된 것이지요. 이렇게 살아서 뭐 하나. 허구한 날 술만 퍼마시며 신세 한탄만 쏟아냈습니다.

상황은 점점 더 악화되었고, 저는 결국 파산하고 감옥에까지 가게 되었습니다. 그 후로 저는, 모든 문제의 원인과 더불어 감정의 화살을 세상과 타인에게 돌리기 시작했습니다. 내가 이렇게 된 것은 모두 시대 상황과 사회 환경 탓이다! 나를 도와주지 않고 저마다 욕심만 채운 주변 사람들 탓이다! 금수저로 태어나지 못했으니 부모 탓이다! 이런 식으로 말이죠. 모든 문제의 원인을 타인과 세상으로 돌리니까 가슴 속에 화만 점점 불어났습니다. 말도 투박했고 행동도 거칠었습니다. 주변 사람들에게 짜증만 부리고, 틈만 나면 욕설하며 화를 냈지요. 시간이 흐를수록 교도소에 딱 어울리는 존재로 변해갔습니다.

문제가 생길 때가 있습니다. 고난과 역경 닥칠 때가 있지요. 그럴 때 사람은 크게 세 부류로 나뉩니다. 첫째, 모든 것을 자기 탓으로 돌리는 사람 있고요. 둘째, 남 탓 세상 탓을 하는 사람 있습니다. 셋째, 누구의 탓도 하지 않으며 오직 해결책에만 집중하는 사람 있습니다. 네, 맞습니다. 저는 지금 세 번째 경우가 마땅하다는 주장을 하고 있는 겁니다.

자기 책임으로 여기는 사람들을 좋게 보는 경향 있는데요. 저는 아니라고 봅니다. 책임감 가지고 문제를 해결하기 위해 노력하는 사람이야 더 말할 것도 없이 바람직합니다. 그러나, 해결할 생각은 하지 않은 채, 그저 자기 탓이고 자기 책임이라는 죄의식과 자책감에 빠져 괴로워만 하는 것은 아무짝에도 쓸모가 없는 행위입니다.

남 탓, 세상 탓하는 사람은 더 엉망입니다. 책임을 면하려는 태도이고요. 부정적인 말, 불평과 불만만 쏟아내면서 해결 방법을 찾을 생각은 하지 않습니다. 남을 비난하고 세상을 향해 분노를 터트리는 것으로 일시적 만족감을 얻는 이들이죠. 그들의 삶은 나아지지 않습니다. 타인과 세상 모두가 변화하지 않는 한 달라질 게 없기 때문입니다.

황금 멘탈을 가진 사람은 오직 해결책에 집중합니다. 「열네 번째 열쇠」에서 해결책에 집중하는 이야기를 다뤘습니다. 여기서는 조금 다른 이야기를 하려고 합니다. 해결책에 집중하되, 다른 사람을 향해 책임 소지를 따지지 말라는 것이지요. 문제가 발생할 때마다 이건 누구의 책임이고 저건 누구 때문이라며 책임 따지기 급급한 사람 꼭 있는데요. 상황이 나빠지기 시작할 때는 '판사'가 필요한 게 아니라 '행동가'가 필요합니다. 팔을 걷어붙이고 물속으로 뛰어 들어가 해결책을 구해 와야 할 판에, 가만히 서서 입만 떠벌리며 누구 탓이요 하는 게 무슨 소용 있겠습니까.

온라인에 마구 쏟아지는 댓글에 그런 종류의 말들이 많지요. 공감하고 위로하고 힘을 주지는 못할망정, 매사에 누구 탓이란 걸 따지기 좋아하는 사람 넘쳐납니다. 그들은 어떨까요? 모든 일에 책임지고 스스로 부끄럽지 않은 삶을 살아가고 있을까요? 그들은 문제를 해결하기 위해 무엇을 얼마만큼 했을까요?

행동하지 않는 사람이 말이 많은 법입니다. 행동하지 않는 사람들은 늘 뒤에 서 있습니다. 행동하지 않는 사람들의 말은 거칠고 투박합니다. 그래야 사람들 시선을 끌 수 있기 때문입니다. 아무것도 하지 않은 채 자극적인 말만 늘어놓는 것이지요. 우리는 절대 그런 사람으로 살아서는 안 됩니다.

황금 멘탈을 가진 이들은 늘 행동합니다. 그들은 말이 아니라 행동으로 자기 삶을 증명합니다. 남들의 비난이나 손가락질에 일일이 대응하지 않습니다. 나중에 성과로 보여주면서 끝냅니다. 구구절절 설명할 필요가 없다는 사실을 잘 알고 있기 때문입니다. 그들은 누구의 탓을 하지 않습니다. 자기 탓도, 남 탓도, 세상 탓도 하지 않습니다. 그렇게 책임 따지는 일이 아무런 의미도, 가치도 없음을 알고 있습니다. 누구 책임인가 따지는 시간에 직접 나서 그 일을 해결합니다. 그런 다음, 자신의 공을 내세우지도 않은 채 조용히 다른 할 일을 합니다.

멘탈이 강해서 가볍지 않은 것인지, 가볍지 않게 살아서 멘탈이 강한 것인지 생각해볼 문제입니다. 사업에 실패한 것이 누구의 탓인가 이제는 중요하지 않습니다. 저는 새로운 삶을 만들었기 때문입니다. 제가 겪은 시련과 고통이 누구의 탓인지 이제는 중요치 않습니다. 저는 문제를 해결했고, 지금은 행복하고 만족스럽게 살고 있기 때문입니다.

책임 따져서 자기만 피해 가겠다는 생각, 이제는 그만했으면 좋겠습니다. 그렇게 잔머리 굴리면서 사는 인생이 뭐가 그리 행복하겠습니까. 나서서 문제 해결하세요. 사람을 구하고, 문제를 풀고, 세상을 이끄는, 그런 영웅이 되어야 하지 않겠습니까.

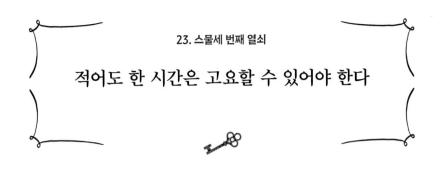

적어도 한 시간은 고요할 수 있어야 한다

감옥이라는 처참한 환경 속에서, 다행스럽게도 저는 침묵을 배웠습니다. 전에는 말이 많았습니다. 맨정신에도 조잘조잘 수다를 떨었고, 술을 마실 때면 아무 의미 없는 말을 쉴 새 없이 내뱉곤 했었지요. 스마트폰 시대, SNS 시대, 온라인 시대. 지금은 말을 제외하고도 매 순간 소음이 끊이지 않는 세상입니다. 온갖 정보와 가십거리가 손바닥 안에서 쏟아져 내립니다. 이런 시대에는 자기중심을 잡기가 힘들지요. 뭔가 진득하게 생각하고 판단하고 선택하고 결정을 내려야 하는데, 주변 소음에 휘둘려 그저 끌려가는 일상을 살아가는 사람 많습니다.

침묵은 중요합니다. 첫째, 정신적으로 명확해지고 집중력도 향상됩니다. 상황이나 문제를 해결하기 위해서는 외부 방해 없이 명확하게 판단할 필요가 있습니다. 소란스럽고 혼란스러운 상태에서는 문제의 맥을 짚기가 어렵습니다. 집중하기 힘든 것도 당연하고요. 침묵은 이러한 소음에서 벗어날 수 있게 해줍니다. 둘째, 감정을 치유할 수 있습니다. 시끄러운 환경에서는 격한 감정을 가라앉히기 힘듭니다. 호흡에 집중하고 자신의 마음을 들여다볼 수 있어야 부정적인 감정에서도 벗어날 수가 있지요. 침묵은 욱하는 감정을 다스리는 데 도움 됩니다. 셋째, 경청할 수 있으며, 따라서 소통하는 데에도 원활해집니다. 내가 입을 다물어야 상대의 말에 귀를 기울일 수 있습니다. 상대가 말하는 중에도 내가 무슨 말을 할 것인가에만 관심 두는 사람 많은데요. 불통의 원인입니다. 침묵은 타인의 말에 귀를 기울이는 기본 태도입니다. 넷째, 스트레스 해소에 도움 됩니다. 입을 닫고 마음 소리에 집중하면 긴장이 풀립니다. 신경도 안정됩니다. 심장박동이 정상으로 작동합니다. 다섯째, 세상과 인생을 볼 수 있는 여유를 가져다줍니다. 말을 많이 하면 제대로 볼 수가 없습니다. 오감은 서로 연결되어 있습니다. 하나를 열면 다른 네 가지는 닫히게 마련이죠. 잘 보고 제대로 생각하고 현명하게 판단하기 위해서는 입부터 닫아야 합니다.

오늘날 빠르게 변화하고 시끄러운 세상에서 침묵을 유지하는 것은 어려울 수 있지만, 연습과 훈련을 통해 일상에서 고요한 순간을 만드는 것이 가능합니다. 우선, 하루 중 30분에서 한 시간 정도 침묵하는 시간을 정할 필요가 있습니다. 스마트폰도 끄고, 가족에게도 양해를 구하고, 혼자만의 시간을 갖는 것이죠. 이렇게 의도적인 연습을 해야만 고요한 상태에 접어들 수 있습니다. 글을 쓰거나 책을 읽는 것도 좋은 방법이긴 하지만, 침묵에 익숙지 않은 사람이라면 아무것도 하지 않은 채 그저 자신의 호흡에만 집중하는 것이 더 나을 수 있습니다.

　다음으로, 마음 소리를 듣는 연습도 필요합니다. 마음 소리라 해서 무슨 거창한 뜻이 있는 건 아니고요. 어떤 생각이나 느낌이 드는지 자신의 마음에만 집중한다는 의미입니다. 생각보다 많은 사람이 타인에게만 관심을 갖고 정작 중요한 자신에게는 아무런 신경을 기울이지 않은 채 살아갑니다. 세상에서 가장 귀한 존재가 자신이라는 사실을 잊지 말았으면 좋겠습니다.

　감사하는 마음을 갖는 것도 침묵에 도움 됩니다. 쉴 새 없이 말하는 사람은 오늘 하루를 돌아볼 겨를도 없고, 또 감사한 일을 떠올리는 것도 어려울 겁니다. 입을 다물면 생각이 열립니다. 이왕이면 감사할 일들을 떠올리면서 편안하고 기분 좋은 상태로 만드는 것이 좋겠지요.

　혹시 연애 중인가요? 아니면, 누군가와 사귈 준비를 하고 있습니까? 그렇다면, 상대를 파악할 수 있는 좋은 방법이 있습니다. 한 시간 동안 고요히 있을 수 있는 사람인가, 이걸 한번 확인해보길 바랍니다. 감히 말씀드리건대, 한 시간 동안 고요히 있을 수 있는 사람이라면 평생을 함께해도 아무 문제가 없을 겁니다. 인간 세상에서 일어나는 문제의 대부분은 사람들이 가만히 있질 못해서 생겨나는 것이지요. 침묵을 지키고, 아무런 반응도 없이, 그저 한 시간을 고요히 있을 수 있는 사람이라면 다른 건 더 볼 것도 없을 겁니다. 이런 사람이 흔치 않다는 게 문제겠지요.

　스스로를 테스트해보는 것도 좋겠습니다. 아무 말도 하지 말고, 스마트폰도 보지 말고, 소통과 관련된 어떤 행위도 하지 않은 채, 얼마만큼 견딜 수 있는가 확인해보는 겁니다. 저도 이 테스트를 해보았는데요. 저 자신이 얼마나 번잡하고 산만한지 알 수 있었습니다.

황금 멘탈을 가진 이들은 견디는 데 능합니다. 그들은 촐싹대며 수다 떨지 않습니다. 말하는 시간보다 생각하고 행동하는 시간이 훨씬 많습니다. 일상에서 일어나는 온갖 잡다한 일들에 대해 이러쿵저러쿵 불평하지 않습니다. 황금 멘탈을 가진 사람들은 그런 불평과 수다가 아무런 의미도 가치도 없다는 사실을 잘 알기 때문입니다. 대신, 그들은 자기 안으로 침잠합니다. 더 나은 삶을 위해, 더 나은 가치 실현을 위해, 다른 사람들을 돕기 위해, 무엇을 어떻게 할 것인가에 대해 생각하고 판단하고 행동합니다.

말 많은 사람은 가볍습니다. 묵히고 숙성하는 시간이 없습니다. 그렇게 뱉어놓은 말들에 대해 책임지지도 않습니다. 한두 번 겪고 나면, 이제 그들이 하는 말에 믿음이 가지 않습니다. 아무 말 하지 않아도 듬직한 사람 있는가 하면, 별별 얘기 다 해도 곁에 있고 싶지 않은 사람 있습니다.

스마트폰과 SNS를 통해 쉴 새 없이 '수다'가 쏟아지는 세상. 이제 우리는 자신을 지키고 진중한 한 걸음을 내딛기 위해 침묵해야 합니다. 사색하고 숙성시킨 진짜 '말'을 가려 해야 할 때입니다.

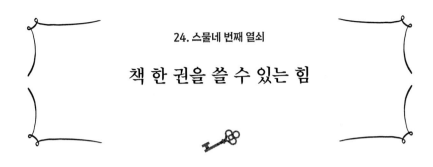

책 한 권을 쓸 수 있는 힘

책 한 권을 쓸 수 있는 힘을 요약하면 다음과 같습니다. 기획력, 통찰력, 관찰력, 융합력, 인내, 끈기, 이타심, 논리력, 받아들이고 내려놓는 힘. 이렇게 쓰고 보니 뭔가 거창한 것처럼 느껴지는데요, 능력 하나하나가 중요하다기보다는 책 한 권을 쓰는 사람이라면 이 정도의 능력을 갖추고 있다고 봐야 한다는 뜻입니다.

주제와 콘셉트를 정하고 목차를 짭니다. 누구를 위해 어떤 메시지를 전할 것인가 고민한 후 목차로 도식화하는 과정에서 기획력을 엿볼 수 있는 것이죠. 같은 일상이라도 일반 사람들이 보지 못하는 다른 측면을 짚어내는 힘이 있어야 글을 쓸 수 있습니다. 뻔한 내용을 글로 쓰면 독자에게 닿기 힘들겠지요. 이렇게도 보고 저렇게도 보면서 전체를 아우르는 힘, 통찰력을 키울 수 있습니다. 사람이든 사물이든 현상이든 자세히 보아야 본질과 가치를 파악할 수 있으니 관찰력도 갖게 되고요. 나무와 인생, 계절과 사랑, 길거리 사람들 모습과 세상. 이렇게 A와 B를 연결하는 과정에서 메시지를 만들 수 있습니다. 융합력을 키울 수 있다는 뜻입니다.

원고지 800~1,000매 분량의 글을 쓰려면 당연히 인내와 끈기 가져야 하고요. 독자, 즉 다른 사람을 돕기 위해 글을 쓰는 것이므로 이타심도 필요한 겁니다. 주제와 근거와 사례와 핵심 메시지가 물 흐르듯 정리되어야 독자가 이해하기 쉽습니다. 논리력도 당연히 갖추게 됩니다.

오랜 시간과 노력으로 책 한 권을 집필하지만, 결과는 누구도 장담할 수 없습니다. 자기 수준에서 최선을 다하되, 베스트셀러 따위의 말에 현혹되지 말아야 합니다. 초보 작가라는 겸손한 마음으로 받아들일 것은 받아들이고 내려놓을 것은 내려놓아야 마땅하겠지요.

멘탈 이야기를 하다가 갑자기 책 쓰기 얘기를 하는 이유가 무엇일까요? 저는 과거에 유약하고 줏대 없기로 유명했거든요. 조금만 힘들면 포기해버리고, 누가 무슨 말만 하면 이랬다저랬다 휘둘리기 일쑤였습니다. 한마디로 멘탈이 형편없었다는 뜻입니다. 그랬던 제가, 책을 쓰면서부터는 조금씩 달라지기 시작했습니다. 모든 것을 잃은 상태라서 어쩔 수 없었는지는 모르겠습니다만, 어쨌든 저는 참고 견디며 책 한 권을 끝까지 써야 한다는 일념뿐이었습니다.

작가이자 강연가로서 새로운 삶을 살고 있는 저는 할 줄 아는 거라곤 글 좀 쓰는 것뿐입니다. 4차 산업혁명 시대, 융복합 시대에 걸맞는 무슨 대단한 재주 따위 없습니다. 책을 쓰는 요령과 방법, 그리고 끝까지 쓰는 힘. 이것이 제가 가진 전부인데요. 그것만으로도

전과자, 파산자 인생을 완전히 뒤집을 수 있었습니다.

감히 말씀드리는데요, 혹시 멘탈이 약해서 걱정이라는 분 계신다면 지금 당장 책 한 권 써보길 권합니다. 기획력과 통찰력은 물론이고, 그 외에 인생에서 갖춰야 할 많은 요소를 배우고 익히게 될 겁니다. 아울러, 멘탈도 충분히 강해질 수 있고요.

일본 작가 마쓰우라 야타로는 자신의 저서 『삶이 버거운 당신에게 달리기를 권합니다』에서 '10킬로미터를 달릴 수 있다는 건 어떤 상황에서도 견딜 힘이 생긴다는 것'이라고 말한 바 있습니다. 저는 이 말을 조금 다르게 활용하려 합니다. '책 한 권을 쓸 수 있다는 건 어떤 상황에서도 견딜 멘탈을 장착하는 것'이라고 말이죠.

달리기와 책 쓰기, 그 외 다른 어떤 일도 마찬가지입니다. 시작하고, 계속하고, 끝내는 거죠. 최근 주변 사람들을 보면, 시작 단계에서는 마치 끓어 넘칠 듯 뜨거우면서도 조금만 시간이 지나면 금세 포기해버리는 경우 많습니다. 무슨 일이든 도입기가 있고 성장기와 성숙기가 있게 마련인데, 죄다 도입기에서 그쳐 버리니까 승부를 걸어볼 엄두조차 내지 못하는 겁니다. 시작도 급하고 포기도 빠르고. 그렇게 끝낸 일들에 대해서는 세상 탓, 환경 탓, 상황 탓을 하기까지 합니다.

잘 쓰고 못 쓰고는 중요하지 않습니다. 하나의 주제를 가지고 A4 용지 100매 가까운 분량을 쓰다 보면 온갖 심리적 변화와 만만찮은 상황을 마주하게 되거든요. 어떻게든 그 벽을 넘어서고 끝까지 완주해서 자신의 이름이 적힌 책 한 권을 세상에 내놓으면, 그 순간의 짜릿함과 성취감은 뭐라 표현하기 힘들 정도입니다.

나약한 멘탈을 강하게 만드는 가장 좋은 방법은 성취감 느끼는 겁니다. 나도 얼마든지 해낼 수 있다는 사실을 스스로 증명하고 나면, 이후에는 전혀 다른 세상을 만나게 됩니다. 저는 이렇게 책 쓰기를 삶의 한 부분으로 간주합니다. 덕분에 10년 넘는 세월 동안 매일 글을 쓸 수 있었던 거지요. 베스트셀러? 돈 되는 책 쓰기? 팔리는 책 쓰기? 이런 측면에서 접근했더라면 저도 아마 벌써 다른 일하고 있었겠지요.

멘탈을 강하게 만들기 위한 방안이 아니더라도 살면서 자신의 이름으로 책 한 권 내는 것은 꼭 필요하고 의미와 가치도 있는 일이라고 생각합니다. 진행 과정에서 여러 가지 힘을 키울 수 있으니 일석이조라 할 수 있겠지요. 작가로 거듭나는 동시에 황금 멘탈도 장착할 수 있습니다. 도전과 성취 앞에서 망설이지 말았으면 좋겠습니다.

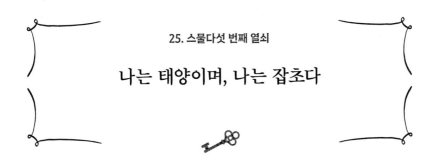

나는 태양이며, 나는 잡초다

'나처럼 실패한 사람이 뭘 할 수 있겠어.' 이런 생각이 들 때는 벌떡 일어나 "나는 태양이다!"라고 소리칩니다. '나는 성공해야 하고, 멋지고 근사한 삶을 살아야 해.' 나에게 꽃길만 펼쳐져야 한다는 생각이 들 때는 조용히 심호흡을 하면서 "나는 잡초다!"라고 중얼거립니다.

사람의 감정은 시도 때도 없이 변화합니다. 좋았다가 싫었다가, 기뻤다가 슬펐다가, 들떴다가 가라앉았다가, 뜨거웠다가 식었다가. 바로 이런 감정 변화 탓에 많은 에너지를 낭비하게 되는 거지요. 감정을 평온하게 유지하기 위해서 명상도 하고 산책도 하고 마음공부도 하는 것 아니겠습니까. 결국 평정심을 가져서 에너지 낭비를 줄이고, 그렇게 모은 에너지로 자신이 진정 원하는 삶에 집중하는 것이 우리가 지향하는 목적이라 할 수 있겠습니다.

문제는, 그렇게 오락가락하는 감정을 통제하기가 쉽지 않다는 겁니다. 감정을 잘 다스리는 방법이 있다고 주장하는 사람도 많지만, 적어도 제 경험으로는 감정을 마음대로 좌우하기란 쉽지 않은 일임을 알 수 있었지요. '감정'이라는 말 자체도 어렵습니다. 복잡하게 느껴지죠. 그래서 저는 '감정'보다는 '생각'이란 단어를 자주 씁니다. 실제로 '감정'을 통제하기보다 '생각'을 바꾸는 게 더 수월하기도 했고요.

감옥에 앉아 있으니 기가 차고 말문이 막혔습니다. 부모님이 나를 어찌 키웠는가. 처자식은 나만 바라보고 사는데. 나는 또 얼마나 열심히 살아왔는가. 그런데도 최종 결과물이 감옥이라니! 얼마나 많이 울었는지 일일이 말하기도 힘들 정도입니다. 손톱으로 가슴팍을 긁어 상처 지워질 날 없었습니다. 절망과 좌절이 한 인간을 얼마나 처참하게 만드는가 제대로 경험했습니다. 무슨 희망이라도 한 점 보여야 다시 일어설 힘을 낼 게 아니겠습니까. 산더미 같은 빚은 그대로 있고, 전과자 꼬리표까지 달았으니 먹고살 길은 막막하고, 책임져야 할 가족은 저만 쳐다보고 있고. 앞날이 캄캄하니 살아도 사는 게 아니었습니다.

"신은 실수하지 않는다. 신은 모든 인간에게 역경을 헤쳐나갈 능력을 주셨고, 힘든 시간을 견디고 나면 반드시 큰 복을 누릴 때가 오게 마련이다." 조엘 오스틴이 쓴 『긍정의 힘』이라는 책에서 이 문장을 발견했습니다. 저라는 존재가 신이 만든 작품이란 생각을 처음 하게 되었지요. 그때부터 저는 저 자신이 '태양'이라고 믿기 시작했습니다. 삶이 뜨거운 이유는 고통을 받기 위함이 아니라 세상과 타인을 밝고 따뜻하게 비춰주기 위함이란 사실을 깨달았지요.

이후로 글을 쓰기 시작했습니다. 저의 '뜨거운 현실'을 글로 적어서 힘들고 어려운 이들에게 같이 용기를 내자고 전했습니다. 글 한 편 적을 때마다 심장이 뛰고 가슴이 설렜습니다. 절망과 좌절이 희망으로 바뀌는 순간이었죠. 순식간에 일어난 일입니다. 어제와는 전혀 다른 오늘. 기적이란 게 있다면 이런 걸 두고 하는 말 아닌가 처음으로 생각해보게 되었습니다.

세상으로 다시 돌아와 일상을 찾았습니다. 막노동판에서 땀 흘려 일하고, 새벽과 밤에는 책상 앞에 앉아 글을 썼습니다. 몸 힘들고 지친 건 두말할 것도 없었고요. 다섯 식구 생계를 유지하기에도 벅차서 부담도 많이 되었지요. 그럴 때마다 조바심이 났습니다. 난 태양인데, 태양의 삶이 뭐 이래. 육체노동으로 몸은 맨날 만신창이가 되고, 삶은 나아질 기미조차 보이질 않고. 그렇게 저는 서서히 불평과 불만의 존재로 다시 돌아가고 있었습니다.

'나에게 이런 일이 생기면 안 될 이유라도 있는가!' 어느 책에서 읽은 문장입니다. 저는 매 순간 '왜 하필이면 나에게 이런 일이 생기는 거야!'라고만 생각했거든요. 그런데, 저 문장을 읽는 순간 생각이 확 바뀌었습니다. 대꾸할 말이 생각나지 않았습니다. 나에게 이런 일이 생기면 안 될 이유가 무엇인가. 다른 사람이 아니라 내가 되면 안 되는 이유라도 있는가. 안 좋은 일이 나에게 일어나면 왜 안 되는가. 그렇지요. 꽃길만 걸으면 좋겠지만, 그렇다고 내게 가시밭길이 펼쳐지지 말라는 법도 없는 겁니다.

그때부터 저는 저 자신을 '잡초'라고 여기기 시작했습니다. 길가에 핀 잡초. 바람에 흔들릴 수도 있고, 아무도 눈길조차 주지 않을 수도 있고, 다른 꽃이나 나무보다 부족하고 모자란 점 많을 수도 있고, 어느 날 갑자기 뽑힐 수도 있고, 사람들 발길에 치이고 밟힐 수도 있는, 그런 잡초.

마음이 얼마나 편안해졌는지 표현하기도 힘듭니다. 순식간에 일어난 일이죠. 어제와는 전혀 다른 기분을 느끼게 되었습니다. 같이 일하는 사람들이 저를 보면서 "무슨 좋은 일 있나 봐?"라고 물을 정도였습니다. 뼈 빠지게 막노동하는 현장에서 실실 웃으며 일했으니, 나 자신이 잡초라는 그 생각이 저를 편안하고 행복하게 만들었다는 사실을 더 설명할 필요는 없겠지요.

힘들고 어려운 순간, 도저히 한 걸음도 나아가기 어렵다고 느끼는 순간에는 나 자신을 태양이라고 생각합니다. 내가 하는 모든 일이 잘 풀려야 한다는 강박에 사로잡혀 벽이 생길 때마다 불평과 불만 터져 나오는 순간에는 나 자신을 잡초라고 여깁니다. 태양과 잡초 사이를 오가며 살아보니 인생이 참 살아갈 맛 나는 여행이라는 생각이 들었습니다.

황금 멘탈을 가진 사람들은 자신의 생각을 고정하지 않습니다. 마음의 문을 활짝 열어두는 거지요. 이럴 땐 이렇게, 저럴 땐 저렇게. 유연성을 가지고 살아가니까 막히지도 않고 무너지지도 않는 겁니다. 물은 그릇을 탓하지 않습니다. 그릇의 모양에 따라 자신을 바꾸며 살아가지요. 그래서 물이, 세상에서 제일 강한 겁니다.

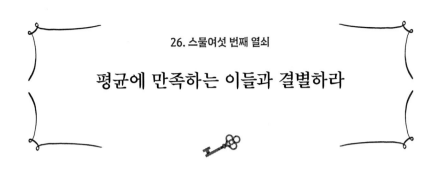

평균에 만족하는 이들과 결별하라

10년 동안 하루 네 시간 잤습니다. 자정에 취침하여 새벽 4시에 일어났지요. 사업 실패로 잃어버린 시간을 만회하겠다는 나름의 결단이었습니다. 처음에는 곧 죽을 것 같았지만, 시간이 지날수록 몸이 적응하여 생각보다 어렵지 않게 수면 시간을 유지할 수 있었습니다. 하루 스무 시간 살았습니다. 치열했지요. 덕분에, 모든 것을 잃었던 제가 작가와 강연가로 새로운 삶을 만날 수 있었습니다. 600명 넘는 작가를 배출하며 글쓰기 및 책 쓰기 분야 선두로 자리매김까지 했습니다.

"몸 좀 생각하세요."
"그렇게 적게 자면 건강에 해로워요."
"쉬어가면서 하세요."

주변 사람들로부터 이런 말 많이 들었습니다. 모두가 저를 아끼고 챙겨주는 이들이라 감사한 마음으로 받아들입니다. 하지만, 거기까지입니다. 저는 제가 더 나아질 수 있다는 사실을 확신합니다. 저뿐만 아닙니다. 세상 모든 사람은 지금보다 더 좋아질 수 있습니다. 지금보다 더 나은 삶, 지금보다 더 성공한 인생, 지금보다 더 행복한 삶을 만날 수 있습니다. 한 치의 의심도 없습니다.

제 과거는 참혹했습니다. 사업 실패로 모든 것을 잃었습니다. 돈도 사람도 명예도. 희망이라곤 한 줌도 없었고, 가진 재산도 없었으며, 주변에 친구 한 명 없었습니다. 그 시절의 저와 지금의 저를 비교하면, 저 자신조차 믿기 어려울 정도로 삶이 달라졌습니다. 만약 그때 누군가가 저한테 지금의 삶을 언급하면서 좋아질 테니 염려하지 말라고 했더라면, 저는 그 말을 절대 믿지 못했을 겁니다.

하지만, 이제 삶을 다시 일으키고 보니 생각이 달라졌습니다. 특별한 사람만 인생 역전하는 게 아닙니다. 누구나 가능합니다. 그렇게 하기 위해서는 몇 가지 조건이 필요할 뿐입니다.

첫째, 결단이 필요합니다. 해도 그만, 안 해도 그만인 사람은 달라질 가능성이 없습니다. 반드시 더 나은 삶을 만들고야 말겠다는 확고한 결단을 내려야 합니다. 한 걸음도 뒤로 물러나지 않겠다는 절박한 심정으로 임해야 합니다. 그렇게까지 해야 하느냐고 묻는 사람 많을 텐데요. 네! 그렇게까지 해야 합니다. 만약, 굳이 그렇게까지 할 필요는 없을 것 같다고 생각한다면 안 하면 됩니다. 지금 우리는 자발적인 변화와 성장을 얘기하고 있습니다. 하기 싫은 사람은 안 하면 됩니다. 대충 쉽게 편하게 할 수 있을 거라고 믿는 사람들도 그만두는 게 낫습니다.

둘째, 평균에 만족하는 사람들과는 결별해야 합니다. 사람은 누구나 주변 이들로부터 영향을 받게 마련입니다. 친한 친구 다섯 명의 평균이 자기 모습이라 하지요. 그만큼 함께 어울리는 사람들의 열정과 수준이 중요합니다. 적극적인 태도로 변화와 성장을 추구하며, 모든 면에서 긍정적인 사고방식과 태도를 갖춘 이들과 함께하는 것이 내 인생을 위해서도 바람직하겠지요. 부정적이고, 불평과 불만 많고, 자꾸만 발목을 잡으려는 이들과 결별하지 못하면 자기 인생도 결국 제자리걸음뿐이란 사실을 알아야 합니다.

셋째, 선명한 목표를 가져야 합니다. 목표 가져야 한다는 말 귀가 따갑도록 들었을 겁니다. 그럼에도 제 주변 사람들 보면 아직도 명확한 목표 없이 사는 경우 많은데요. 목표가 없다는 말은 그저 흘러가는 대로 살겠다는 목표를 잡은 것이나 마찬가지입니다. 모든 열정과 의지는 목표에서 비롯됩니다. 금메달 따고야 말겠다는 목표 없이 국가대표 선수들이 종일 피땀 흘려 운동한다는 건 상상도 못 할 일이지요. 내 인생은 왜 이러나 싶은 사람 있다면, 지금 당장이라도 선명한 목표와 계획 세우고 매일 도전해보길 바랍니다. 머지않아 전혀 다른 인생을 만나게 될 겁니다.

인생은 크게 두 부류로 나눌 수 있습니다. 외부에서 일어나는 일들에 영향을 받는 인생, 그리고 내가 외부에 영향을 미치며 살아가는 인생. 둘 중에서 어떤 삶을 선택할지는 오직 내 손에 달려 있습니다. 저도 과거에는 '끌려다니는' 인생을 살았습니다. 그래서 한숨 짓는 날이 많았던 겁니다. 내 손으로 인생을 만들기 시작하면서부터 '진짜 삶'을 산다는 느낌을 받았습니다.

　네, 물론 쉽지 않습니다. 상당한 노력을 기울여야 하고, 매 순간 어렵고 힘들어 포기하고 싶은 충동과도 싸워야 합니다. 분명한 것은, 아무리 어렵고 힘든 과정이라 할지라도 세상에는 이미 그 길을 먼저 걸어 인생 승리의 깃발을 거머쥔 자들이 셀 수 없이 많다는 사실입니다. 그들은 누리고 즐기고 성취하는데 왜 우리는 아래쪽에 있어야 합니까.

　황금 멘탈을 가진 자들은 선명한 목표와 계획을 세우고 살아갑니다. 그들은 자신이 무엇을 위해 살아가는지 명확하게 알고 있습니다. 때문에, 주변에서 무슨 말을 해도 휘둘리지 않습니다. 어렵고 힘들어 잠시 쉬어갈지언정, 포기하는 일은 절대 없습니다. 목표를 향해 나아가는 모든 과정을 훤히 보고 있기 때문에 포기하려야 포기할 수 없는 것이죠. 자신이 지금보다 훨씬 나아질 수 있고, 더 나은 삶을 만날 수 있다는 사실을 뻔히 아는데 중도에 그만두는 바보 같은 사람은 없을 테니까요.

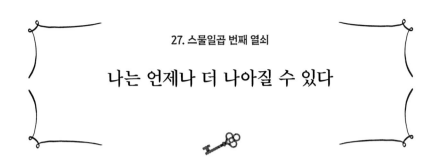

나는 언제나 더 나아질 수 있다

실패는 내가 도전했음을 의미하는 증거일 뿐입니다. 도전하지 않은 사람들에게는 실패라는 훈장도 없습니다. 중요한 건, 실패했다는 사실 그 자체가 아니라 실패했음에도 다시 일어서는 저력과 용기입니다. 삶이 계속되는 한 우리의 도전도 계속되어야 합니다.

저는 실패를 지긋지긋하게 했습니다. 남은 인생에서도 더 많은 실패를 하게 될 겁니다. 하지만, 이제 더 이상 실패가 두렵지 않습니다. 오히려 그것이 별것 아니라는 생각마저 듭니다. 자꾸 하다 보니 익숙해진 것이죠. 실패해도 괜찮습니다. 다시 일어서 도전하면 그뿐이니까요.

사업에 실패했을 때, 저는 세상이 무너지는 줄 알았습니다. 아침에 눈 뜨는 게 괴로웠지요. 채권자들 독촉 전화 때문에 정신을 차리기가 힘들었고, 다시 원래의 삶으로 돌아갈 방법이 하나도 보이지 않았기 때문입니다. 그때의 저를 만날 기회가 한 번이라도 주어진다면, 제가 전할 말은 하나밖에 없습니다. "괜찮다!"

실패란 그 순간의 현상일 뿐입니다. 실패의 특성은 영속성이 아니라 섬광과도 같습니다. 번쩍 하고 눈을 아프게 했다가 사라지는 섬광 말입니다. 그러니 실패했다고 해서 주저앉아 있거나 마치 삶이 끝난 것처럼 어리광 피우는 일은 없어야 합니다.

더 이상 아무것도 할 수 없다는 좌절감과 자신이 참 못났다 싶은 자괴감이 들 겁니다. 그럴 수 있습니다. 최선을 다해 노력했음에도 원하는 결과를 얻지 못했으니 얼마나 실망스럽겠습니까. 하지만, 삶이 끝난 경우가 아니라면 언제든 다시 도전할 기회는 있습니다.

앞으로 무엇을 어떻게 할 것인가. 감옥에서 1년 6개월이라는 시간을 보내는 동안 미래 계획이라도 제대로 세워 나가야겠다 다짐했습니다. 네, 바로 그겁니다. 뭐라도 해야 한다는 거죠. 망연자실 하늘만 쳐다보고 있을 게 아니라, 당장 할 수 있는 무엇이라도 계속해야 합니다. 그러던 중에 글을 쓰고 작가가 되고 강연가가 되어야겠다는 꿈을 발견하게 된 겁니다.

사람들은 웃었습니다. 어이가 없었겠죠. 누가 전과자 글을 읽겠는가. 누가 파산자의 강연을 듣겠는가. 아마 다들 이렇게 생각했을 겁니다. 그러나, 제 생각은 달랐습니다. 세상에는 저보다 힘든 경험을 한 사람들도 분명 많을 거라고 짐작했지요. 그들의 귀에는 저 높은 곳에 있는 사람들 말이 뜬구름 잡는 공자님 말씀처럼 들릴 겁니다. 저처럼 비슷한 실패와 바닥에서의 경험을 한 사람의 말이 오히려 더 가슴에 와닿을 겁니다. 내가 할 수 있는 일을 찾아, 오직 그것만 생각하면서, 당장 할 수 있는 일만 하면 된다! 이것이 바로 제가 실패 가운데에서도 하루하루 버티며 재기를 준비한 방법입니다.

첫 번째 원고를 출판사에 투고했을 때, 가차 없는 거절 메일을 받았습니다. 이메일 수신함에 출판사 거절 메일이 추풍낙엽처럼 쌓였죠. 처음부터 잘될 거란 기대는 하지 않았습니다만, 그 정도일 줄은 몰랐습니다. 아주 그냥 제 원고를 거절하려고 기다렸던 사람들 같았습니다. 세상에 나온 직후 저는 또 한 번의 처참한 실패를 경험한 겁니다.

포기하지 않았습니다. 우리나라에 출판사가 셀 수 없이 많다는 사실을 알고 있었거든요. 투고 메일을 보내고 또 보냈습니다. 한 군데도 빠짐없이 다 보내버리겠다는 심정으로 말이죠. 저는 제 원고가 세상의 빛을 볼 자격이 있다고 믿었습니다. 다행스럽게도, 결국은 한 군데 좋은 출판사를 만나 책을 출간할 수 있었습니다. 또 한 번 깨달았습니다. 만약 제가 투고를 포기했더라면 저의 첫 책은 세상에 나올 수 없었을 겁니다. 포기하지만 않으면 반드시 답을 찾게 되어 있습니다.

극심한 통증으로 몸이 무너져 내렸습니다. 정확한 병명도 없었고, 마땅한 치료법도 없었습니다. 온몸에 염증이 가득하고 신경이 있는 대로 부어 있어서 조금만 움직여도 아프고 저리고 고통스러웠습니다. 나이 오십 넘은 남자가 사무실 구석에 앉아 엉엉 울었으니 얼마나 아팠는지 더 설명할 필요 없겠지요. 아무튼, 저는 그렇게 심한 통증 난생처음 겪어보았습니다. 이대로 삶을 포기하는 것이 차라리 낫겠다 싶을 정도였지요.

병원 다니면서 주사도 수없이 맞고, 약도 먹고, 한방병원에 가서 침도 맞고, 물리치료도 받고, 도수치료도 받고, 시술도 하고, 온갖 검사 있는 대로 다 했습니다. 덕분에 지금은 완전히 낫지는 않았지만, 일상에 지장 없을 정도는 되었습니다. 만약 제가 그때 어떻게든 낫겠다는 생각으로 기를 쓰고 여기저기 찾아 헤매지 않았더라면 지금 어찌 되었을까요. 생각만 해도 끔찍합니다.

의학적인 지식은 없습니다만, 몸이 아픈 사람도 절대 포기하지 말아야 합니다. 제가 다녀보니까 똑같은 병, 똑같은 진료과목이라도 전국 팔도 전문의사마다 보는 눈이 다르고 실력 다르고 치료법 다릅니다. 그냥 대충 이렇게 살면 되지 뭐. 그런 생각 절대로 하지 말고, 최대한 정보 확인해서 제대로 치료받을 수 있도록 해야 합니다.

황금 멘탈을 가진 사람들도 우리와 똑같습니다. 그들이라고 해서 아프지 않은 것도 아니고, 그들이라도 해서 실패하지 않는 것도 아닙니다. 황금 멘탈을 가진 이들이 다른 사람들과 다른 점은, 똑같은 상황이 생겨도 절대 포기하지 않는다는 점이죠. 그들은 실패에 별 의미를 두지 않습니다. 그저 지나가는 과정이라 여깁니다. 그들은 어떤 방법으로 다시 도전할 것인가에 대해서만 초점을 맞춥니다.

세월이 지나고 나면, 자신이 경험한 실패가 최고의 스토리임을 알게 될 겁니다. 지금 실패 때문에 고통 겪고 있는 사람 있다면, 영화의 클라이맥스 장면이라 여기고 이제 곧 해피엔딩을 맞이할 거란 희망 절대 놓지 말길 바랍니다.

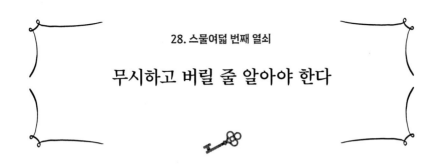

무시하고 버릴 줄 알아야 한다

사람들은 무엇을 가질 것인가에만 관심을 둡니다. 얼마나 많이 가질 것인가에만 초점을 맞춥니다. 무엇을 얼마나 가질 것인가 결정한 바에 따라 목표와 계획을 세웁니다. 그리고는 매일 열심히 노력하며 살아가지요. 그 모든 것들이 자신에게 얼마나 절실하게 필요한 것인가에 대해서는 생각하지 않은 채 말입니다.

저는 과거 제 삶을 이야기할 때마다 '질주'라는 표현을 씁니다. 오직 돈만 바라보며 달렸고, 그 돈이 내게 무슨 이유로 얼마만큼 필요한가에 대해서는 한 번도 생각해본 적 없었기 때문입니다. 가족, 친구, 사랑, 우정, 행복 따위 모조리 뒷전으로 밀려났습니다. 무조건 돈만 많으면 된다는 극단의 생각으로 살았던 탓에 결국은 돈을 포함한 다른 모든 것들까지 잃고 말았습니다.

스마트폰 시대, SNS 시대입니다. 하루에 수백, 수천 건의 정보가 무작위로 쏟아집니다. 각자 자신의 이야기를 세상에다 쏟아놓기에 급급합니다. 그 많은 정보와 지식과 스토리 중에서 과연 나에게 정말로 필요한 것은 얼마나 될까요? 내 삶에 유용하고, 내가 써먹을 수 있고, 나의 가치관이나 철학에 부합하고, 나와 내 인생을 더 풍요롭고 의미 있게 만들어줄 만한 그런 정보 말입니다. 바꿔 말하면, 우리는 종일 '쓸데없는' 정보와 지식으로 둘러싸인 채 살아가고 있다는 얘깁니다.

정보를 분별할 줄 알아야 합니다. 내게 필요한 정보는 무엇이고, 믿을 만한 정보는 어떤 것이며, 수많은 정보 중에서 무엇을 선택하고 버릴 것인가 명확하게 구분할 줄 알아야 한다는 뜻입니다. 그렇게 하기 위해서 가장 먼저 갖춰야 할 것은 '버리는 습관'입니다.

모든 정보를 다 가지려 하니까, 모든 지식을 다 쥐려 하니까 결국 아무것도 가질 수가 없는 것이죠. 욕심 나는 건 당연합니다. 이것도 가지고 싶고 저것도 알고 싶지요. 그러나, 한꺼번에 모든 것을 가질 수 있는 사람은 없습니다. 사물도 필요한 것만 취해야 하고요. 사람에게도 집착해서는 안 됩니다. 정보와 지식도 마찬가지입니다. 온갖 잡다한 가십거리에 무방비로 노출되어 있으니까 정말로 필요한 공부를 하기 힘든 겁니다.

누가 책 출간했다는 소식 들리면 나도 책 쓰기 수업에 등록하고, 누가 코인으로 돈 벌었다 하면 당장 코인 투자를 시작하고, 책 쓰기보다 유튜브가 낫다 하면 즉시 유튜브를 시작하고, 부동산으로 재미 봤다는 말 들리면 또 무리하게 부동산 공부를 시작합니다. 정보와 지식을 이런 식으로 활용하면 아무짝에도 쓸모없습니다. 돈만

날립니다. 그러면서도 자신은 뭔가 열심히 하고 있다는 착각 속에 살게 되지요.

'N잡러'라는 말이 유행하고, 관련 도서나 강연도 성행하고 있습니다. 감히 말씀드리는데, 지금은 다시 한 우물을 파야 하는 때입니다. 시대 변화에 휩쓸리다 보니 얕은 공부와 도전을 하는 사람이 많아졌습니다. 진득하게 앉아 공부하고, 정보와 지식을 자기 것으로 만들어 다른 사람 도우며 제대로 활용하는 사람 찾기가 힘들어졌지요. 많은 이들이 반짝 공부와 얕은 콘텐츠 놀이를 하는 동안 만약 누군가 소리 없이 한 우물만 판다면, 그 사람 반드시 성공할 수 있을 거라 장담합니다.

여러 개의 주머니를 차고 있어야 안전하게 돈을 벌고 더 크게 성공할 수 있다는 말도 일리가 있습니다. 허나, 그렇게 하기 위해서는 훨씬 더 많은 시간과 노력을 투자해야 한다는 사실을 기억해야 합니다. 세상에 쉽고 만만한 일이 어디 있겠습니까. 주변 사람들 말에 휘둘려 이리저리 배회하지 말고, 자신이 진정으로 원하는 삶이 어떤 것인지 차분하게 생각하는 시간 가져야 합니다. 혼란스럽고 소란스러운 세상이긴 하지만, 원하는 게 있으면 무엇이든 가질 수 있는 기회도 주어지는 시대입니다. 적어도 자신이 무엇을 바라는지는 제대로 알아야 인생도 누리면서 살아갈 수 있지 않겠습니까.

필요 없다 싶으면 버려야지요. 아니다 싶으면 무시해도 됩니다. 전부 다 가지려 하고 모든 것에 관심을 가지니까 아무것도 제대로 못 하는 겁니다. 책 쓰려는 사람들 중에서 주제 못 정하는 사람 얼마나 많은지 아시나요? 지금이 그런 세상입니다. 자신이 하고 싶은 말이 무엇인지조차 알지 못하는 사람이 넘쳐나는 시대입니다.

이런 현상이 생겨난 이유는, 고요하게 자신에게 집중하는 시간을 갖지 못한 탓이지요. 나에게 집중하고 나에게 관심 가지고 나와 대화해야 하는데, 종일 스마트폰과 씨름하고 있으니 점점 나를 잃어갈 수밖에요.

지금이라도 늦지 않았습니다. 자기 인생 어떻게 만들어 갈 것인가 깊이 생각하고 결정한 후, 그에 맞는 정보와 지식만 선택하면 됩니다. 나머지는 싹 다 버리고 무시하는 거지요. 화살 하나로 표적 여러 개를 맞출 수는 없습니다. 황금 멘탈은 고도의 집중과 몰입을 통해 만들어집니다.

더 나은 사람이 되면
더 나은 삶을 만날 수 있다

문제가 생길 때마다 그 문제를 해결하는 데 급급했습니다. 하나의 문제를 해결하고 나면 또 다른 문제가 나타났지요. 인생이 원래 그런 거란 생각으로 받아들이기는 했습니다. 문제가 하나도 없는 완벽히 평화로운 삶은 없을 테니까요. 문제를 극복하는 과정에서 더 지혜롭고 강해진다면, 그것이 바람직한 인생 아닐까 생각하기도 했습니다.

하지만, 매 순간 문제를 해결하는 데 급급하다 보니 삶의 여유를 즐긴다거나 나보다 어렵고 힘든 사람들을 도울 만한 여력은 전혀 챙기질 못했습니다. 황금 멘탈을 가진 사람들은 자신에게 닥친 문제를 현명하게 해결하면서도 늘 여유 있게 삶을 누리고 다른 이들을 돕기까지 합니다. 무슨 차이가 있었던 걸까요?

황금 멘탈을 가진 사람들은 문제를 미리 예견합니다. 평소에 대

책을 마련하고요. 그래서, 실제로 문제가 발생하면 당황하거나 허둥대지 않습니다. 여유로운 마음으로 미리 준비한 대안을 발휘하여 문제를 해결합니다. 당황하거나 허둥대지 않아서 실수할 확률도 적습니다. 문제를 해결하는 과정에서 배우고 깨달아 더 나은 삶으로 나아갑니다. 그들에게 문제는 고난이나 역경이 아니라 배움의 기회이자 성장의 발판입니다.

문제를 해결하는 게 아니라 '나'를 해결해야 하는 겁니다. 내가 더 나은 존재가 되면, 문제는 점점 작아집니다. 문제 하나를 해결하는 데에만 급급하면, 비슷한 문제가 생길 때마다 똑같은 시간과 노력을 투자해야 합니다. 밤 하나를 깎는 데 5분이 걸린다면, 밤 100개를 깎기 위해서는 500분이라는 시간을 투자해야만 하는 거지요. 황금 멘탈을 가진 이들은 비효율을 가장 싫어합니다. 그들은 밤 하나를 깎아야 하는 상황이 발생한 직후부터 밤 깎는 기계를 만들어냅니다. 그러니, 이후로는 밤 깎을 일이 아무리 많이 생겨도 전혀 당황하거나 두렵지 않은 것이죠.

'나'를 개선한다는 말도 같은 이치입니다. 더 나은 능력, 차원 높은 가치관, 실력, 기술, 바람직한 세계관, 철학 등을 갖추게 되면 비슷한 수준의 문제들이 계속 닥쳐도 슬기롭고 현명하게 해결할 수가 있습니다. 그렇다면, '나'를 해결하고 더 나은 존재로 만들기 위해서는 무엇을 어떻게 해야 할까요?

첫째, 실수와 실패로부터 배워야 합니다. 살다 보면 일을 그르칠 때가 있습니다. 그럴 때마다 좌절하고 절망할 것이 아니라, 지금 상황이 나에게 무엇을 가르치고 있는가 생각해보는 것이죠. 반드시 뭔가를 배우고야 말겠다는 생각으로 상황을 바라보면, 깨우칠 만한 것들이 꼭 나타납니다. 성장과 발전을 간절히 원하는 사람이라면, 오히려 일부러도 실수하고 실패하길 바라는 정도가 되어야 합니다. 성공만 하면 배우지 못합니다. 실수와 실패로부터 배우고 익혀야 더 나은 존재가 될 수 있습니다.

둘째, 자신에게 관심을 가져야 합니다. 스마트폰 시대, SNS 시대이다 보니 많은 사람이 자신보다는 타인과 타인의 삶을 엿보는 데 시간을 빼앗기고 있습니다. 다른 사람 인생 구경만 하는 사람은 성장이고 뭐고 아무것도 이루지 못합니다. 잠자리에 들기 전 하루를 돌아보면서 자신이 했던 생각과 말과 행동을 성찰해야 합니다. 성과는 무엇이고 보완해야 할 점은 무엇인가. 누구를 어떻게 도왔으며 개선해야 할 내용은 없는가. 오늘이라는 하루가 내 인생에서 가지는 의미는 무엇인가. 매일 이렇게 자신과 대화하고 성찰하는 시간을 단 5분이라도 가지는 사람이라면, 성장과 발전 가능성이 무한하다고 말할 수 있겠지요.

셋째, 공부해야 합니다. 암기하고 정답 고르는 학창 시절 그런 공부 말고요. 내가 보고 듣고 경험한 것들에서 다른 사람 인생에 도움 될 만한 메시지를 찾아내는 공부를 해야 합니다. 지금까지 세상에 나온 모든 메시지는 개인의 경험에서 비롯된 것들입니다. 우리도 매 순간의 경험에서 주옥같은 메시지를 뽑아내 타인의 삶에 보탬이 되어야 합니다. 그것이야말로 최고의 가치를 지닌 공부라 할 수 있겠지요.

10년 전, 제가 겪었던 참혹했던 시련을 돌아봅니다. 그때는 정말이지 제 인생 끝난 줄 알았거든요. 때때로 그 순간을 돌아보면서 눈물도 흘리고 아파하기도 했습니다. 그런데, 지금 생각해보니 왜 그정도 시련으로 그렇게까지 무너졌을까 조금은 답답하고 안쓰럽다는 느낌마저 듭니다. 치열한 공부와 연습과 훈련을 통해 제가 더 강해지고 삶이 더 나아진 덕분에 똑같은 과거 경험이 다르게 보이는 것이지요.

'내'가 더 나은 존재가 되면 과거마저도 바뀐다는 말입니다. 실수와 실패로부터 배우고, 자신에게 관심을 가지며, 매 순간 공부를 게을리하지 않으면 삶의 모든 순간을 의미와 가치로 가득 채울 수 있습니다. 한마디로 살맛 나는 인생을 만들 수 있다는 뜻입니다. 황금 멘탈을 갖출 필요조차 없는 삶을 만나게 됩니다.

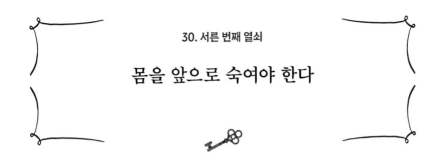

몸을 앞으로 숙여야 한다

어떤 일에 도전하는 10단계가 있다고 가정해봅시다. 1단계는 즉시 시작하는 경우이고, 10단계는 벼르고 재고 따지고 망설이는 정도가 가장 큰 경우입니다. 본인은 열 개의 단계 중에서 어디쯤 해당한다고 생각합니까? 아마도 이 질문에 다양한 대답이 나올 테지요. 중간 정도라고 생각하여 4, 5, 6단계라고 답하는 사람도 많을 겁니다. 하지만, 제가 질문한 의도는 다릅니다. 누구에게나 새로운 도전을 시작하는 태도는 반드시 1단계여야 합니다.

하지 않을 거라면 모르겠지만, 하겠다고 생각했다면 무조건 즉시 시작해야 합니다. 도전하고 싶은 마음이 생겼다는 것은 이미 벼르고 재고 따지고 망설이는 단계를 지났다는 뜻입니다. 무모하게 도전해서 재산 탕진하는 그런 종류의 일이 아니라 자기 계발 분야 도전이라면 주저할 이유가 없다는 뜻이기도 합니다.

저는 망설이고 주저하는 대표적인 사람이었습니다. 게다가, 시작한 후로도 이런저런 핑계와 변명을 대며 미루기 일쑤였습니다. 시간이 지나면 어떻게든 뭔가가 이루어질 거란 막연한 기대로 살았었지요. 하지만, 이제는 누구보다 잘 압니다. 악바리처럼 적극적으로 실행하지 않고 저절로 이루어지는 것은 아무것도 없다는 사실을 말입니다.

세상이 불공평하다고 말하는 사람도 있고, 세상이 거칠고 험하다 주장하는 사람도 적지 않습니다. 그러나, 제 경험에 비추어봤을 때 세상이 정확한 것은 분명한 사실입니다. 몸을 뒤로 젖힌 채 대충 시간만 보내는 사람한테 성과나 영광이 돌아가는 경우는 없습니다. 몸을 앞으로 숙인 채 전력을 다해 나아가는 사람에게만 결승점을 통과하는 기쁨이 주어지는 것이죠.

책을 출간하고 저 나름의 글쓰기, 책 쓰기 노하우를 정립했을 무렵 강의를 시작했습니다. 비슷한 시기에 망설이고 주저하는 사람 많았는데요, 솔직히 저도 두렵고 불안하긴 매한가지였습니다. 그럼에도 시작할 수 있었던 것은, 세월이 아무리 많이 흐르고 더 많은 공부를 한다고 해도 저 스스로 완벽하다는 생각을 하는 순간은 영원히 오지 않을 거라 확신했기 때문입니다. 부족하고 모자란 상태에서 시작했기 때문에 지금껏 한 번도 공부를 소홀히 한 적 없습니다. 계속 공부하며 새로운 내용을 배우고 익히면서 그 내용을 수강생들에게 전하고 있습니다. 저는 저대로 성장했고, 600명이 넘는 작가도 배출할 수 있었습니다.

코로나19 사태가 발생했을 때, 많은 강사가 주저하고 망설였지요. 대표적인 이유가, '내 강의는 오프라인 무대에서만 빛을 발하는데'라는 거였습니다. 온라인 강의를 해보지도 않고 오프라인 강의에 더 강한지 어떻게 알겠습니까. 당장 사무실 임대하고 시스템 설치해서 모든 강좌를 온라인으로 전환했습니다. 그 결과, 열 배가 넘는 수강생을 확보할 수 있었죠.

온라인만의 특화 프로그램을 만들고자 했습니다. 고민 끝에 '문장수업'을 시작했습니다. 일말의 망설임도 없었습니다. '문장수업'은 수강생들이 집필한 초고 일부를 화면 상단에 띄우고 그 아래쪽에다 제가 실시간으로 수정, 보완 시연하면서 해설을 덧붙이는 형식의 강의입니다. 이른바 '라이브 퇴고 쇼'라고 할 수 있지요. 백 명이 넘는 수강생이 지켜보는 가운데 글을 일일이 수정하고 다듬는 것은 긴장되고 불안하기 짝이 없는 수업 방식입니다. 자칫하면 글쓰기 강사의 밑천이 훤히 드러날 수도 있습니다. 고민하지 않고 시작했습니다. 어차피 제가 그 정도 실력이 없는 사람이라면 사업을 접어야 한다는 생각까지 했으니까요. 200회가 훌쩍 넘었습니다. '문장수업'은 현재 '자이언트 북 컨설팅'의 시그니처 강좌로서 가장 인기 있는 프로그램으로 자리 잡았습니다.

다 준비해서 어느 정도 완성한 상태로 시작하려는 이들이 많습니다. '초보자의 준비'가 과연 어느 정도 완성도를 가질 수 있는가 생각해볼 문제입니다. 부족하고 모자라니까 초보라고 부르는 것 아니겠습니까. 일단 시작하고, 진행 과정에서 계속 수정하고 보완하는 것이 훨씬 효과적입니다. 그래야 시작에 대한 두려움을 없앨 수 있습니다.

더 철저하게 준비한 후에 시작하겠다고 했던 사람들. 그들은 저의 시작을 우려했고, 저를 말렸고, 그럼에도 시작한 저를 비웃었습니다. 지금 그 사람들 무얼 하고 있는지 아십니까? 네, 맞습니다. 아직도 준비하고 있습니다. 10년이 지났는데도 말이죠. 주목할 만한 사실은, 더 철저하게 준비하겠다던 그 사람들이 10년 전보다 더 두려워하고 불안해한다는 점입니다. 시작하지 못한 채 시간을 보내면 점점 뒤로 물러나게 되어 있습니다. 번지점프대 위에 섰을 때는 일단 뛰어내려야 합니다. 마음 준비한다고 뒤로 물러나면, 시간이 지날수록 더 무서워집니다.

황금 멘탈을 가진 사람들은 시작이 빠릅니다. 일단 시작한 후, 수정하고 보완하는 데 많은 시간과 노력을 투자합니다. 멘탈 약한 사람들은 시작하기까지 오랜 시간이 걸립니다. 수정이나 보완은 아예 할 생각조차 하질 않습니다.

거창하고 대단한 일부터 시작하려면 아무래도 불안할 테지요. 독서나 일기 쓰기 등, 일상에서 쉽게 접근할 수 있는 아주 작은 일부터 '일단 시작'하는 연습을 해보세요. 시작도 습관입니다. 조금씩 몸에 익히면서 서서히 도전의 크기를 키워가면 됩니다. '시작하고, 계속하고, 끝낸다!'의 태도가 삶의 질을 바꿉니다.

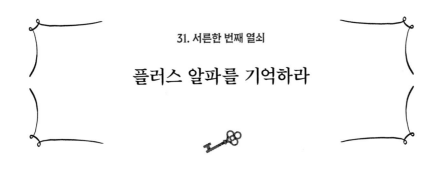

플러스 알파를 기억하라

일상을 쓰면 글이 되고 콘텐츠가 된다? 틀렸습니다. 일상 이야기에 반드시 메시지를 추가해야만 글도 되고 콘텐츠도 됩니다. 야식으로 치킨을 배달시켜 가족끼리 맛있게 먹었다는 내용만으로 글이나 콘텐츠가 될 수는 없습니다. 비가 쏟아지는 늦은 밤에도 이렇게 집까지 배달해주는 라이더 덕분에 맛있는 치킨을 먹을 수 있으니, 모든 순간에 감사한 마음을 품고 살아야 한다는 정도의 메시지라도 장착해야 합니다. 일상이 모든 것이라는 식의 주장을 흔히 볼 수 있습니다만, 메시지가 없는 일상 이야기는 그저 일기에 불과하거나 아무런 의미가 없을 수도 있다는 사실을 기억해야 합니다.

실수해도 된다? 실수를 두려워하지 마라? 틀렸습니다. 실수를 했을 때는 반드시 뭔가 하나라도 배우고 깨달아야 한다는 말을 덧붙여야 합니다. 무조건 실수해도 괜찮은 게 아니라, 실수로부터 하나라도 배워서 다음에는 더 나은 결과를 낳을 수 있어야 합니다. 그래야 성장도 하고 변화도 이룰 수 있는 것이지요. 그래야 두려워할 필요도 사라지는 겁니다. 실수를 하고도 아무런 깨우침이 없어서 똑같은 실수를 계속 반복한다면, 실수의 의미도 없을뿐더러 더 나은 삶을 만들 가능성도 없겠지요.

황금 멘탈을 가진 사람들은 '플러스 알파' 정신을 발휘합니다. 그들은 무언가 한 가지로 끝내지 않습니다. 일상에서는 메시지를 장착하고, 실수를 통해 배우고 깨달으며, 인간관계에서는 배려와 내려놓음을 배우고, 실패와 좌절에서는 다시 일어서는 힘을 얻습니다. 그들에게 한 가지로 끝나는 법은 없습니다. 삶의 모든 순간이 '원 플러스 원'입니다. 하나를 하면 하나를 더 깨닫고, 하나를 잃어도 하나를 더 배웁니다.

예전에는 독서 따로, 글쓰기 따로 했습니다. 책을 많이 읽으면 글을 잘 쓸 수 있다는 말을 듣고 아예 작정하고 책에만 파고들었던 적도 있습니다. 그런데, 아무리 책을 읽어도 글쓰기 실력이 나아지지 않아 이상하다 싶었지요. '독서만' 많이 한다고 해서 저절로 글을 잘 쓰게 되는 것은 아니었습니다. 읽기와 쓰기를 병행해야만 합니다. 책을 읽으면서 문장을 파악하고, 내 글을 쓰면서 책 속 문장과 비교하고, 이렇게 고쳐보고 저렇게 고쳐보는 작업을 반복하는 것이죠. 그렇게 하면, 독서만큼 글쓰기에 도움 되는 도구도 없다는 사실을 알게 됩니다. 이 또한 '플러스 알파' 정신이라 할 수 있겠지요.

강의를 하면서, 어떻게든 수강생들에게 잘 보여야 한다는 마음 가졌던 적 있습니다. 평가를 잘 받아야 소개도 나오고, 그래야 더 많은 수강생을 확보할 수 있다고 믿었습니다. 문제는, 그런 마음으로 강의를 하니까 더 힘들고 부담이 되어서 제대로 할 수가 없었던 거지요. 강의는 제가 수강생들에게 전달하는 수업이기도 하지만, 강의와 준비를 통해 저 스스로 배우고 익히고 성장하는 과정이기도 했습니다. 한 번도 똑같은 강의를 하지 않습니다. 매달 수업 내용을 업그레이드하고, 새로운 내용을 배우고 익혀 강의에 적용합니다. 덕분에 저는, 강의를 제법 하면서도 계속 성장하는 강사가 될 수 있었습니다.

'플러스 알파'는 두 가지 일을 동시에 병행한다는 뜻이 아닙니다. 한 가지 일을 하면서도 또 다른 무언가를 얻을 수 있다는 말입니다. 운동을 하면 몸이 좋아지기도 하지만, 운동하는 과정을 빌어 인생과 비유할 수도 있습니다. 회사에서 업무를 하면서 월급을 받기도 하지만, 일을 효율적으로 잘할 수 있는 방법을 함께 고민하고 연구하여 다른 직장인들에게 도움 되는 정보와 노하우를 전할 수도 있지요. 저는 작가와 강연가로 일하면서 살아가고 있지만, 지난 9년 동안 수많은 이들을 만나 상담하면서 어떻게 살아가는 것이 바람직한가 철학과 가치관도 정립할 수 있었습니다.

이렇게 한 가지 일을 하면서도 접목할 수 있는 또 다른 무언가를 배우고 깨닫는 습관을 들이면, 제 2, 제 3의 성과를 낼 수가 있습니다. 그 성과를 바탕으로 전혀 새로운 업을 가지게 될 수도 있고요.

하고 싶은 일을 해야 하는가, 아니면 잘하는 일을 해야 하는가. 젊은 친구들이 이 문제에 관해 고민하는 경우 많다고 들었습니다. 제가 직접 질문을 받은 적도 많거든요. 딱 부러지게 어떤 일을 하는 것이 옳다고 보기는 힘듭니다. 어떤 일을 선택하든 그 한 가지 일로

만 제한하지 말고, 그 일을 통해 배우고 깨달을 수 있는 또 다른 측면을 궁리하면 좋겠습니다.

제 주변에는 콜센터에서 상담원으로 일하다가 스피치 강사가 된 사람도 있고요, 대안학교에서 아이들 지도하다가 부모교육 강사가 된 사람도 있습니다. 어떤 일을 하든 '플러스 알파' 정신을 가지고 임하면 삶의 길이 훨씬 넓고 다양해집니다. 자신이 나아갈 수 있는 가능성이 여러 갈래라는 사실을 인지하면, 당연히 멘탈도 더 강해질 수밖에 없겠지요.

무슨 일을 하면서 어떻게 살아야 한다고 자신을 한정 짓지 말았으면 좋겠습니다. 가능성은 무한합니다. 무엇을 선택하는가 하는 것이 중요한 게 아니라, 자신이 선택한 길이 옳다는 증명을 하면서 사는 것이 훨씬 중요합니다. '플러스 알파' 정신은 언제 어디에서 무슨 일을 하든 자신과 미래의 가능성을 크게 만들어줍니다.

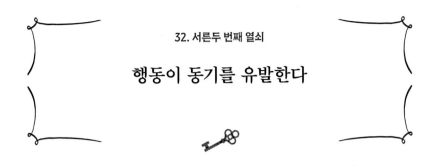

행동이 동기를 유발한다

'동기부여'라는 말이 있습니다. 무엇을 하고자 하는 동기나 의욕을 끌어내는 것으로, 목표로 향해 가기 위한 동력을 의미합니다. 저는 감옥에서 글을 쓰기 시작했습니다. 작가가 되겠다는 목표로 가기 위한 동력은 어디에서 얻었을까요? 독서를 통해서? 아니면, 당시 저의 처참한 상황을 극복하겠다는 의지로? 전혀 아닙니다. 매일 치열하게 글을 쓸 수 있었던 '동기부여'는 글을 쓰기 시작하면서부터 갖게 되었습니다.

처음에는 사심 가득했습니다. 작가가 되어 돈을 많이 벌고, 그런 다음 제 삶을 다시 일으키는 걸 목표로 삼았지요. 네, 물론 그렇게 될 수도 있을 겁니다. 하지만, 글을 쓰면서 전혀 다른 생각을 하게 되었습니다. 이전까지 매일 울고불고 가슴 치며 오열했던 제가, 글을 쓰면서부터는 저도 모르게 실실 웃고 있었던 거지요. 중학교 때 선생님을 짝사랑했던 이야기, 군대에서 전우들과 한밤중에 라면 끓여 먹었던 이야기, 회사에서 탁월한 성과를 내어 팀원 모두가 포상을 받았던 기억. 이런 이야기를 글로 쓰면서 저도 모르게 웃음 지었던 겁니다. 감옥에 앉아서 말이죠.

글이라는 게 시공을 초월해 감정까지 완전히 바꿀 수 있는 도구임을 알았을 때, 돈이나 성공이 아니더라도 평생 글 쓰면서 살아야겠다는 작심을 하게 되었습니다. 글을 쓰기 시작한 것은 절실함이라는 계기였습니다. 하지만, 그 계기 하나로는 지속할 힘이 전혀 없었죠. 며칠 쓰다가 포기했을 겁니다. 하지만, 일단 시작하고 본질을 깨달은 후로는 멈추고 싶다는 생각을 하지 않을 수 있었습니다.

최고의 동기부여는 행동입니다. 시작입니다. 출발선에서 한 걸음을 떼는 것! 그것이야말로 최고이자 유일한 동기부여라고 확신합니다. 많은 초보 작가들이 기분에 따라 감정에 따라 글을 쓰거나 말거나 합니다. 충분히 그럴 수 있습니다. 우리는 사람이니까요. 감정에 좌우되는 동물이기 때문에 기분 나쁘면 글 쓰기 싫다는 걸 이해하고도 남습니다.

중요한 것은, 감정이나 기분이 행동을 유발하기도 하지만 행동이 감정이나 기분을 바꿀 수도 있다는 사실입니다. 기분이 나빠서 글을 쓰지 않을 수도 있지만, 일단 쓰기 시작하면 계속 쓰고 싶은 기분으로 바뀌기도 한다는 뜻입니다.

우울하고 속상하면 고개가 아래로 향합니다. 어깨는 움츠러들고 한숨이 절로 나오지요. 그런데, 이와 반대 현상도 가능합니다. 만약 누군가 기분이 좋고 즐거운 상태에 있다고 가정해봅시다. 그런 사람이 어느 순간 고개를 힘없이 떨구고 어깨를 잔뜩 움츠린 채로 한숨을 계속 내쉰다면, 아마도 그는 오래지 않아 우울하고 속상한 기분에 빠져들 겁니다.

기분이 좋고 흥겨우면 고개를 번쩍 들게 되고요. 어깨도 활짝 펴고 콧노래도 절로 나올 겁니다. 만약 누군가 우울하고 침체된 상황에서 고개를 번쩍 들고 어깨를 활짝 편 채로 콧노래를 흥얼거리면, 아마 오래지 않아서 한결 나아진 기분을 느낄 수 있을 겁니다.

새로운 도전 앞에서 망설여지거나 주춤거릴 때, 제가 권할 수 있는 최선의 조언은 아무 생각 말고 일단 시작해보라는 거지요. 잘할 수 있을까? 끝까지 할 수 있을까? 이런 고민과 근심은 시작하지 않고서는 아무런 의미도 없는 걱정입니다. 무슨 일이든 시작을 해야 잘하든 못하든 할 것 아니겠습니까. 일단 시작을 해야 끝까지 가든 말든 하겠지요.

시작을 앞둔 사람들에게는 항상 두 가지 마음이 공존합니다. 두려움과 설렘입니다. 익숙지 않은 일에 도전하려니 당연히 두려운 것이고요. 새로운 도전을 펼쳐 또 다른 삶으로 나아간다는 생각에 설레기도 합니다. 이럴 때 우리는 또 두 가지 태도를 갖춰야 하는데요. 하나는, 자신이 두렵기도 하고 설레기도 한다는 사실을 자연스럽게 인정하고 받아들이는 겁니다. 두려운 마음을 억누르려고 애쓸 필요도 없고, 설렌다고 해서 방방 뛰며 촐싹거리지도 말아야 합니다. 이렇게 자신의 마음을 가만히 지켜보고 있는 그대로 인정하면, 출렁이는 파도가 조금씩 가라앉습니다. 또 하나 우리가 갖춰야 할 태도는, 일단 시작하려고 마음먹은 자체만으로도 기특하고 대견하다 인정하고 안아주어야 한다는 것이죠. 다른 사람한테는 친절하게 배려하고 따뜻하게 손잡아주면서도 자신에게는 냉정한 사람 많은데요. 세상에서 가장 소중한 존재가 바로 나 자신이란 사실을 잊어서는 안 됩니다. 방바닥에 뒹굴며 스마트폰 게임만 하고 있는 사람들에 비하면, 뭐라도 해보겠다고 도전 앞에 선 것이 얼마나 훌륭하고 대단한 일입니까. 자신을 안아주는 태도가 두려움과 설렘을 자연스럽게 시작으로 이끄는 좋은 방법입니다.

행동이 동기를 유발합니다. 황금 멘탈을 가진 사람들은 일단 시작하고 행동합니다. 그들에게 가장 중요한 것은 실행입니다. 설령 중도에 실수하거나 실패하는 일이 있더라도, 그들은 수정하고 보완해서 즉각 다시 시작합니다. 행동에 망설임이 없습니다. 그들은 오직 행동만이 삶을 결정짓는 요소란 사실을 잘 알고 있기 때문입니다.

멘탈 약한 사람들은 행동하기에 앞서 주저하고 망설이는 경우 많습니다. 사실은 그 반대이기도 하거든요. 주저하고 망설이기 때문에 점점 멘탈이 떨어진다는 뜻입니다. 일단 시작합니다. 즉시 행동합니다. 두렵다고요? 대체 무슨 일이 벌어질까요? 세상이 무너지거나 저처럼 감옥 갈 일이 생길까요? 과감하게 한 걸음 내딛고, 그런 자신을 격려하며 또 한 걸음 내디디면 됩니다. 계속 나아갈 힘은 오직 행동에서만 비롯된다는 사실 잊지 마시길 바랍니다.

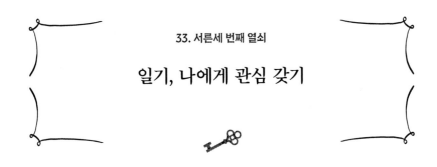

일기, 나에게 관심 갖기

남편이나 아내가 무엇을 좋아하는지 잘 압니다. 부모, 자녀, 친구, 직장 동료의 성향이나 취미 또는 그들이 무엇을 좋아하고 싫어하는지 잘 알고 있습니다. 그러나, 자신에 대해서는 모르는 사람 많습니다. 자신이 무엇을 좋아하는지, 어떤 인생을 바라는지, 꿈이 무엇인지, 무엇을 갖고 싶은지, 어떤 행복을 바라는지. 잘 모르는 정도가 아니라, 이런 것들에 대해 생각하는 시간조차 아예 갖지 않는 사람 대부분입니다.

세상에서 가장 소중한 존재는 나 자신입니다. 우리가 가장 관심을 가지고 집중해야 할 대상은 바로 나 자신입니다. 이기적인 마음으로 이득만 챙기자는 말이 아닙니다. 내가 하는 생각, 말, 행동, 감정, 느낌 등에 관심을 가지고 지켜보며 인정하고 받아들이자는 뜻입니다.

저는 평생 다른 사람 눈치만 보면서 살았습니다. 내가 그런 사람인 줄도 모른 채 살다가, 모든 걸 잃고 감옥에 가서야 비로소 깨달을 수 있었지요. 다 잃고 나니까 남는 건 저 하나였습니다. 그런데, 하나 남은 저 자신을 저는 너무 모르고 있었습니다. 무엇을 좋아하는지, 무엇을 싫어하는지, 어떤 삶을 바라는지, 내가 잘하는 건 무엇인지, 어떤 때 가장 행복한지. 뭘 알아야 앞으로 살아갈 계획도 세우고 공부도 할 텐데, 도무지 아는 게 없으니 어디서부터 무엇부터 시작해야 할지 막막하기만 했었지요.

그러다가 서서히 저를 알아가게 된 계기를 만났습니다. 일기를 쓴 덕분입니다. 솔직히 말하자면, 감옥에서는 할 일이 없으니까 시간이라도 때울 요량으로 일기를 쓰기 시작했던 겁니다. 그런데 이게 생각보다 재미가 있더라고요. 모르는 걸 알아가는 재미입니다. 저 자신이 어떤 생각을 하면서 어떤 가치관을 가지고 살아가는 존재인가 처음으로 하나씩 알게 되었습니다. 다소 실망스러운 부분도 있었고, 생각지도 못한 장점이 있기도 했고, 나름 소중하고 아름다운 추억을 간직한 사람이기도 했습니다. 매일 일기를 쓰면서 저는 저자신이 점점 귀하다는 느낌을 갖게 되었습니다.

일기는 가장 자유로운 형식의 글쓰기입니다. 어떠한 제약도 형식도 기준도 없습니다. 쓰고 싶은 것은 무엇이든 써도 됩니다. 대부분 사람이 처음에는 그저 하루 중 있었던 일을 나열합니다. 그래도 괜찮습니다. 다음으로 자신의 느낌이나 감정을 적기도 합니다. 이 또한 괜찮습니다. 누군가를 비난하기도 하고, 속상한 마음을 털어놓기도 하고, 자신에 대한 푸념이나 신세 한탄을 하기도 합니다. 다

괜찮습니다. 이 모든 것을 적는 동안, 적어도 한 가지 원칙은 지키게 되는데요. 그것은 바로 진정성입니다. 일기에다 굳이 거짓말을 적는 사람은 없을 겁니다. 조금의 과장이나 허풍은 쓸 수도 있습니다. 하지만, 어찌 됐든 진심을 쓴다는 것만큼은 의심할 여지가 없습니다. 일기는 다른 사람에게 보여주는 글도 아니고 그럴 필요도 없는 글이니까요.

이러한 이유로, 일기는 자신의 감정을 들여다보는 최고의 도구라 할 수 있습니다. 지금 시대 사람들은 다른 사람 인생에 관심 많습니다. 스마트폰과 SNS 탓에 하루에도 수십 번 타인의 삶을 엿보게 되었지요. 화려하고 아름답고 멋지고 돈 많고 떵떵거리는 그들의 모습을 보면서 상대적 박탈감을 느끼기도 합니다. 무슨 사건이라도 터진 날에는 마치 기다렸다는 듯 온갖 비난과 험담을 익명으로 퍼붓기도 합니다. 그동안 쌓여 있던 상대적 박탈감을 날려버릴 좋은 기회라고 여기는 것이지요.

계속 이렇게 살면 두 가지 치명적인 위험에 부딪히게 됩니다. 첫째는, 나보다 잘난 사람들과 비교하면서 스스로를 못난 인생이라 여기게 되는 겁니다. 자괴감에 빠져 다른 사람 눈치만 보면서 사는 인생. 허탈하고 불행한 삶을 만나게 됩니다. 둘째, 나보다 부족하고 모자란 사람이다 싶으면 무시하고 막 대하는 습성이 생겨납니다. 한쪽에서 굽신거렸던 사람은 반드시 다른 한쪽에서 갑질을 하게 되어 있습니다.

모든 기준이 타인에게 맞춰져 있고, 모든 관심이 다른 사람 인생에만 집중되어 있으니 자신은 그저 껍데기밖에 남지 않은 존재가 되는 것입니다. 지금은 그 어느 때보다 자기중심을 찾고 스스로를 바로 세워야 할 때입니다.

황금 멘탈을 가진 사람들은 누구보다 자신에게 관심을 가지고 살아갑니다. 스스로 애정을 갖고, 자신을 가장 귀한 존재로 여깁니다. 그래서, 누군가 비난과 화살을 쏘아대도 꿈틀하지 않습니다. 자신에게 상처를 주는 행위가 가장 불행하고 나쁜 짓이란 걸 잘 알기 때문입니다. 혹여 조금이라도 아픔을 겪은 날에는 즉시 위로하고 토닥이며 마음 치유를 위해 애씁니다. 오랜 시간 방구석에 처박혀 한숨짓는 행위 따위 그들에게는 절대로 없습니다.

군이 황금 멘탈을 언급하지 않더라도, 이제 우리는 자신에게 관심을 가지고 자신의 마음이 하는 소리에 귀를 기울일 필요가 있습니다. 혼란스럽고 소란스러운 세상입니다. 휩쓸리기 쉬운 시대입니다. 중심 잡고 살아야 합니다. 내가 어떤 존재인지, 나의 가치관은 무엇인지, 나는 어떤 철학을 갖고 살아갈 것인지, 그래서 누구를 돕고 어떤 가치를 만들어낼 것인지. 자신을 반듯하게 만들어나가는 과정이 곧 인생입니다. '나'를 안아줄 수 있는 시간, 꼭 가지시길 바랍니다.

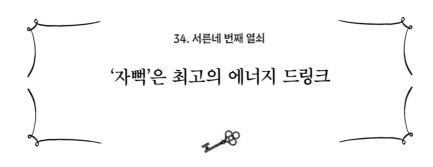

34. 서른네 번째 열쇠

'자뻑'은 최고의 에너지 드링크

"제가 좀 잘생겼지 않습니까?"

"뭐, 다들 저를 좋아하니까요."

"지금 이 정도로 박수 치면 오늘 강의 내내 박수 쳐야 할 겁니다."

"제가 또 불의를 보면 못 참는 성격이거든요."

"뭘 입어도 사람들이 멋있다 합니다."

더 쓸 게 많지만 독자들이 읽고 화를 낼 것 같아서 그만 쓰겠습니다. 강의 시간에 수강생들 앞에서 이런 말을 종종 합니다. 흔히 '자뻑'이라고 하지요. 자화자찬입니다. 말하는 저도 손발이 오그라들고 얼굴이 달아오릅니다. 그럼에도 이렇게 '자뻑'을 즐겨 하는 이유는, 한 번씩 울적하거나 기운 떨어질 때 기분 전환하는 데 큰 효과가 있기 때문입니다.

다른 사람으로부터 인정받으면 기분 좋습니다. 칭찬받으면 날아갈 것 같지요. 반대로, 다른 사람이 나를 지적하거나 비난하면 속이 상합니다. 좌절하거나 절망할 때도 있습니다. 이렇게 다른 사람이 나의 즐거움과 불행의 키를 쥐고 있으면 항상 끌려다니는 삶을 살아가게 됩니다. 칭찬과 인정을 받기 위해 노력하는 것을 나쁘다고만 할 수는 없겠지만, 그런 마음으로만 살아가면 결국 파탄에 이르게 됩니다. 칭찬과 인정은 중독성이 있어서 한번 받고 나면 그다음부터는 더 큰 칭찬과 인정을 바라게 되거든요. 끝도 없이 애를 써야 하는 인생을 살아야 하니 얼마나 힘들겠습니까.

지적이나 비난도 마찬가지입니다. 사람마다 보는 눈이 다르고 생각하는 정도가 다릅니다. 내가 성공하거나 실패했을 때, 그 결과를 바라보는 사람들의 시선이 각각 다르기 때문에 누군가 나를 지적하거나 비난한다 해도 그 평가가 절대적이지 않다는 사실을 알아야 합니다. 그럼에도 못마땅한 소리를 듣고 나면 실망하고 기운 빠지는 게 사람 마음이지요.

따라서, 칭찬이든 비난이든 다른 사람이 뭐라고 하는 말에 지나치게 신경 쓰지 말아야 합니다. 좋은 말 들으면 그냥 좋구나 하고, 싫은 말 들으면 그냥 저 사람 보는 눈은 나와 다르구나 하면 됩니다.

살아갈 에너지는 타인으로부터 받는 것이 아니라 스스로 만들어 내는 겁니다. '자뻑'이라 하여 우스갯소리 비슷하게 했지만, 스스로 인정하고 칭찬하는 습관을 꼭 가져야 합니다. 황금 멘탈을 가진 사람들은 자신을 믿고, 자신을 인정하고, 자신을 칭찬하고, 자신에게 따뜻한 말을 합니다. 다른 사람의 인정과 칭찬 혹은 지적과 비난에 휘둘리지 않습니다.

첫 책을 출간했을 때, 온라인에 독자들의 서평이 올라왔습니다. 힘든 상황임에도 불구하고 포기하지 않고 책까지 출간하여 작가가 된 모습을 보면서 많이 배우고 깨달았다며 응원하고 격려한다는 서평을 읽으면서 눈물 많이 흘렸습니다. 작가가 되길 잘했다 뿌듯하고 기뻤지요.

그런데, 며칠 지나고 나니 전혀 다른 종류의 서평이 올라왔습니다. 전과자, 파산자가 무슨 책을 썼느냐, 책에 실린 이야기를 다 믿을 수나 있겠느냐, 출판사는 책 내줄 사람이 없어서 이런 사람 책을 냈느냐, 읽어보니 역시 글도 형편없다 등등 입에 담기도 힘들 만큼의 비난과 험담이 가득했습니다. 며칠 전까지만 해도 작가 되길 잘했다며 감동의 눈물까지 흘렸던 저는, 악성 서평을 읽으면서 다시는 글 쓰지 말아야겠다는 생각까지 하게 되었지요.

저 스스로 어떤 마음으로 책을 썼는가 하는 것에 대해서는 아예 생각지도 않고, 독자들 서평에 따라 방방 뛰다가 절망했다가 난리를 쳤던 겁니다. 지금 생각해도 참 어이없고 초라한 초보 작가의 모습이지요. 줏대도 없고 철학도 없고 주관도 없는, 사람들 평가에 이리저리 휘둘리는 약해빠진 초보자였던 겁니다.

작가라는 존재가 독자의 평가를 먹고 산다는 것은 어쩔 수 없는 현실이지만, 그렇다고 해서 자기중심도 없이 칭찬과 비난에 왔다 갔다 하는 모습은 꼴불견이 아닐 수 없습니다. 이런 연약한 모습을 강하게 만들어주는 도구가 바로 '자뻑'입니다.

- 나는 어떤 사람들을 위해
- 나의 어떤 경험을 전함으로써

• 그들이 어떻게 되도록 돕는다!

이것이 제가 글을 쓰는 철학입니다. 제가 살아온 경험에 메시지를 더하여 누군가를 돕는 행위, 그것이 바로 글쓰기라고 믿습니다. 철학을 정립하고 명확한 가치관으로 글을 쓴 후부터는 독자들의 평가에 일희일비하지 않습니다. 인정과 칭찬을 받을 때는 진심 다해 감사를 전하고요. 지적이나 비난을 받을 때는 겸허하게 받아들이되 감정을 싣지 않습니다. 그러면서 동시에 "나는 최선을 다해 글을 쓰는 작가다!"라고 저 자신에게 말합니다.

세상에는 저보다 글을 잘 쓰는 사람 많습니다. 배울 수 있다는 뜻입니다. 세상에는 저보다 글을 못 쓰는 사람도 있습니다. 도와줄 수 있다는 의미입니다. 개인은 모든 면에서 중도를 취할 수 있습니다. 배우고 익히며 돕는 인생. 그러니 기죽을 이유도 없고 자만에 빠져서도 안 되는 것이지요.

'자뻑' 한번 해보세요. 부끄러워할 필요 없습니다. 내가 나를 자랑스럽게 여기고, 내가 나를 예뻐해주는 것이 무슨 잘못은 아니잖습니까. 아니, 오히려 꼭 해야만 하는 필수 습관이라고 해야 맞는 말이겠지요.

마인드셋 장착하기

어떤 일을 잘하기 위해서는 매일 꾸준히 연습하고 훈련해야 합니다. 세 살 먹은 애도 아는 얘기죠. 글을 잘 쓰고 싶다면 매일 글을 쓰고 고치고 다듬는 연습 해야 하고요. 운동을 잘하고 싶다면 매일 운동하고 땀 흘리면서 자세를 바르게 잡아야 합니다. 살을 빼고 싶다면 매일 식단 조절하고 운동하고 각종 건강 지표를 확인해야 합니다. 돈을 벌고 싶다면 매일 돈 버는 행위를 반복하고, 셀프 피드백을 통해 목표와 계획을 수정 보완해야 합니다. 문제는, 이렇게 매일 반복해서 연습하고 훈련하는 일이 쉽지 않다는 사실이지요.

황금 멘탈을 가진 사람들은 어떤 일에 도전할 때 매일 반복해서 연습하고 훈련하는 걸 당연하게 여깁니다. 무슨 일이든 쉽게 빨리 이루는 방법은 없습니다. 그렇다면, 황금 멘탈을 가진 사람들은 우리와 무엇이 다르길래 그 어렵다는 '매일 반복'을 실천할 수 있는 걸까요?

첫째, 그들은 결단부터 내립니다. '나도 글 쓰고 책 내야겠다' 정도가 아닙니다. 글을 쓰지 않고 책을 출간하지 않는 자신을 용납하지 않는 것이죠. 이미 작가가 된 자신의 모습을 선명하게 상상하면서, 동시에 작가가 아닌 자기 모습을 절대 받아들이지 않습니다. 결단이란, 이 시간 이후부터는 전혀 다른 삶을 살겠다고 자신과 약속하고 하늘에 맹세하는 겁니다. 그러니까, 결단을 내리는 사람과 그렇지 못한 사람은 시작부터 차이가 나게 되어 있습니다.

사람들은 왜 결단을 내리지 못하는 걸까요? 두렵기 때문입니다. 부담스럽기 때문입니다. 한번 결단을 내리면 치열하게 노력해야 하는데 그럴 자신이 없기 때문이죠. 변화와 성장을 바라긴 하지만 열심히 노력할 자신은 없고, 그러니까 맨날 각오나 결심 정도만 반복하면서 똑같은 일상을 살게 되는 겁니다.

시작이 절반이란 얘기는 결단을 두고 하는 말입니다. 한 발짝도 물러서지 않겠다는 결단이야말로 변화와 성장, 그리고 성공으로 가는 고속열차의 티켓입니다.

둘째, 하기 싫은 날도 해야 합니다. 바로 이것이 황금 멘탈을 가진 사람들과 일반인들의 가장 큰 차이점입니다. 평범한 사람들은 하기 싫으면 관둡니다. 너무 쉽습니다. 기분 내키는 날에만 노력하고, 그렇지 않은 날에는 하지 않습니다. 글 쓰는 사람들만 봐도 그렇습니다. 컨디션 좋고, 쓰고 싶고, 걱정 근심 없는 날에는 당장이라도 책을 낼 것처럼 쓰기에 열중합니다. 하지만 하루만 지나도, 컨디션이 조금만 나빠져도, 무슨 걱정이라도 생기면, 부부싸움이라도 하면 곧장 펜을 놓아버립니다. 그러면서 자신이 쓰지 못할 이유가 충분했다는 이유와 핑계를 정당화하기 위해 말을 많이 합니다.

황금 멘탈을 가진 이들에게 변명은 없습니다. 그들은 하기 싫은 날에도 그냥 합니다. 시간이 되면 좀비처럼 움직입니다. 직장인이 출근하듯, 학생들이 등교하듯, 태릉에서 선수들이 아침에 구보를 하듯, 트럭 기사가 운전하듯, 시간이 되면 그냥 그 일을 합니다. 하기 싫은 날에도 그냥 하는 것. 이것이 바로 매일 꾸준히 연습하고 훈련하는 비법입니다.

셋째, 목표를 다 이룬 자기 모습을 선명하게 상상합니다. 이상과 현실 사이 간극이 크면 클수록 멘탈은 무너집니다. 책을 출간하고 싶다는 목표를 세운 후 매일 어렵고 힘든 과정을 반복하다 보면 금방 지치고 힘들지요. 이미 책을 출간한 작가로 오늘을 살면 글 쓰는 시간이 뿌듯하고 행복합니다. 선명하게 상상하는 정도를 넘어 이미 바라는 존재가 된 상태로 하루하루 살아가는 것이지요. 부자가 되겠다는 목표를 세운 후 돈 벌기 위해 아등바등 애만 쓸 게 아니라, 이미 충분히 부자가 된 것처럼 편안하고 풍요로운 마음으로 오늘을 살아야 한다는 뜻입니다.

이 때문에 황금 멘탈을 가진 사람들을 만나 보면 항상 여유가 넘치듯 보이는 겁니다. 그들은 자신이 목표를 이루기 위해 고생하며 살고 있다는 생각 전혀 하지 않습니다. 목표가 생긴 그 순간부터 이미 모든 것을 이룬 존재로 살아가기 때문입니다. 이런 마음으로 살면 매 순간 감사하는 마음도 저절로 생겨납니다. 다 이뤘으니 얼마나 감사하겠습니까. 그렇게 감사하고 만족하고 행복하게 살아가니까 안 될 일도 다 술술 풀어지는 겁니다. 매일 연습하고 훈련하는 시간이 마냥 즐거울 수밖에요.

마인드셋을 장착하라는 말은 위 세 가지 항목을 명심하고 실천하라는 뜻입니다. 결단을 내리고, 하기 싫은 날에도 그냥 하고, 이미 다 이룬 것처럼 오늘을 산다! 멘탈 약하고 매번 실패만 거듭하는 사람들 특징은, 결단도 내리지 않고, 하기 싫은 날에는 하지 않으며, 목표와 현실 사이 간극만 생각하며 힘들게 살아가는 것이죠.

변화는 언제나 한순간입니다. 만약 이 책을 읽고 있는 독자 중 누군가가 지금 당장 결단을 내리고, 하기 싫은 날에도 그냥 하고, 다 이룬 것처럼 오늘을 산다면 지금까지와는 전혀 다른 인생을 만나게 될 거라고 확신합니다. 오래 걸리지 않을 거란 말입니다.

작가와 강연가가 되겠다는 결단을 내렸습니다. 10년 넘도록 단 하루도 쉬지 않았습니다. 책을 출간하기 2년 전부터 누가 물으면 항상 작가이자 강연가라고 답했습니다. 전과자, 파산자, 알코올 중독자, 막노동꾼, 암 환자. 세상 둘도 없는 루저가 완벽히 새로운 인생을 만나 기쁨과 행복을 누리며 살아가는 원동력은 마인드셋 장착에 있었습니다. 제가 해냈으면 세상 사람 다 할 수 있습니다.

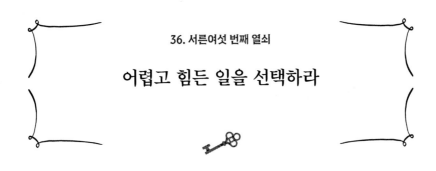

36. 서른여섯 번째 열쇠

어렵고 힘든 일을 선택하라

성장하고 발전하기 위해서는 기꺼이 어렵고 힘든 일을 선택해야 합니다. 모험에 관한 영화를 좋아하는데요, '인디아나 존스', '미이라', '백 투 더 퓨처' 등에 빠져 밤잠을 설친 기억이 납니다. 주인공은 무엇을 찾거나 문제를 해결하기 위해 고군분투하는데요. 그 모든 과정이 흥미진진하고, 결국 마지막에 가서 모든 상황을 정리하는 장면을 보게 되면 가슴 속까지 시원해지곤 했습니다.

영화 속 주인공들은 왜 그런 고난과 역경을 자초하는 걸까요? 그냥 집에서 편안하게 TV나 보고 맛있는 음식이나 배달시켜 먹어도 될 텐데 말이죠. 그들은 아무런 변화나 성장이 없는 '안전지대'를 용납하지 않기 때문입니다. 그들은 '안전지대' 자체가 결국은 가장 위험한 선택임을 잘 알고 있기 때문입니다.

인생의 본질은 확장입니다. 정신적인 성숙과 지적 수준의 확장과 가치관 및 세계관의 확장입니다. 한마디로, 어제보다 조금이라도 나은 존재가 되어야 한다는 뜻입니다. 이만하면 되었다는 말이 곧 최악인 거죠. 도전과 성장을 멈춘 사람은 죽은 것이나 마찬가지입니다. 사람은 누구나 지속적인 도전과 시도를 통해 배우고 익히며, 그래서 과거보다 더 나은 존재로 확장하면서 나아가야 합니다.

스마트폰으로 게임하는 것은 쉽습니다. 시간 때우기 좋지요. 하지만, 게임을 다 하고 나면 어떻습니까? 허탈하고 멍하고 공허합니다. 후회가 밀려오기도 합니다. 그제야 해야 할 일을 주섬주섬 챙기지만 시간도 부족하고 의욕도 생기지 않습니다. 이런 날들이 며칠씩 이어지면 결국 자포자기 상태에 이르게 되는 것이죠. 모든 걸 팽개치고 게임만 하는 경우까지 생깁니다.

늦잠, 술자리, 수다와 험담, 게으름, 야식 등 흔히 말하는 '노는 행위'가 다 마찬가지입니다. 당장은 즐겁고 행복합니다. 쾌락을 선물하죠. 하지만, 그 쾌락은 일시적 감정일 뿐입니다. 시간이 지나고 자리를 일어서게 되면 반드시 후회하거나 다른 해야 하는 일에 치여 쫓기는 일상을 살아야 합니다. 성장이 아니라 퇴보하는 삶입니다.

공부, 운동, 미라클 모닝, 독서, 글쓰기 등은 전혀 다른 행위입니다. 막상 하려고 하면 힘들고 어렵고 귀찮기도 합니다. 집중하기도 힘들고, 실력 쌓을 때까지 많은 시간 걸리기도 하지요. 그러나, 당장 힘들고 어려운 순간을 참아내기만 하면 나중에는 반드시 보람과 기쁨과 만족과 성취감을 안겨줍니다. 자신이 성장하고 발전했다는 사실을 알게 되면 자신감과 자존감도 상승하여 이후의 삶에 긍정적인 효과를 안겨주기도 합니다.

무엇을 선택할 건가요? 바보가 아닌 이상 후자를 선택하겠지요.

머리로는 분명 힘들고 어려운 일을 기꺼이 선택해야 한다는 사실을 압니다. 문제는, 현실에서 선택의 순간이 오면 여지없이 무너져 쉽고 편한 행위를 택하고 만다는 데 있습니다. 어떻게 해야 더 나은 선택을 할 수 있을까요? 어떻게 해야 어렵고 힘들지만 자신의 성장과 발전에 도움 되는 일을 기꺼이 택할 수 있을까요?

첫째, 모든 선택의 순간에 딱 3초만 멈추는 습관 가져야 합니다. 자신에게 질문합니다. 잠깐의 쾌락으로 인생을 망칠 것인가. 아니면, 지속적인 평온과 행복을 선택할 것인가. 3초의 멈춤이 별것 아닌 것 같지만, 자신의 뇌에 '선택하는 습성'을 인지시키는 최고의 방법이란 사실을 잊지 말아야 합니다.

둘째, 자신과 똑같은 존재가 눈앞에 있다고 가정하고, 그에게 삶의 지침을 내려준다는 생각으로 선택해야 합니다. 사람은 누구나 다른 사람 돕는 걸 좋아하는 습성 있지요. 나만을 위한 선택일 경우에는 '이번 한 번만 그냥 넘어가자' 하기 쉽습니다. 그러나, 다른 사람 돕는다 생각하면 그의 인생을 위해 진심 담아 조언하게 됩니다. '나'라는 또 다른 존재가 곁에 있다 생각하고 조언해주세요. 후회하지 않을 선택을 하게 될 겁니다.

셋째, 자기 안에 폭발적인 성장과 변화를 할 수 있는 잠재력이 있다는 사실을 믿어야 합니다. 자기 확신입니다. 어떤 일을 하든 자신을 믿는 마음이 가장 중요합니다. 실수와 실패를 자주 겪은 사람일수록 자신에 대한 의심이 많거든요. 그러한 이유로 새로운 도전 앞에서 멈추고 망설이고 주저하는 겁니다. '또 지난번처럼 실패하면 어쩌나.' 하지만, 우리 모두에게는 잠재력이라는 게 장착되어 있습니다. 아직 한 번도 제대로 발현하지 못했을 뿐이지요. 이번 기회에 내가 어떤 사람인지 한번 보여주겠어! 이런 패기와 근성을 부려보는 것이죠. 딱 한 번만이라도 세상에 자신을 증명하고 떠나야 하지 않겠습니까.

인생은 단순합니다. 사람 머리가 복잡할 뿐이지요. 어떤 일을 선택할 때는 무조건 더 힘들고 더 어려운 쪽을 고르면 됩니다. 지금은 많은 이들이 더 쉽고 더 빠르고 더 편한 길을 선택하는 세상이 되어버렸지요. 남들은 그렇게 가라고 하세요. 우리는 거친 길로 갑시다. 차이는 하나뿐입니다. 그들은 내리막길을 선택한 것이고요. 우리는 오르막을 오르는 거지요. 끝이 다릅니다.

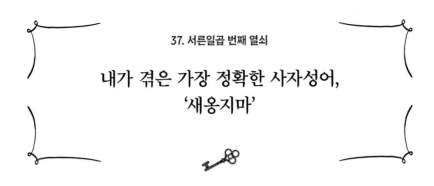

내가 겪은 가장 정확한 사자성어, '새옹지마'

좋은 일이 있으면, 반드시 다음에는 안 좋은 일이 일어납니다. 슬프고 괴로운 일이 생기면, 반드시 다음에는 기쁜 일이 생깁니다. 지금껏 살면서 여러 가지 사자성어와 속담 및 격언을 접해왔지만, '새옹지마(塞翁之馬)'만큼 정확하고 예외 없는 말은 보기 드물었습니다.

재수 끝에 대학에 입학했을 때 세상을 다 가진 듯했지요. 몇 달 지나지 않아 친구들과 어울려 술 마시고 당구 치는 데 빠져 젊음을 낭비하며 살게 되었습니다. 군에 입대하라는 연락을 받았을 때, 이제 내 청춘 다 끝났구나 싶었습니다. 하지만, 장교 교육을 받고 임관하면서 리더로써 새로운 삶을 경험할 수 있었습니다.

IMF 시절 대기업에 입사했습니다. 주위 사람들은 저를 부러워했고, 저도 배지 하나에 어깨가 하늘로 치솟았지요. 그러나, 오래지 않아 아침 7시 출근에 밤 11시 퇴근이라는 지옥 같은 직장 생활에 몸도 마음도 지치고 말았습니다. 사업 시작한 직후, 이제야 비로소 자유로운 인생 마음껏 즐기며 돈도 벌 수 있을 거란 생각에 날아갈 듯했습니다. 불과 수개월 만에 폭삭 망해서 전과자, 파산자가 되고 말았지요.

저뿐만이 아닐 겁니다. 지난 인생 돌아보면, 누구나 좋은 일과 나쁜 일 번갈아 겪으며 여기까지 왔을 테지요. 좋은 일 생겼을 땐 이런 게 행복이구나 싶었을 것이고, 나쁜 일 생겼을 땐 절망과 좌절로 눈물깨나 흘렸을 겁니다.

이렇게 경험하고서도, 인생에는 좋은 일과 나쁜 일이 번갈아 일어난다는 걸 뻔히 알면서도, 우리는 또 일희일비하며 쾌락과 고통에 빠져 허우적거립니다. 조금만 좋다 싶으면 팔랑팔랑 난리를 치고요. 조금만 힘들고 어렵다 싶으면 온갖 불평과 불만 등 부정적인 말을 내뱉습니다.

이만큼 살았으면 이제 인생을 좀 볼 줄도 알아야 합니다. 좋은 일 생기면 그저 좋은 일이 생겼구나 바라볼 수 있어야 하고, 나쁜 일 생기면 또 이번에는 나쁜 일이 나를 지나쳐 가는구나 여길 줄 알아야 합니다. 마음이 평온하고 흔들림이 없으면 자신에게 무슨 일이 일어나든 고요하고 평화로울 수 있습니다. 마음이 출싹거리니까 외부에서 일어나는 일들에 휘둘려 정신을 못 차리는 거지요.

사람도 마찬가지입니다. 조금만 좋다 싶은 사람 만나면 아주 그냥 좋아 죽겠다는 듯 집착을 합니다. 그러다가 상대가 자신의 기대와 조금만 다르다 싶으면 아주 그냥 죽일 놈 취급합니다. 좋아하는 마음도 더할 나위 없이 쉽고 빠르며, 싫어하는 것도 어이없을 정도로 금세입니다. 왔다 갔다, 덜렁덜렁, 이리저리 마구 흔들리고 위태로운 마음으로 사람을 대하니까 그 관계가 견고할 리 없습니다. 인간관계 때문에 스트레스 받는 사람이 날이 갈수록 증가하는 원인이겠지요.

일도 똑같습니다. 새로운 일이 좀 재미있다 싶으면 적성에 맞네, 꿈을 찾았네, 비전이 있네 하며 동네방네 떠들고 다닙니다. 그러다가 좀 힘들고 어려운 순간 오면 금방 때려치웁니다. 그러면서 상사나 동료 또는 일 핑계를 댑니다.

태도가 가벼우면 인생 휘둘리게 마련입니다. 위태롭습니다. 아슬아슬합니다. 저 사람은 뭘 해도 진득하고 고요하며 있는 듯 없는 듯 자기 몫을 다한다는 느낌 줄 수 있어야 신뢰를 쌓을 수 있습니다. 신뢰를 쌓아야 제대로 된 소통이 가능하며, 그래야 서로 기대어 더 나은 인생도 만들어갈 수가 있는 것이죠.

빠르게 변화하는 세상입니다. 그 중심에 스마트폰과 SNS가 있습니다. 어느 때보다 속도가 중요한 시대가 되다 보니, 사람의 마음도 더 빨리 변하는 것 같습니다. 이랬다가 저랬다가 왔다 갔다 정신이 하나도 없습니다. 뭉근하게 피어오르는 초가집 굴뚝 연기 같은 사람이 그립습니다.

저부터 그런 존재가 되어야겠다고 다짐해봅니다. 좋은 일에 촐싹거리지 않고, 나쁜 일에 기죽지 않는 단단하고 묵직한 사람이 되어야겠지요. 책 읽고 글 쓰며 살아온 덕분에 과거에 비하면 제법 무게가 생겼다고 자부하지만, 그래도 한 번씩 속이 뒤틀리는 일이 생기면 욱하는 성질 버리지 못하고 있습니다. 좋은 일 생겼다고 방방 뛰다 보면 금세 안 좋은 일이 닥쳐 시무룩해지고, 나쁜 일 생겼다며 근심 걱정 둘러메고 있다 보면 또 금방 기쁜 소식 접해 무안할 정도로 웃고 맙니다. 이렇게 마음이 가볍고 쉽게 휘둘리니까 감정 에너지 손실이 큽니다. 집중하고 몰입해야 할 일에 쏟아부을 에너지가 부족한 이유입니다.

사업 망하고 감옥에 가게 되었을 때, 인생 끝난 줄 알았습니다. 얼마나 많이 울었던지 눈이 퉁퉁 부었고, 얼마나 많이 손톱으로 가슴팍을 긁었던지 몸에 손톱자국이 날 지경이었습니다. 그랬던 제가 지금은 감옥 갔다 온 스토리로 세상 부럽지 않은 삶을 누리고 있습니다.

황금 멘탈을 가진 사람들은 좋은 일 생겨도 빙긋이 웃을 뿐이고요. 나쁜 일 생겨도 차분하게 문제 해결을 위해 노력할 따름입니다. 그들의 마음은 무게가 있어서 항상 중심이 잡혀 있습니다. 진중하게 사고하고 세상과 인생을 살피는 습관 가졌으니 찰랑찰랑 일을 망치는 경우가 드문 것이지요. 새옹지마(塞翁之馬), 잊지 말고 살아야겠습니다.

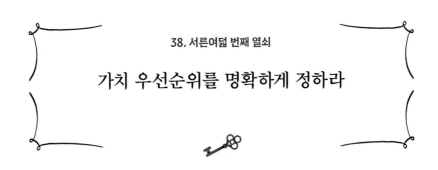

가치 우선순위를 명확하게 정하라

"당신의 인생에서 가장 중요한 것은 무엇입니까?"

안타깝게도 이 질문에 분명하게 대답하는 사람은 드뭅니다. 무엇이 중요한지 모르기 때문에 판단과 선택과 결정에 문제가 생깁니다. 주저하고, 헷갈리고, 망설이고, 번복하고, 후회하지요. 만약 누군가가 자기 삶에서 가장 중요한 게 무엇인지 분명하게 알고 있다면, 그는 모든 순간 판단과 선택과 결정을 쉽게 할 겁니다. 단호하게 말이죠. 망설일 이유가 없습니다. 중요한 기준에 맞게 선택하는 게 당연하니까요.

과거 저는 돈을 가장 중요하게 생각했습니다. 가족, 친구, 여행, 취미, 휴가, 건강, 관계 등 다른 모든 걸 뒤로 미루었습니다. 돈 많이 벌면, 그때 가서 싹 다 챙기면 된다고 주장했습니다. 365일 돈에 미쳐 살던 저는, 사업에 크게 실패하면서 모든 걸 잃고 말았지요. 돈만 추구하던 제가 돈을 다 잃고 빚더미에 올랐으니 죽고 싶은 심정이 드는 건 당연했겠지요.

자기 인생에서 가장 큰 가치가 무엇인지 아는 것도 중요하겠지만, 그 가치가 자신과 타인의 삶에 도움이 되며 건설적이고 의미 있는 것이어야 한다는 사실도 놓쳐서는 안 됩니다. 돈도 중요하지만, 그보다 더 소중한 것들이 많이 있다는 사실을 저는 간과했습니다. 가치 우선순위를 잘못 정한 탓에 엄청난 시간과 돈과 에너지를 대가로 지불해야만 했습니다.

가치관의 생성은 다섯 가지 요인에 의거합니다. 이 다섯 가지 요인을 제대로 파악하고, 훌륭한 가치관을 갖기 위해 노력할 필요가 있지요. 가치관이야말로 모든 판단과 선택과 결정에 절대적 영향을 미치기 때문입니다. 올바른 가치관이 인생을 바꾼다는 뜻입니다. 황금 멘탈을 가진 사람들은 명확한 가치관을 갖고 있기 때문에 삶의 우선순위도 분명합니다. 판단과 선택과 결정에 시간을 낭비하지도 않고, 늘 마땅한 결정을 내리는 덕분에 삶의 질도 점점 좋아지는 것이죠.

첫째, 가치관은 감정에 영향을 받습니다. 똑같은 상황에서도 기분이 좋을 때와 나쁠 때 선택이 달라질 겁니다. 당연히 좋은 감정일 때 더 나은 선택을 하게 될 테고요. 늘 좋은 감정 상태를 유지할 수 있도록 노력해야 합니다. 자기감정에 주의를 기울여야 하고요.

둘째, 질문에 따라 가치관이 달라집니다. "어떻게 해야 광란의 불금을 보낼 수 있을까?" 이렇게 질문하는 사람이 무엇을 선택할지는 뻔합니다. "나의 성장과 발전을 위해 금요일 밤을 어떻게 보내야 할까?" 이 경우 전혀 다른 결정을 내리겠지요. 자신에게 습관적으로 던지는 '놀고, 쉬고, 편하고, 빠르고, 빠져나가는' 질문들을 당장 삭제해야 합니다. 언제 어디서든 더 나은 삶을 향한 질문을 스스로에게 제공해야 합니다.

셋째, 가치관은 두 가지 경우를 기반으로 합니다. 모든 인간은 고통을 회피하고 쾌락을 추구하는 성향이 있습니다. 어떻게 해야 고통을 피할 수 있는가, 어떻게 해야 즐겁고 유쾌할 수 있는가. 한밤중에 라면과 치킨으로 배를 채우는 것은 순간적인 즐거움으로 미래 고통을 야기하는 행동입니다. 모든 순간에 고통과 쾌락을 적용하여 생각하면 현명한 가치 판단을 할 수 있습니다.

넷째, 가치관은 신념과도 관계있습니다. 저는 '내 삶을 글에 담아 세상을 이롭게 하는 책을 펴낸다'라는 신념을 가지고 있습니다. 때문에, '돈 되는 글쓰기' 따위 광고를 보면 화가 나는 것이고요. 함께하는 작가 중 장사꾼 흉내를 내는 사람 있으면 실망할 수밖에 없습니다. 어떤 신념을 가지고 있는가에 따라 가치 판단이 달라집니다.

다섯째, 과거 경험에 의해서 가치관이 형성되기도 합니다. 매번 크고 작은 실패만 경험한 사람이라면 새로운 도전 앞에서 망설이고 주저하게 될 것이고요, 크든 작든 성취 경험을 쌓아 올린 사람은 새로운 도전 기꺼이 즐길 수 있을 겁니다. 아주 작은 성공 경험을 매일 지속적으로 쌓아야 한다는 주장은 이런 의미에서 나온 말이겠지요. 좋은 경험을 많이 할수록 좋은 가치관을 품게 된다는 뜻입니다.

황금 멘탈을 가진 사람들은 가치관이 분명하다 했습니다. 어떤 일을 하다가 중도에 어렵고 힘든 상황을 만나거나 실패를 거듭한다 하더라도, 가치관이 뚜렷하기 때문에 포기하거나 좌절하는 일 없습니다. 그들은 자신이 가는 길이 옳다는 확신을 가지고 있습니다. 흔들림이 없지요. 멘탈 약한 사람들은 매 순간 이리저리 흔들립니다. 가치관이 뚜렷하지 않으니까 이게 옳은가 저게 옳은가 매번 헷갈릴 수밖에 없습니다. 충분한 시간을 가지고 자신의 가치관을 정립해야 합니다. 인생을 결정짓는 나침반과 지도를 갖는 일입니다. 목적지와 방향을 정해야 폭풍우도 뚫고 나아갈 것 아니겠습니까.

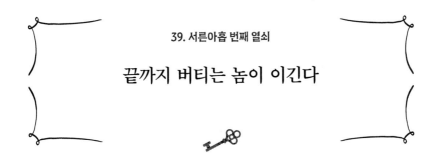

끝까지 버티는 놈이 이긴다

2016년 1월 4일, 블로그 처음 시작했습니다. 아무것도 몰랐습니다. 그냥 글만 써서 발행했지요. 네이버에 회원가입 되어 있으니 블로그 시작하는 다른 조건은 필요 없었습니다. 며칠 동안 글을 썼더니 한 명 두 명 방문자가 생겼습니다. 정성껏 댓글 답글 주고받았습니다. "오늘 날씨 좋네요! 제 블로그에도 와주세요!" 복사해서 붙여넣은 이런 댓글에조차 답글을 달았습니다.

중간중간에 사진을 넣으면 좋다는 어느 이웃의 말을 듣고 밖으로 뛰쳐나갔습니다. 대구 지하철 3호선 공사가 한창이었는데요. 무조건 사진을 찍어 블로그 글 사이에 집어넣었습니다. 인내와 끈기를 가져야 한다는 내용의 글 밑에 지하철 공사 현장 사진을 넣고, 매일 글을 쓰자는 내용의 글 아래쪽에는 콘크리트 구조물 사진을 넣었지요. 그러고는 혼자 흐뭇하게 웃곤 했습니다. 며칠 후, 어느 이웃이 또 댓글을 달았습니다. "글과 사진이 아무 연관성이 없네요!"

하루 방문자 수가 100~200명 정도 되었습니다. 블로그 업계에서 보자면 저품질에 가까웠지요. '저를 위해주는' 주변 사람들이 다양한 조언을 해주었습니다. 이렇게 해야 한다, 저렇게 해야 한다, 차라리 블로그 말고 다른 SNS를 하는 것이 어떻겠냐 등등. 매일 열심히 포스팅을 발행하면서도 별 효과를 누리지 못하는 제가 안타까웠나 봅니다.

블로그 방문자 수를 늘리기 위한 다양한 조언을 귀담아 들었습니다만, 그런 식으로 포스팅을 발행하는 건 제가 쓰고자 하는 글과는 방향이 달랐습니다. 고집을 부렸던 거지요. 결국에는 제게 조언을 건넸던 사람들이 등을 돌렸습니다. "마음대로 하세요! 그렇게 해가지고는 오래 못 갈 겁니다!"

그들은 제가 '돈이 되는' 블로그 활동을 하길 바랐습니다. 방문자도 많고, 광고 섭외도 많아지고, 그래서 수익을 창출할 수 있는 그런 블로그 말이죠. 단순히 제가 겪은 일상 이야기를 통해 메시지를 전하고자 하는 에세이 혹은 자기 계발서 방식의 글쓰기는 블로그와 어울리지 않는다는 충고를 귀가 따갑도록 들었습니다.

8년째 블로그 계속하고 있습니다. 제가 운영하는 '자이언트 북 컨설팅' 신규 가입자 절반 이상이 블로그를 통해 등록했고요. 출간계약, 출간 소식, 각종 행사, 우리 작가들 소식 등 이제 블로그는 제게 없어서는 안 될 소중한 사업 수단이자 모든 기록의 원천이 되었습니다. 제게 조언을 해주던 사람들은 대부분 블로그 활동을 접었습니다. 비슷한 닉네임 찾아보았지만, 흔적도 없거나 아예 몇 년째 포스팅 발행 멈추고 있습니다.

블로그를 잘하는 방법? 글쎄요. 저는 흔히 말하는 '파워블로거' 근처에도 가보지 못했기 때문에 그런 비법 따위 잘 모릅니다. 하지만, 대한민국에서 블로그 효과 톡톡히 누린 사람 뽑으면 열 손가락 안에 들 정도입니다. 사업 실패로 친구며 지인이며 다 떠나보낸 상태에서 맨땅에 1인 기업 다시 일으켜 세웠습니다. 생면부지 사람들에게 저와 제 업을 알리고 소통하면서 두 번째 인생을 살아낼 수 있었지요. 블로그 잘하는 방법이요? 네, 버티면 됩니다. 끝까지 버티면 됩니다. 방문자 수와 돈 되는 포스팅 연연하지 말고, 그저 매일 2~3개 포스팅 정성 담아 글 쓰고 발행하면 됩니다. 주변에서 누가 무슨 말을 해도 묵묵히 글 써서 올리면 됩니다. 내 블로그 찾는 이들에게 뭐라도 한 가지 도움 주겠다는 마음으로, 단 하루도 거르지 말고 포스팅 발행하면 됩니다. 이것이 제가 아는 블로그로 성공하는 방법입니다.

다른 일이라고 다를까요? 지금은 '끝까지 버티는 놈이 이기는' 세상입니다. 포기가 빠릅니다. 좌절과 절망도 빠릅니다. 최선을 다했다, 열심히 했다는 식의 말도 너무 쉽게 합니다. 스마트폰과 SNS 탓에 엄청난 속도전이 되어버린 시대지요. 잠깐 해보고 아니다 싶으면 떠나고, 발만 걸쳤다가 아니다 싶으면 다른 쪽으로 가버리고. 이러니 실력 키울 시간도 없고 전문성 갖출 여력도 없는 겁니다.

버티면 이깁니다. 버티면 전문가 됩니다. 버티면 사람들이 알아줍니다. 버티면 자기 인생 책임질 수 있습니다. 돈벌이만을 목적으로 삼으면 무슨 일을 해도 재미없습니다. 돈이 되려면 시간과 노력이 필요하거든요. 일주일 만에? 한 달 만에? 이런 광고에 현혹되지 말아야 합니다. 세상에 그렇게 짧은 기간 동안 큰돈을 벌 수 있는 일이 어디 있습니까. 오랜 시간 묵묵히 자리를 지켜야 돈도 되고 사람도 모이는 것이죠.

매일 블로그에 글 쓰면서 버티고 버텼습니다. 제 블로그 공식 주소도 '이은대.com'으로 등록했습니다. 제 블로그에는 6,500편 글이 쌓여 있습니다. 이제 사람들이 제 블로그에 오면 두루두루 살피며 돌아보고 읽을거리도 풍부해졌습니다. 여전히 블로그 통해서 '책 쓰기 정규과정'에 입과하는 사람 많고요. 요즘도 하루 한 편, 많게는 서너 편씩 블로그 포스팅 발행하고 있습니다. 허리 세우고 노트북 다룰 수 있을 때까지는 계속해나갈 겁니다.

황금 멘탈을 가진 사람들은 버티는 데 탁월한 재주가 있습니다. 그들은 꿈쩍도 하지 않습니다. 주변에서 무슨 말을 하든, 당장 실적이 나오든 말든, 일단 한번 시작한 일은 천지가 개벽을 해도 매일 꾸준히 지속합니다. 경기 탓도 세상 탓도 하지 않습니다. 좋든 싫든 버티고 버티고 또 버팁니다. 바로 그 버티는 힘 때문에 다른 사람들로부터 신뢰와 존경을 받습니다.

힘들고 어려운 상황에 처해 있나요? 시련과 고통 겪고 있습니까? 진심 담아 이 말을 전하고 싶습니다. 버티세요. 무조건 버텨야 합니다. 그 버팀의 끝에서 전혀 다른 삶을 만나게 될 겁니다. 도저히 못 버티겠다? 그런 말은 없습니다.

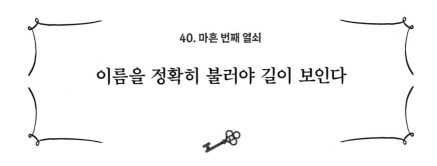

이름을 정확히 불러야 길이 보인다

글을 쓰고 싶다 하면서도 쓰지 않는 사람들, 이유가 무엇일까요? 온갖 그럴듯한 이유와 변명과 핑계가 있겠지만, 한마디로 '게으르기' 때문입니다. 지금 이 부분을 읽는 독자 중에는 혹시 심정이 불편한 사람 있을지도 모르겠습니다. 네, 바로 그겁니다. 불편한 마음! 그래서 사람들은 '게으르다'라는 표현을 자신에게 적용하는 걸 꺼려합니다. 팩트는 게으름인데 자꾸만 엉뚱한 이유와 변명과 핑계를 갖다 붙이니까 제대로 된 해결책을 찾을 수 없는 것이죠. 모든 문제는 원인을 정확히 규명할 때 비로소 해결을 시작할 수 있습니다.

변화와 성장을 위해 자기 계발 시작했다가 중도에 포기하는 사람 많습니다. 미라클 모닝부터 시작해서 독서, 글쓰기, SNS 활용, 스마트 스토어, 마케팅, 브랜딩, 유튜브 등 다양한 분야 자기 계발이 있지요. 제대로 하기만 하면 돈도 벌고 삶의 질도 향상될 것 같다는 생각으로 '푸른 꿈'을 안고 시작합니다. 막상 해보면 생각만큼 쉽지 않거든요. 광고에서 말하는 것처럼 '앉아서 돈 버는 일'은 세상에 없습니다. 그러다 보니, 조금만 해보다가 힘들고 어려운 순간 만나면 포기를 하는 겁니다. 네, 맞습니다. '포기'입니다.

그럼에도 사람들은 "나 포기했어!"라는 말을 거의 하지 않습니다. 다들 핑계와 변명을 댑니다. "어쩔 수 없었어", "생각한 거랑은 다르더라", "돈이 별로 안 되더라고", "시장이 벌써 포화 상태야", "체력이 따라주질 않아", "내 성향과는 맞지 않아" 하는 식입니다. 그만둘 수밖에 없는 정당하고 합리적인 이유가 있었다고 생각하고 말합니다. 그게 아니거든요. 그냥 포기한 겁니다. 해보니까 어렵고 힘들어서 그냥 포기한 겁니다. 이 사실을 받아들여야 합니다. 그래야 자신이 '쉽게 포기하는 사람'이란 사실을 직시할 수 있습니다. 팩트를 직시해야 달라질 수 있습니다. 다음부터는 절대 포기하지 않겠어! 온갖 정당한 이유와 변명만 대는 사람은 자신이 포기한 걸 인정하지 않기 때문에 앞으로 절대 포기하지 않겠다는 각오 자체를 할 수가 없는 것이죠.

과거 보험 영업을 했던 적 있습니다. 명함에다가 '보험설계사'라고 새겼습니다. 그랬더니, 담당 팀장과 주변 설계사들이 제게 말하더군요. '보험설계사'라고 새기지 말고 FC, LC 등으로 새겨야 한다고 말이죠. '파이낸셜 컨설턴트', '라이프 컨설턴트'라는 이름이 '보험설계사'라는 이름보다 낫다는 뜻인데요. 대체 무엇이 나은지 납득할 수 없었습니다. 보험 상품을 판매하는 사람은 '보험설계사'가 맞고, 하는 일은 '영업'이 분명합니다. 그런데도 자꾸만 금융 컨설팅을 하는 사람이라고 '우겨서' 뭐가 달라지는 걸까요? 'FC'나 'LC'라고 명함에 새겨 다니는 사람들보다 제가 실적도 월등했고 돈도 더 많이 벌었습니다. 보험설계사가 보험설계사로서 맡은 바 임무를 성실히 하니까 당연히 결과도 좋았던 것이죠.

초보 작가 중에는 "심적인 고통으로 말미암아 불면증에 시달렸다" 하는 식으로 쓰는 사람 많습니다. 그냥 "마음이 아파서 잠을 잘 수가 없었다"라고 쓰면 됩니다. 멀쩡하고 쉬운 우리말 단어를 두고 굳이 어려운 한자를 섞어 쓸 필요가 없지요. 많이 배우고 높은 자리에 있는 사람일수록 이상한(?) 단어를 사용하는 경우 많습니다. 글이 가져야 할 첫 번째 조건은, 쉽고 명확해야 한다는 겁니다. 읽는 사람이 무슨 말인지 알아들을 수 있어야 다음 단계 글의 의미와 가치도 논할 수가 있습니다.

행복하고 즐겁게 살기 위해서는, 당당하고 멋지게 살아가기 위해서는 가장 먼저 이름부터 제대로 붙이는 습관 가져야 합니다. 자신의 현실을 있는 그대로 드러낼 수 있는 단어를 사용해야 하고요. 자신의 직업도 명쾌하고 분명하게 이름 붙여야 합니다. 글을 쓸 때도 가장 쉽고 명확한 단어를 사용해야 합니다. 이렇게 단순 명료하게 정의하고 이름 붙이는 습관 가지면, 인생도 점점 단순 명료해지고 가벼워집니다. 삶이 가벼워야 높이 날아오를 수 있습니다.

자신 없고 자존감 떨어지는 사람일수록 팩트에 약합니다. 글 못 쓰는 사람한테 글 못 쓴다 하면 화를 냅니다. 자존심에 상처가 났다는 이유로 말이죠. 그런 사람은 자신이 글을 잘 쓰지 못한다는 사실조차 인식하지 못하고 있는 겁니다. 글을 못 쓴다는 사실을 인식하지 못하니까 더 잘 쓰기 위한 노력도 하지 않을 수밖에요. 실력은 쌓지도 않으면서 자기 기분만 중요하게 여깁니다. 자신의 현재 상태, 상황, 실력, 수준 등을 분명하고 당당하게 인정하고 받아들여야 다음 단계로의 진입이 가능합니다. 지금 잘 쓰고 못 쓰고는 중요하지 않습니다. 앞으로 얼마나 나아질 것인가가 훨씬 중요하지요.

황금 멘탈을 가진 사람들은 말을 돌리지 않습니다. 자신이 만든 결과에 대해 모든 책임을 스스로 집니다. 그들은 인정하고 받아들입니다. 게으르다, 포기했다, 실력이 부족하다, 잘 모른다, 노력하지 않았다, 하기 싫었다, 감정에 치우쳤다, 실수했다, 잘못했다…. 굳이 저렇게까지 표현할 필요가 있을까 싶지만, 그들은 자신을 명확하게 표현한 덕분에 저 높은 곳에까지 이를 수 있었습니다.

이름을 정확히 붙여야 현실을 똑바로 볼 수 있습니다. 현실을 직시해야 문제를 해결하고 더 나은 삶으로 변화와 성장이 가능합니다. 말 빙빙 돌려서 어떻게든 비난을 피하려고만 들지 말고, 자신을 있는 그대로 표현하고 당당하게 살아가는 습관 들였으면 좋겠습니다.

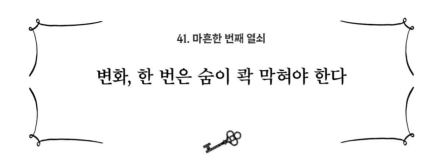

변화, 한 번은 숨이 콱 막혀야 한다

글쓰기 강사, 책 쓰기 코치, 동기부여 전문가, 독서법 강사, 스토리텔링 코치, 서평 쓰는 법 강사, 칼럼니스트. 강연가라는 이름 뒤에 자리한 제 강의 분야입니다. 지금은 이렇게 다양한 분야 강의도 하고 매일 글도 쓰면서 작가와 강연가로 살아가고 있습니다만, 저는 결코 여기까지 쉽게 오지 않았습니다.

글쓰기 강사에 관한 이야기부터 해볼까 합니다. 맨 처음 글을 쓰기 시작한 것은 감옥에 수감되어 있을 때입니다. 앞으로의 삶이 막막하고 한 줌 희망조차 없다고 여겨졌을 때, 그곳에서 책을 읽다가 문득 나도 책을 내면 좋겠다는 생각을 하게 되었지요. 물론, 당시만 해도 책 써서 돈 많이 벌어 다시 재기하겠다는 물질적 욕망뿐이었습니다. 글을 쓰는 동안 정신이 맑아지고 마음 편안해진다는 사실을 깨달은 후부터 의미와 가치로 접근하게 되었지요.

문제는, 저의 글쓰기 실력이 형편없다는 거였습니다. 제가 쓰고도 무슨 말인지 못 알아볼 지경이었으니 말 다했지요. 글을 제대로 쓰는 방법부터 익히는 게 급선무였습니다. 우선 책을 읽었습니다. 그런 다음 글 한 편을 썼습니다. 방금 책에서 읽은 문장들과 제가 쓴 문장들을 하나씩 비교했습니다. 문장 성분을 비롯하여 어휘, 문맥, 구성, 메시지 장착, 시작과 마무리, 문체, 예시, 인용, 비유, 묘사 등 하나부터 열까지 비교 분석하면서 제 글을 뜯어고쳤습니다. 이짓을 매일 반복했지요. 얼마나 빠져들었는가 하면요. 같은 방을 쓰는 다른 수감자들이 저를 가리키며 "미친놈 같으니까 건드리지 마라"라고 할 정도였습니다. 덕분에 저는 편히 공부할 수 있었고요.

글쓰기 실력을 어느 정도 갖춘 후에 책을 출간했습니다. 그러고는 다른 사람들에게 글쓰기, 책 쓰기의 의미와 가치를 전해야겠다 결심했지요. 강의를 시작한 겁니다. 저의 경험을 기반으로 공부하고 훈련한 내용을 그대로 전하면 된다 생각했으니 당장은 겁날 게 없었습니다. 실제로 수강생들 반응도 괜찮았고요. 하지만, 문제는 그다음부터였습니다. 아무리 반응이 괜찮다고 하더라도 똑같은 내용의 강의를 곶감 빼먹듯 되풀이할 수는 없는 노릇이지요. 매달 강의 내용을 A부터 Z까지 싹 다 바꾸고 업그레이드하기로 작정했습니다.

파워포인트 1천 매 가까운 분량의 강의자료를 매달 새로 만들었습니다. 지금도 그렇게 하고 있고요. 이게 보통 일 아니거든요. 365일 쉬는 날이 거의 없을 지경입니다. 만약 누군가 제 곁에서 일주일 지켜본다면, 아마 치를 떨고 가버릴 겁니다.

지난 9년 동안 단 한 번도 우하향 곡선을 긋지 않았습니다. 수강생은 매달 꾸준히 늘었고, 현재 600명 넘는 작가를 배출했으며, '라이팅 코치 양성과정'까지 새롭게 론칭해 사업 번창하고 있습니다.

성공하고 싶다면, 적어도 한 번은 가파른 오르막길을 내달려야 합니다. 그냥 좀 힘든 정도로는 어림도 없습니다. 수많은 사람이 노력합니다. 웬만한 노력은 다 합니다. 그들과는 차원이 다른 노력을 해야만 비로소 성공할 수 있는 것이죠. 숨이 콱 막혀야 합니다. 이게 사람이 할 짓인가 싶을 정도로 극단의 노력을 해야 합니다. 잠도 줄이고, 쉬는 시간도 줄이고, 멍때리는 시간도 없애야 합니다. 스마트폰이요? 게임이요? 술자리요? 그럴 거면 차라리 그냥 포기하고 지금 삶에 만족하며 그럭저럭 사는 게 낫습니다.

세상에서 제일 불행한 사람이 누구인지 아십니까? 목표는 거창한데 노력은 대충 하는 사람입니다. 그런 사람은 항상 머릿속에 이상과 현실 사이 간극을 느낄 수밖에 없거든요. 저 위까지 가야 하는데 맨날 여기 바닥에 있으니 얼마나 우울하고 한심하겠습니까.

방법은 두 가지뿐입니다. 목표를 낮추고 현실에 만족하며 욕심부리지 않고 야망 접고 그냥 대충 뭉개면서 자기 위안하며 살든가. 아니면, 이 악물고 현실을 벗어나 치열하게 노력하고 기어이 자신이 바라는 삶을 움켜쥐든가!

글쓰기 강사가 된 스토리만 치열했던 게 아닙니다. 독서법 강의를 하기 위해 엄청난 양의 책을 읽었고요. 스토리텔링 전문가가 되기 위해 시중에 나와 있는 '스토리, 이야기' 단어 들어간 책은 거짓말 조금 보태어 싹 다 읽었습니다. 아버지와 어머니가 저를 보면서 "오래 살다 보니 별 꼴 다 보겠다"라고 말씀하셨지요. 어릴 적부터 책이라곤 담쌓고 지낸 저였는데, 무슨 줄기세포 연구하는 사람처럼 매일 밤낮으로 책을 파고드니까 그런 말씀 하신 겁니다.

지난 10년간 이렇게 살았습니다. 물론, 그 치열한 노력 탓에 몸이 망가져 얼마 전 극심한 통증으로 시술도 받았습니다. 저, 후회하지 않습니다. 건강 관리 제대로 할 겁니다. 하지만, 노력만큼은 양보하지 않을 겁니다. 실력도 없고 머리도 둔하고 전과자, 파산자까지 된 마당에 노력마저 허술하면 거친 세상 어찌 살아가겠습니까.

혹시 이 책을 읽는 독자 중에서 자기 삶이 그만그만하다 느껴지는 사람 있을까요? 그렇다면, 이번 기회에 머리에 띠 한번 두르세요. 제가 해보니까요, 뭐 견딜 만합니다. 한번 죽기를 각오하고 도전하고 노력하고 나니까 인생이 싹 다 리모델링되었거든요. 고생한 보람도 있고, 내 삶을 내 손으로 다시 만들었다 생각하니 성취감에 자신감에 자존감까지 하늘을 찌를 듯합니다. 매일 설레고 기분 좋은 상태로 살아가니까 하는 일마다 더 잘되고요.

더 중요한 것은, 앞으로 남은 인생에서 어떤 고난과 역경이 또 닥친다 하더라도 이겨낼 자신이 있다는 사실입니다. 노력하면 되니까요. 이런 확신과 멘탈이 살맛을 나게 해줍니다.

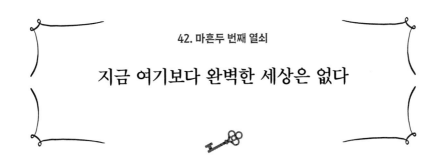

지금 여기보다 완벽한 세상은 없다

회사에 다닐 때는 사업을 하고 싶었습니다. 사업을 시작한 후로는 때가 되면 따박따박 월급 나오는 직장인들이 부러웠습니다. 군에 있을 때는 사회인의 자유가 부러웠고, 사회생활 할 때는 견고한 울타리가 보호해주는 군인이 부러웠습니다. 회사에서 일할 때는 집에 가고 싶고, 주말에 집에 있다 보면 차라리 회사에 가서 일하는 게 속 편하겠다 싶었습니다. 젊은 시절, 여자 친구와 함께 있으면 친구들 만나 술 마시고 싶었고, 친구들 만나 술자리 즐길 때는 여자 친구 보고 싶었습니다. 어릴 때는 어른 되고 싶었고, 어른 되고 나니까 어린 시절로 돌아가고 싶습니다.

무슨 일을 하든, 그 일에 집중해야 합니다. 저는 늘 제가 지금 하는 일에 몰입하지 못한 채 어디 다른 곳에 더 완벽하고 즐겁고 행복한 무언가가 있을 거란 생각으로 살았습니다. '지금'과 '여기'를 누리지 못한 탓에 항상 불안하고 초조하고 불행했지요.

인생 절반쯤 살고 나니까 이제야 깨닫게 됩니다. 그 어디에도 완벽한 인생은 존재하지 않는다는 사실을요. 여기 가면 여기 나름의 장단점이 있고, 저기 가면 저기 나름대로 좋고 나쁜 점 존재합니다. 무엇을 선택하든 기쁨과 시련이 공존합니다. 그렇다면, 어떤 태도로 사는 것이 매 순간 행복할 수 있는 길일까요?

첫째, 지금 여기보다 완벽한 세상은 없다는 사실을 받아들여야 합니다. 더 좋은 곳 있을 것 같다는 착각! 바로 이것이 불행의 근원입니다. 자신의 정원은 소홀히 여긴 채, 자꾸만 다른 사람 정원을 흘깃거리느라 시간 다 보냅니다. 결국, 잡초투성이 엉망의 정원 속에 살게 되지요. 지금 여기 내 눈앞에 펼쳐진 정원에 집중하고, 그것을 가꾸는 데 최선을 다해야 합니다.

둘째, 어떤 인생을 선택하는가보다 더 중요한 것은 자신의 선택이 최고임을 증명하는 태도입니다. 하나를 선택한다는 건 다른 하나를 포기한다는 뜻입니다. 모두를 가질 수는 없지요. 그러므로, 자신이 선택한 그 하나가 최선이고 최고임을 스스로 증명해나가는 것이 곧 인생이라 할 수 있습니다. 선택 앞에서 고민하고 망설이고 주저하는 사람 많은데요. 무엇을 선택하든 똑같습니다. 다른 더 좋은 게 있을 것 같고, 자기 선택을 후회하고, 이리 갔다 저리 갔다 방황하게 됩니다. 딱 한 가지 선택해서 몰입해야 합니다. 자신의 선택이 가장 멋지고 근사하다는 걸 보여주세요. 세상이 부러워할 겁니다.

셋째, 행복에 이르는 가장 중요한 항목은 '인내'라는 사실을 명심해야 합니다. 무슨 일이든 일정 수준 이상의 궤도에 오르기 위해서는 시간과 노력이 필요합니다. 인생 법칙이자 세상 진리입니다. '쉽게! 빨리!' 모든 걸 이룰 수 있다는 식의 광고가 판을 칩니다. 사람들의 눈과 귀를 현혹시킵니다. 정도를 걷고, 묵묵히 노력하고, 참고 견디며 끝까지 가야 합니다. 세상에 쉽고 빠른 길은 내리막길뿐입니다. 너무 빨리 포기합니다. 아기가 수도 없이 엉덩방아를 찧고서야 두 다리로 걸을 수 있다는 진실을 잊지 말아야 합니다.

직장 생활도 해보았고 사업도 하고 있습니다. 둘 다 장단점 있습니다. 직장 생활 하면서 즐겁고 행복하게 성공하는 사람 얼마든지 많고요. 사업하면서 행복한 성공 이루는 사람도 차고 넘칩니다. 반대로 죽지 못해 회사 다니는 사람도 있고, 매일 매 순간 지옥을 견디듯 사업하는 사람도 있습니다. 둘 중에 무엇이 좋은가. 이 질문에 쉽게 답하는 사람은 생각이 없거나 둘 다 경험해보지 못한 사람인 게 분명합니다. 누구도 장담할 수 없습니다. 직장 생활에 집중하고 몰입하는 사람은 직장 생활 행복한 것이고요. 사업에 집중하고 몰입하는 사람은 사업보다 좋은 직업이 없는 것이죠. 무엇이 더 좋은가가 아니라, 얼마나 애착 품고 집중하는가에 행복과 결실이 달려 있습니다.

감옥, 막노동판, 그리고 강사로 활동하면서 수천 명 만나보았습니다. 어쩜 그리 다들 각자의 애환이 다 있는지 놀랄 지경이었죠. 겉으로 보기에는 아무렇지도 않은 듯했지만, 대화를 나눠 보면 다들 상처와 아픔 하나씩 간직한 채 살아가고 있었습니다.

SNS 세상입니다. 다른 사람 '좋은' 모습만 보게 되는데요. 화려하고 대단해 보이는 사진과 영상들로 인해서 상대적 박탈감 느끼는 경우 잦습니다. 그럴 필요 없습니다. 그들도 라면 먹고, 그들도 양말 벗고 자고, 그들도 때 빡빡 밀면서 목욕합니다. 다 똑같은 사람입니다. 한마디에 상처받고, 한마디에 기분 풀어지고, 또 싸우고 화해하면서 그렇게 살아갑니다.

사람이 죽으면 가장 먼저 '불행 나무' 앞에 선다 하지요. 커다란 나무에는 모든 사람들의 '불행 주머니'가 열매처럼 주렁주렁 달려 있습니다. 저승사자는 우리에게 그 나무를 한 바퀴 돌면서 자신이 쥐고 있는 불행 주머니와 바꿀 수 있는 기회를 줍니다. 사람들은 불행 나무를 한 바퀴 돌면서 다른 사람의 불행을 살핍니다. 한 바퀴 다 돌고 나면 모든 사람이 똑같은 말을 한다고 하네요. "저, 그냥 제 불행 주머니 가지고 다시 태어나는 게 낫겠습니다!"

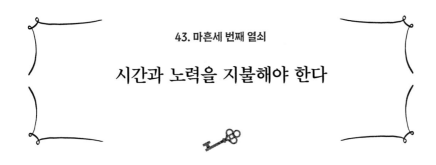

시간과 노력을 지불해야 한다

더 빨리, 더 쉽게 돈을 벌 수 있는 방법이 있다고 믿었습니다. 성실하게 회사 다니면서 정해진 월급을 받는 일에 회의를 느꼈지요. '파이프라인'이라는 말이 귓가에 맴돌았습니다. 가만히 앉아서 혹은 자유롭게 여행 다니면서 통장에 입금되는 돈을 세며 여유롭고 행복한 인생 누릴 수 있을 거라 생각했습니다. 그런 인생이 정말로 존재할 것만 같았습니다.

10년 다닌 회사 사직서를 냈습니다. 한번도 해보지 않은 사업에 손을 댔지요. 무모할 정도로 큰돈을 투자했고, 가만히 앉아서 통장에 돈 들어오기만을 기다렸습니다. 불과 6개월 만에 망했습니다. 여전히 정신을 차리지 못했습니다. 어떻게든 밑 빠진 독을 막기만 하면 다시 원래 상태로 돌아가 큰돈을 벌 수 있을 거란 망상을 지우지 못했죠. 망했다는 사실을 받아들이지 못한 채 저는 이후 6개월 동안 돈 빌리는 데에만 정신 팔렸습니다.

제정신이 들었을 때는 이미 모든 것이 끝난 상태였습니다. 저는 전과자가 되었고 파산을 했으며 알코올 중독자가 되었고 막노동밖에는 할 수 있는 일이 없었습니다. 암에 걸렸고요.

10년도 더 지났지만, 저는 매일 한 번씩 그 시절을 떠올립니다. 아프고 쓰린 과거라서 다들 잊기를 바라지만, 저는 10년을 하루같이 떠올린 탓에 지금도 그때 상황이 생생하게 느껴집니다. 죽는 날까지 절대로 잊지 않기 위해서입니다. 집요하게 기억하려는 한 가지는 바로 시간과 노력의 중요성입니다.

세상이 바뀌고 시대가 발전하면서, 농경 사회와는 비교도 할 수 없을 만큼 사는 게 편리해졌습니다. 그러다 보니, 오랜 시간 꾸준히 노력해야 결실 맺을 수 있다는 말을 어느 꼰대의 그것처럼 여기는 사람 많아졌습니다. 일주일 만에 책을 쓰고, 열흘 만에 살을 빼고, 한 달 만에 영어를 술술 하고, 석 달 만에 수억을 버는, 그런 세상이 당연한 것처럼 느끼게 되었죠.

쉽고 빠르게 성과를 내는 것이 좋은 것인가. 글쎄요. 사람마다 생각이 다를 테니, 정답은 없다고 봐야겠습니다. 그럼 이 질문은 어떤가요. 쉽고 빠르게 성과를 내는 것이 오랜 시간 묵묵히 노력해서 성과 내는 것보다 바람직하고 훌륭한가. 아마 이 질문에도 선뜻 답하기가 곤란할 겁니다. 무엇이 옳은가, 왜 그러한가 설명하기가 애매하지요.

빨리 성과를 낼 수 있는 일을 굳이 어렵고 힘들게 오랜 시간 동안 질질 끌 필요는 없을 겁니다. 하지만, 무슨 일이든 공을 들이고 정성을 다하는 태도는 마땅합니다. 일주일 만에 책을 출간한 작가는 대단하긴 합니다. 그 작가는 한 권의 책을 내기 위해 얼마나 깊이 고민하고 연구하고 생각했을까요? 아무리 좋게 보려 해도, 결국 일주일이란 짧은 시간 동안만 궁리했을 테지요. 번쩍이는 아이디어로 밤새 글 써서 짠 하고 책을 완성했을지도 모르겠지만, 아마 대부분은 공이나 정성 없이 후다닥 썼을 가능성이 큽니다.

책을 건축물에 비유하곤 하는데요, 일주일 만에 40층 아파트를 지었다는 얘기죠. 저는 그 아파트 공짜로 준다 해도 가족과 함께 들어가 살 자신 없습니다. 당연히 허술하고 위험하다는 예측을 할 수밖에 없는 것이죠. 쉽고 빠르게 완성하는 결과물은 탄탄하지 못합니다. 자기 인생을 그렇게 부실하게 지으며 살아갈 수는 없지 않겠습니까.

저는 9년째 '자이언트 북 컨설팅'을 운영하고 있습니다. 초반에는 더 빨리, 더 많이, 더 쉽게 수강생을 모으는 방법이 있다는 주변 사람들 권유에 흔들리기도 했습니다. 과거 실패 경험 덕분에 시간과 노력의 가치를 믿기로 했지요. 매일 꾸준히 글 쓰고 책 읽고 블로그 포스팅 발행했습니다. 오랜 시간과 매일의 노력 덕분에 더 이상 휘청이지 않는 1인 기업을 완성할 수 있었습니다.

지금 제가 평온하고 행복한 이유는, 남은 인생에서 어떤 고난과 역경이 닥치더라도 그동안의 시간과 노력이라는 대가가 저를 지켜줄 거라는 믿음 때문입니다. 빨리 완성한 건물은 빨리 무너지게 마련입니다. 오랜 시간 공들이고 정성 다한 건물은 태풍에도 끄떡없지요.

빨리 성공하고 싶다는 조급함도 충분히 이해합니다. 저도 그랬으니까요. 하지만, 세상과 인생에는 원칙이라는 게 있습니다. 쉽고 빠른 방법이 타당한 거라면, 세상에 성공하지 못할 사람 누가 있겠습니까. 눈과 귀를 현혹하는 쉽고 빠른 방법 따위에 휘둘리지 말아야 합니다. 그래야 자기 인생 탄탄하게 구축할 수가 있습니다.

　세상에 공짜는 없습니다. 이유 없이 싼 가격? 그런 것도 없습니다. 무엇을 이루고 싶다면 대가를 지불해야 합니다. 무엇을 가지고 싶다면 값을 치러야 합니다. 작가가 되고 싶다면, 가장 먼저 포기해야 하는 게 무엇인가 생각해야 합니다. 무엇을 포기할 것인가, 어떤 노력을 얼마만큼 기울일 것인가. 물건 살 때 가격부터 확인하듯이, 꿈과 목표를 세울 때도 자신이 지불할 대가가 얼마인지부터 고려해야 합니다. 대가를 지불할 의지와 각오가 충분하다면, 그때 시작해도 늦지 않습니다.

　황금 멘탈을 가진 사람들은 쉽고 빠르다는 말에 넘어가지 않습니다. 그들은 시간과 노력의 가치를 알기 때문입니다. 성과가 좀 늦게 나온다 하더라도, 목표 지점까지 가는 동안 모든 과정에서 배우고 성장할 수 있기 때문에 서두를 이유가 없는 것이죠. 출간이 좀 늦더라도 글쓰기 실력 제대로 갖추는 것이 작가로서 마땅한 태도입니다. 행복한 성공에는 시간이 필요합니다. 흔들리지 않는 실력 갖추기 위해서는 노력이 필요합니다. 그 시간과 노력에 삶의 가치가 묻어나는 것이죠.

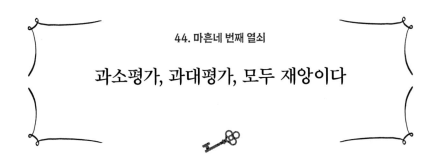

과소평가, 과대평가, 모두 재앙이다

글을 쓸 줄 모른다고 생각했습니다. 실력이야 어떻든 일단 써보는 게 중요합니다. 일단 써봐야 자신이 잘 쓰는지 못 쓰는지 알 수 있습니다. 해보지도 않은 채 무조건 못한다고 발을 빼는 것은 도망이자 회피입니다. 무슨 일이든 마찬가지입니다. 게다가 저는 큰 실패를 겪은 직후 감옥에서 처음으로 글을 쓰기 시작했기 때문에 멘탈이 최악인 상태였지요. 해보나 마나 뻔하다는 생각, 형편없을 거라는 생각, 괜히 시간 낭비만 할 뿐이라는 생각. 이런 생각들로 글은 쓰지도 않은 채 시간만 흘려보냈습니다.

막상 써보니 역시 문장력 형편없었습니다. 하지만, 엄청난 걸 발견할 수 있었지요. 몇 차례 고치고 다듬기만 하면 제법 괜찮은 글이될 수 있다는 사실이었습니다. 만약 제가 계속 글을 쓰지 않은 채이렇게 할까 저렇게 할까 벼르기만 했었다면, 글을 참하게 쓸 수 있는 기회조차 갖지 못했을 겁니다.

3년 정도 매일 글을 쓰면서 연습과 훈련을 거듭했습니다. 이제는 어느 정도 자신감 가지게 되었지요. 한 편의 글 분량 채우는 것도 자신 있었고, 주제가 주어지면 근거와 사례를 덧붙여 그럴듯한 주장과 견해를 조리 있게 서술하는 것도 할 수 있겠다 싶었습니다. 문제는 바로 그 지점에서 다시 찾아왔습니다.

하면 된다, 할 수 있다, 쓰기만 하면 얼마든지 잘 쓸 수 있다…. 이런 생각에 사로잡히기 시작했습니다. 그러면서 실제로는 한 줄도 쓰지 않는 날이 하루 이틀 생기기 시작했지요. 정신이 번쩍 들었습니다. '하면 된다'라는 말이 긍정적이고 낙관적이라 많은 사람이 '좋은 말'로 여기는데요. 저한테는 최악이었습니다. 하면 된다고 생각만 하면서 실제로는 하지 않았으니까요.

'하면 된다'라는 말은 아무 쓸모 없습니다. 그냥 해야 합니다. '쓰면 된다'가 아니라 그냥 써야 합니다. 그냥 써서 백지 채우고 결과 만들면 그것으로 충분합니다.

'잘 쓰지 못할 거야. 잘 쓸 수가 없지.'
'쓰면 되지 뭐. 얼마든지 잘 쓸 수 있어!'
자신에 대한 과소평가, 그리고 과대평가. 둘 다 재앙입니다. 과소평가는 뒷걸음질 치게 만듭니다. 두려움 때문에 도망가는 거지요. 한 번 제대로 해보지도 않고 물러서는 모양새입니다. 비겁하고 초라합니다. 과대평가는 허영에 빠지게 만듭니다. 자만과 오만입니다. 쓰지도 않으면서 쓰면 된다 큰소리만 칩니다. 성과는 없고 큰소리만 남습니다. 평생 할 수 있다 생각만 하다가 아무것도 하지 않은 채 끝날 겁니다.

자신을 과소평가하는 사람들, 그리고 자신을 과대평가하는 사람들. 이들의 공통점이 있습니다. 둘 다 말만 많습니다. 자신이 얼마나 힘들고 괴롭고 어려운 상황에 처해 있는지 구구절절 하소연합니다. 자신이 얼마나 잘났는지, 어떻게 해서 여기까지 왔는지 영웅담 이야기하느라 입에서 침이 튑니다. 말 많은 사람은 행동이 없습니다. 차라리 말하는 시간에 조금이라도 움직이면 성과를 낼 수 있을 텐데 말이죠. 그래서 저는 말 많은 사람을 싫어합니다.

황금 멘탈을 가진 사람들은 고요합니다. 묵묵히 해야 할 일을 합니다. 성공과 실패를 따지지 않습니다. 그들에게는 둘 다 똑같은 결과니까요. 성공하면 즉시 다음 성공을 향해 나아갑니다. 실패하면, 무엇이 문제인가 파악한 후 다시 도전합니다. 그들은 항상 행동합니다. 멈춰 있거나 누워 있거나 앉아서 수다 떠는 일이 없습니다. 그들의 멘탈이 강렬한 이유는, 매 순간 행동함으로써 자기 삶을 증명하기 때문입니다. 누가 무슨 말을 해도 자신을 믿습니다. 오직 행동만이 결실을 만들고, 매일 꾸준히 실행하기만 하면 무슨 일이든 이룰 수 있다는 사실을 잘 알기 때문이지요.

글을 쓰면 쓸수록 문장력이 향상됩니다. 처음에는 잘 못 쓴다 싶어도, 계속 꾸준히 쓰다 보면 실력이 는다는 뜻입니다. 시작도 하기 전부터 의기소침 과소평가해서 뒤로 물러날 이유가 없습니다. 세상 위대한 거장들도 다 처음에는 부족하고 모자란 실력으로 시작했습니다. 그들과 우리의 차이점은 쓰는 행위의 여부에서 비롯될 뿐입니다.

아무리 글을 잘 쓰는 사람도, 며칠만 펜을 놓아버리면 금세 실력

줄어듭니다. 초보 작가 시절에는 특히 더 그렇습니다. 운전이나 자전거는 한번 몸으로 체득하고 나면 죽을 때까지 몸이 그 방식을 기억한다 하지요. 글쓰기는 다릅니다. 눈과 손과 머리와 가슴이 동시에 움직여야 가능한 일입니다. 조금만 게을러져도 금방 티가 납니다. 자신을 과대평가하면서 나태해지면 결국 원점으로 돌아가게 됩니다.

자신에 대한 평가는 나중에 해도 됩니다. 지금은 잘 쓴다 못 쓴다 따질 때가 아닙니다. 겸손한 마음으로 배우고 공부하고, 매일 부단히 연습하고 훈련해야 합니다. 글 쓰는 이유는 자신과 타인의 삶을 더 나은 수준으로 나아가도록 돕기 위함입니다. '돕는 사람'은 두려워할 이유도 없고 자만에 빠져서도 안 됩니다. 작가는 글 쓰는 사람이면서 동시에 매일 연습하고 훈련하는 존재임을 잊지 말았으면 좋겠습니다.

인생도 똑같습니다. 잘났다 못났다 평가질하면서 비교할 게 아니라, 어제보다 나은 인생을 위해 공부하고 노력하는 과정입니다. 이런 마음으로 살면, 성공과 실패에 연연하지 않고서 마음 평온하게 인생 누릴 수 있습니다.

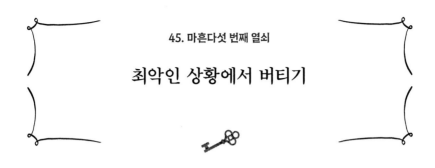

최악인 상황에서 버티기

큰 기대를 품고 시작한 사업이 무너졌을 때, 그 사실을 인정하고 받아들이는 것이 어렵고 힘들었습니다. 저는 제가 망했다는 사실을 거부했지요. 그러고는 어떻게든 사태를 수습해야겠다는 생각으로 여기저기 돈을 빌리기 시작했습니다. 돈 문제 겪어 본 사람이라면 알겠지만, 빌려서 막는 데에는 한계가 있습니다. 꾸어 온 돈으로는 근본적인 문제 해결을 하지도 못하고요. 당장 급한 불 끄자는 생각만 하면서 앞뒤 가리지 않고 돈을 빌려다가 메꾸기에 급급하다 보니, 결국 댐은 붕괴되고 말았던 거지요.

참 어려운 말이지만, 위기가 닥치면 차분해져야 합니다. 흥분하고 날뛰고 동분서주 정신 잃으면 사태는 점점 나빠집니다. 차분하게 상황을 지켜보고, 객관적인 눈으로 냉철하게 살펴야 합니다. 무엇이 문제이고, 무엇이 원인이며, 내가 할 수 있는 일은 무엇이고, 또 내가 할 수 없는 일은 무엇인가. 당장 내가 통제할 수 있는 일은 무엇이고, 또 내려놓아야 할 일은 무엇인가. 이런 것들을 하나하나 짚어가며 정리하지 않으면 쓰나미에 휩쓸리듯 순식간에 인생이 좌초되고 말지요.

감히 말씀드리건대, 소나기가 내릴 때는 이리 뛰고 저리 뛸 것이 아니라 그저 버티는 것이 답입니다. 머리부터 발끝까지 몽땅 젖겠지요. 찝찝하고 불편하고 괴로울 겁니다. 그럼에도 버텨야 합니다. 비 피하겠다고 이리저리 발버둥 치고 뛰어다니면 흙탕물까지 덮어쓰게 됩니다. 가만히 멈춰 서서 내리는 비를 온몸으로 맞으며 버티고, 주변 상황을 유심히 살피는 것이 고난과 시련을 슬기롭게 풀어가는 최선의 방법입니다.

살다 보면 역경 맞이할 때가 있습니다. 누구 할 것 없이 모두가 경험합니다. 역경은 갑자기 닥칩니다. 잘해보려고 시작한 일에서 어이없이 터집니다. 첫 번째는 상황을 받아들일 수 없어 부정하는 단계이고요. 두 번째는 화가 납니다. 세 번째는 이리저리 난리를 부리며 수습할 수 있을 것 같다는 생각이 들고요. 네 번째는 비로소 현실을 받아들이게 됩니다. 마지막으로, 모든 책임을 지고 바닥으로 내려앉는 단계에 이르게 되지요.

이런 과정을 한 번이라도 겪어본 사람은 압니다. 그 바닥이 끝을 의미하는 건 아니란 사실을요. 다시 일어설 기회가 얼마든지 있습니다. 이전보다 더 크게 성공할 수 있는 기회가 수도 없이 다가옵니다. 문제는, 그런 기회를 붙잡아 다시 일어설 의지를 갖는 거지요. 많은 이들이 자포자기한 채 삶을 그냥 놓아버립니다. 안타깝고 아쉬운 일입니다.

다시 일어서는 데 꼭 필요한 태도가 바로 '버티기'입니다. 상황이 아무리 나빠져도, 주변에서 무슨 말을 하더라도, 희망이 한 줌도 보이지 않는다 하더라도, 지금 서 있는 그 자리에서 묵묵히 기회를 노려야 합니다. '버틴다'라는 말을 조금 더 구체적으로 설명하자면 이렇습니다.

첫째, 문제를 해결하겠다는 생각으로 더 큰 문제를 벌이지 않는다. 이미 발생한 사건과 관련된 다른 어떤 일도 추가로 진행하지 않는다.

둘째, 오늘 할 수 있는 일을 한다. 책을 읽든 글을 쓰든 운동을 하든, 뭐가 됐든 매일 할 수 있는 일을 꾸준히 지속한다.

셋째, 주변 사람들의 조언이나 조롱에 휘둘리지 않는다. 나의 실패를 자기 일처럼 여기는 사람은 없다. 모든 책임은 내가 져야 하며, 새로운 기회도 내가 직접 찾아야 한다.

넷째, 최악의 상황을 가정한다. 어떻게든 다시 원상태로 돌리겠다는 욕구를 접고, 완전히 바닥까지 내려갈 각오를 한다. 그래야 마음 편안해지고 냉철해질 수 있다.

다섯째, 조급한 마음 내려놓고 일정 시간을 흘려보내야 한다. 시간이 문제의 절반을 해결해준다. 매일 할 수 있는 일 꾸준히 하면서 자기 안을 채우는 시간 가져야 한다.

극단의 결심을 하거나 무너져서는 안 됩니다. 힘든 시간 겪으면, 당장은 자기 삶이 그게 전부인 것처럼 느껴질 겁니다. 결코 아닙니다. 앞길이 구만리입니다. 반드시 기회가 옵니다. 그 기회는 엉뚱하고 이상하고 믿을 수 없는 곳에서 나타납니다. 다시 일어설 기회가 올 것이 분명한데, 지금 찰나의 고난을 견디지 못하고 포기하는 것은 너무나 어리석은 결정이죠.

성공한 사람들이나 모든 분야 세계적인 거장들도 예외 없이 시련과 고통의 순간을 겪었습니다. 한 번도 실패하지 않고 성공한 사람은 단 한 명도 없습니다. 자신에게 어렵고 힘든 순간이 찾아왔다는 것은, 이제 성공의 발판이 마련되었다고 해석하는 것이 마땅합니다. 그 발판을 딛고 다시 일어설 것인가, 아니면 발판 아래 머무르며 세상과 타인을 원망하고 포기할 것인가. 오직 자신의 선택에 달려 있습니다.

황금 멘탈을 가진 사람들은 버티기 선수입니다. 그들은 어떤 일이 있어도 제자리에서 버팁니다. 폭풍우가 지나갈 때까지, 새로운 기회가 올 때까지, 묵묵히 자기 할 일 하면서 시간을 허락합니다. 작은 문제나 근심 따위는 즉시 해결할 수 있겠지만, 묵직한 태풍은 여간해서 풀어내기 힘들거든요. '무슨 일이든 해낼 수 있다'라는 자기 계발 통념 때문에 막무가내로 덤벼드는 사람 많은데요, 저도 그랬고요. 문제 해결에 하나도 도움 되지 않습니다. 오히려 문제를 더 크게 키울 뿐입니다. 임시방편으로 수습하겠다고 뛰어다니지 말고, 그 자리에 가만히 서서 버텨야 합니다. 버티는 사람이 무조건 이깁니다.

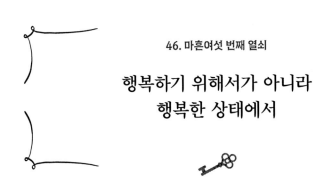

행복하기 위해서가 아니라
행복한 상태에서

    행복하기 위해서는 돈이 많아야 한다고 생각했습니다. 사회생활을 시작할 무렵, 저는 돈에 눈이 뒤집혔다고 할 만큼 돈벌이에 집착했지요. 눈만 뜨면 돈, 돈, 돈을 외치며 가족도 관계도 모두 뒷전으로 밀어두었습니다. 돈을 제법 많이 벌면서도 돈을 향한 질주를 멈추지 않았습니다. 만약 제가 어느 정도 행복감을 느낄 수 있었다면, 무모할 정도의 집착과 질주를 멈출 수도 있지 않았을까 생각해 봅니다.

    행복하기 위해서 글을 쓰고 책을 출간한다고 생각했습니다. 제 삶의 경험과 지식을 정리하여 나눔으로써 다른 사람 인생에 도움을 주고, 그 결과 저도 인정받을 수 있으니 두 마리 토끼를 모두 잡는 길이라 여겼지요. 글 쓰는 과정이 힘들고 괴로웠습니다. 잘 쓰지도 못하는데 매일 일정 분량을 채우려 하니 스트레스와 압박 심했습니다. 그래도 '참고 견디며 써야 한다!' 매일 저 스스로 주문을 외우며 노력했습니다. 글도 쓰고 책도 출간할 수 있었으나, 행복과는 거리가 멀었습니다. 얼른 다시 글을 쓰고 새로운 책을 또 출간해야 한다는 강박에 사로잡혔으니까요. 그래야 행복할 수 있다고 믿었습니다.

지금은 전혀 다른 삶을 누리고 있습니다. 행복하기 위해 돈을 버는 것이 아니라 행복한 상태로 돈을 법니다. 행복하기 위해 글을 쓰는 게 아니라 행복한 상태로 글 씁니다. 이 차이는 제 인생에 엄청난 변화를 가져다주었습니다. '행복'을 달성해야 할 목표로 두었을 때는, 그 과정이 험난하고 힘들게만 느껴졌습니다. 반드시 돈을 많이 벌어야만 행복하고, 글을 잘 써서 팔리는 책을 써야만 행복하다고 생각했었거든요. 그러니까 저는, 행복을 향해 불행한 길을 걸었던 겁니다.

행복이란 것이 어떤 조건이 충족되어야만 누릴 수 있는 감정이 아니란 사실을 알게 되었을 때, 제 인생은 통째로 바뀌었습니다. 그냥, 지금, 얼마든지 행복할 수 있었습니다. 그 상태로 하루하루 살다 보니 무슨 일을 해도 신이 나고 즐겁고 보람 있고 벅찼습니다. 마치 어린아이들처럼 말이죠. 아이들은 '즐겁고 행복한 상태로' 뛰어놉니다. 잘 놀아야 즐거운 것도 아니고 잘 뛰어야 행복한 것도 아닙니다. 아이들은 마냥 '좋은 상태'로 만들고 부수고 숨바꼭질을 하고 게임을 합니다. 어쩌면 그것이 우리가 태어날 때부터 가지고 있는 본능인지도 모르겠습니다.

행복한 상태로 일하니까 돈을 조금 못 버는 때가 있어도 별로 스트레스 받지 않았습니다. 즐거운 상태로 글을 쓰니까 글 쓰는 게 힘들고 어렵게 느껴지지 않았습니다. 이미 행복하고 이미 유쾌하니까 더 바랄 게 없었습니다. 결과가 기대에 미치지 못해도 마냥 좋았고, 기대 이상의 결과가 나왔을 때는 더 좋았습니다.

막노동할 때 있었던 일입니다. 새벽 6시에 철거 현장 나가서 저녁 6시까지 중노동을 했습니다. 온몸에 쓰레기 같은 먼지를 뒤집어쓰고, 여기저기 못과 철근에 긁히고, 땀은 비 오듯 흐르고, 눈은 똑바로 뜨기조차 힘들었습니다. 작업 일정은 열흘이었는데요. 닷새쯤 되던 날 아침에 현장 소장이 말했습니다. "오늘은 오전 작업만 하고 마칠 겁니다. 낮에 삼겹살 구워서 막걸리 한잔씩 하실 거니까 힘내서 열심히 해주세요!"

그날 오전, 작업량도 많았고 평소 못지않게 강도 높은 일을 했는데요. 어느 때와 달리 하나도 힘들지 않았습니다. 삼겹살과 막걸리 한잔 먹을 생각에 저를 비롯한 모든 일꾼들이 싱글벙글이었죠. '행복한 상태로' 일을 하니까 똑같은 강도의 작업을 하면서도 힘이 훨씬 덜 들었던 겁니다.

글을 쓸 때도 마찬가지입니다. 어느 세월에 책 한 권 분량을 다 쓰냐. 이렇게 써 가지고 독자들이 내 글을 읽어주기나 할까. 출판계약을 할 수나 있을까. 내 이야기가 재미있을까. 이런 생각으로 글을 쓰는 것은 '결과'에만 초점이 맞춰진 상태입니다. 결과가 좋아야 행복할 수 있다는 관념이지요. 집필 과정이 불행하고 힘들 수밖에 없습니다.

문장 하나 쓸 때마다 내 글을 읽고 도움받을 독자를 생각하며 뿌듯해할 수 있어야 합니다. 그런 마음으로 써야 집필 과정 자체가 즐겁고 행복합니다. 즐겁고 행복한 마음으로 쓰면, 독자가 내 글을 읽을 때도 즐겁고 행복한 마음의 공명이 일어납니다. 인상 팍팍 쓰면서 글을 쓰면, 글에도 한숨이 섞이게 마련입니다. 작가가 불행한 마음으로 쓴 글을 어떻게 독자가 행복하게 읽을 수 있겠습니까.

산에 오른다고 가정해봅시다. 정상에 머무는 시간이 얼마나 될까요? 사진 찍고, 도시락 먹고, 소리 지르고. 길게 잡아야 한 시간입니다. 산에 오르는 시간은 얼마나 될까요? 동네 앞산이 아니고서는 못해도 2~3시간 걸릴 겁니다. 그보다 더 오래 걸리는 산도 많을 테고요. 언제 행복해야 할까요? 언제 행복한 것이 지혜롭고 현명한 태도일까요? 힘들고 어렵고 땀 흐르고 고생하고 숨차고 기진맥진 불평불만 그냥 포기하고 내려가고 싶은 마음. 이런 상태로 2~3시간 이상 올라서 고작 1시간 행복한 것이 타당한 여정일까요? 아니면, 시작부터 산을 오르는 내내 맑은 공기 마시고 멋진 풍경 즐기고 좋은 사람들과 대화 나누며 즐겁고 행복한 2~3시간 등산 끝에 더 짜릿한 정상을 맛보는, 모든 과정이 행복한 등산이 마땅할까요?

감사와 행복의 대전제는 조건이 없다는 것이죠. 그냥 감사하고, 그냥 행복한 겁니다. 무엇 때문에 행복하지 않다는 말도 있을 수 없고, 무엇을 이루어야만 행복하다는 말도 성립하지 않습니다. 지금 이 순간, 스스로 행복하다 느끼면 그것으로 충분합니다. 바로 그 행복한 상태로 일도 하고 돈도 벌고 글도 쓰고 사랑도 나누어야 하는 것이죠. 행복한 상태로 일상을 살아가면 흔들리지 않는 멘탈 유지할 수가 있습니다.

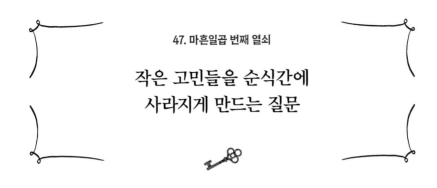

작은 고민들을 순식간에
사라지게 만드는 질문

걱정과 근심이 많았습니다. 머리숱이 점점 적어지는 것부터 시작해서 수강생들과의 갈등에 이르기까지, 하루도 마음 편할 날이 없었습니다. 때로는 이러한 고민이 저를 더 성장시키고, 미래 행복을 가져다주는 과정에서 피할 수 없는 과정이라고 스스로 위로하기도 했었지요. 문제는, 걱정이나 근심이 점점 많아지고 그럴 때마다 제가 불행하다고 느낀다는 사실이었습니다.

모든 문제가 사라지고 완벽히 평온해지는 날, 인생에 그런 날은 없습니다. 다만, 자신에게 일어나는 문제를 어떤 식으로 해석하고 받아들일 것인가 하는 태도에 관해 궁리하는 것이 타당하겠지요.

걱정 좀 그만하고 싶었습니다. 책도 많이 읽고 글도 제법 썼습니다. 황금 멘탈을 가진 사람들은 한결같이 말합니다. 걱정하지 말라고요. 걱정한다고 해서 걱정이 사라지는 게 아니며, 걱정이 문제를 해결해주는 것도 아니라고 말입니다. 머리로는 알겠는데, 일상 적용이 힘들었습니다. 별것도 아닌 문제로 걱정하고 근심하다 보니, 정작 중요한 일에 집중하지 못하는 때도 많았습니다.

고속버스를 타고 서울에 강의를 간 적 있습니다. 서울 톨게이트 거의 다 와서 차가 밀리기 시작했지요. 눈길이었고, 사고까지 난 상태였습니다. 거리가 얼마 남지 않았으니 시간 충분할 것 같았지만, 버스가 꼼짝도 하지 않은 채 그 자리에 계속 서 있으니 불안해지기 시작했습니다. 강의 시간은 다 되어가고, 버스는 움직일 생각도 하지 않고. 머리털이 쭈뼛 서고 오금이 저리기 시작했습니다. 그때까지 강의 늦은 적 한 번도 없었거든요. 수강생들과의 약속이었고, 강사인 저의 품격에 관한 문제라고 생각했습니다. 항상 1~2시간 전에 강의장에 도착했었는데, 이번에는 모든 게 무너질 것만 같았습니다.

결국 30분 늦게 강의장에 도착했습니다. 수강생들은 저만 기다리고 있었고, 미리 연락을 취한 담당자가 어떻게든 시간을 끌고 있었습니다. 사과부터 했습니다. 그런 다음, 그 자리에 있는 수강생들에게 정규과정 입과 별도 혜택을 제시했습니다. 저의 신간도 무료로 보내주기로 약속했고요. 다행히 큰 문제 없이 잘 넘어갔습니다. 수강생들도 어쩔 수 없는 상황이었음을 이해해주었습니다.

결과만 놓고 보자면, 버스 안에서 발을 동동 구르며 식은땀 흘렸던 저의 걱정과 근심은 실제로 아무짝에도 쓸모없는 행동이었습니다. 걱정이 막힌 도로를 뚫은 것도 아니고, 근심이 저를 순간 이동시켜준 것도 아니며, 답답했던 시간이 수강생들 마음을 풀어준 것도 아닙니다. 차라리 마음 여유 갖고 강의자료 살피며 수강생들에게 도움 될 만한 내용을 더 준비하는 게 나을 뻔했습니다.

습관적인 걱정과 근심을 한 방에 날려버리는 계기가 있었습니다. 애플 창업주 스티브 잡스의 한마디였죠. "우리는 모두 우주에 흔적을 남기길 소망한다."

우물 안에서 쳐다보던 동그란 하늘이 드넓은 우주로 바뀌는 순간이었습니다. 일상에서 마주하는 크고 작은 고민이 모조리 먼지처럼 느껴졌습니다. 그래! 나도 우주에 흔적을 남겨야지! 친구의 섭섭했던 한마디도, 식당 종업원의 불친절도, 글이 잘 써지지 않는 순간도, 가족 다툼도, 수강생의 배신도, 머리숱이 빠지는 것도, 매일 일어나는 그 어떤 문제들도 더 이상 걱정거리가 되지 않았습니다. 우주에 흔적 남기기 위해 살아가는 제가, 그런 하찮은 일에 연연하며 에너지를 낭비할 수는 없는 노릇이니까요.

여러분도 한번 생각해보시길 바랍니다. 평소 근심 걱정 자주 하는 사람이라면, 이 땅에 태어나 한평생 살면서 나름의 소명을 다해야 한다는 생각 말입니다. 자신의 존재 가치는 무엇이며, 타인과 세상은 자신을 어떻게 기억할 것인가. 인류를 위해 무엇을 남기고 갈 것인가. 생각의 차원을 크게 하면 일상에서 마주치는 모든 문제가 사사롭게 여겨질 겁니다.

속상하고 화가 날 때면 노트북을 펼쳐 글을 씁니다. 속상하고 화난 이야기를 쓰는 게 아니라, 세상 사람들에게 도움이 될 만한 메시지를 떠올려 글을 쓰는 거지요. '작은 일에 대한 집착을 거두고, '우주에 흔적을 남길 만한 글'을 쓰는 겁니다. 제가 무슨 위대한 작가라서 쓰는 글마다 우주에 흔적을 남길 수 있겠습니까마는, 적어도 생각만큼이라도 그리하면 제 삶이 거대해지고 위대해진다는 느낌을 품게 되거든요.

사업 실패하고 전과자 파산자 되어서 쭈글이로 살았는데, 인류를 위한 글을 쓰고 우주에 흔적 남긴다고 생각하니 더할 수 없는 기쁨과 충만 가질 수 있게 된 것이지요. 그런 저를 비웃는 사람도 많을 겁니다. "생각은 거창하지만, 현실은 다르다"라며 정신 차리라고 조언해주는 친구도 있었습니다. 저한테 그런 조언을 건넨 친구를 보면, 종일 이런저런 사소한 걱정을 하느라 표정이 어둡습니다.

즐겁고 유쾌하게 사는 게 최고라고 생각합니다. 매일 걱정하고 근심하면서, 모든 문제가 사라지는 언젠가를 기대하며 사는 것은 행복과는 거리가 먼 인생입니다. 과대망상에 빠지는 것은 위험천만한 일이지만, 자신의 존재 가치를 크게 생각하면서 인생 큰 뜻을 품고 사는 것은 충분히 마땅한 태도라고 확신합니다. 덕분에 저는 행복한 성공을 이루고 있으니 말이죠.

황금 멘탈을 가진 사람들은 점심 메뉴로 고민하지 않습니다. 그들은 낮에 친구가 던진 한마디를 잠자리에까지 들고 가지 않습니다. 사람을 위하고, 세상을 위하고, 자신과 자신의 인생을 위할 수 있는 길이 무엇인가. 머릿속이 온통 위대한 생각으로 가득 차 있으니 사소한 일로 무너질 리 없는 것이죠. 작은 고민 순식간에 사라지게 만드는 질문을 스스로 던져야 합니다. "나는 우주에 어떤 흔적을 남길 것인가?"

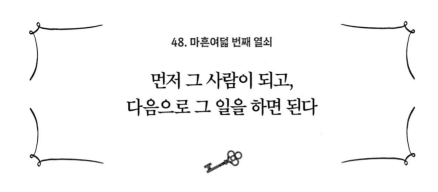

먼저 그 사람이 되고, 다음으로 그 일을 하면 된다

부자가 되고 싶다면, 먼저 부자가 되어야 합니다. 통장에 돈이 없는데 어떻게 부자가 되냐고요? 진짜 부자는 자기 통장에 얼마가 있는지 신경 쓰지 않습니다. 먼저 부자가 되고, 다음으로 부자처럼 생각하고 말하고 행동하라는 뜻입니다.

부자는 하루를 어떻게 보낼까요? 알람이 울리는데도 이불 속에서 미적거리고 있을까요? 아닐 겁니다. 벌떡 일어나 활기차게 하루를 시작하겠지요. 독서, 명상, 운동, 모닝 저널 쓰기, 신문 읽기 등등 의미 있는 하루를 시작할 겁니다. 다음은요? 오늘 해야 할 일들을 순서대로 하나씩 진행할 테지요. 하기 싫다거나 몸이 피곤하다거나 다른 어떤 핑계나 변명을 대면서 미루는 일 절대 없을 겁니다. 사람을 만날 때는 어떨까요? 자신감 넘치는 모습으로 당당하게, 배려하면서도 위축되지 않는, 똑 부러지게 말하면서도 겸손하게, 매력 넘치는 관계를 맺을 겁니다. 옷은 단정하고 품위 있게 입을 것이고,

거칠고 험한 말은 삼갈 것이며, 술에 취해 흥청거리는 일은 없을 겁니다.

부자가 되고 싶다면, 먼저 부자가 되어야 합니다. 그런 다음, 부자처럼 생각하고 말하고 행동해야 합니다. 이것이 부자가 되는 길입니다.

작가가 되고 싶다면, 먼저 작가가 되어야 합니다. 글도 못 쓰는데, 책도 출간하지 않았는데, 어떻게 작가가 되냐고요? 작가는 자신이 글을 잘 쓴다 못 쓴다 생각하지 않습니다. 작가는 이미 출간한 사실에 대해서 연연하지도 않습니다. 작가의 하루는 어떨까요? 우선, 보고 듣고 경험하는 모든 상황에서 메시지를 찾으려 노력할 겁니다. 수첩을 들고 다니면서 틈만 나면 메모하고 낙서할 겁니다. 하루 중 일정 시간 반드시 글을 쓸 테고요.

피곤하다, 귀찮다, 머리 아프다, 바쁘다, 걱정거리 있다, 기분 더럽다, 속상하다 등의 이유로 글을 쓰지 않는 일 따위 절대 없을 겁니다. 작가는 자신이 쓴 글을 비하하며 스스로 깎아내리는 말 따위 하지 않습니다. 그들은 그냥 글을 씁니다. 매일, 매 순간 말이죠. 작가가 되고 싶다면, 먼저 작가가 되어야 합니다. 그런 다음, 작가처럼 생각하고 말하고 행동해야 합니다.

"저도 작가가 되고 싶어요!"

"올해는 반드시 책을 출간할 겁니다!"

지난 9년 동안 이렇게 말하는 사람 셀 수 없이 만났습니다. 작가는 '말하는' 사람이 아니라 '글 쓰는' 사람입니다. 작가가 되고 싶다거나, 반드시 작가가 될 거라는 '말'은 할 필요가 없는 것이죠. 그냥 글을 쓰면 됩니다.

물론, 지금 제가 하는 말이 쉽지만은 않다는 사실 잘 알고 있습니다. 쓰는 습관이 잡혀 있지 않은 사람이 매일 무언가를 쓴다는 것은 어렵고 힘든 일이지요. 하지만, 작가가 되고 싶다는 열망이 마음속에 있다면, 이미 작가가 된 것이나 다름없다는 사실을 알아야 합니다. 작가라는 타이틀이 중요한 게 아니라, 매일 글 쓰는 행위가 중요한 것이지요. 간절한 바람이 있다면, 하지 못할 아무런 이유도 없습니다.

황금 멘탈을 가진 사람들은 자신이 원하는 바가 있을 때, 가장 먼저 그 존재가 됩니다. 그런 다음, 그 존재가 하는 생각과 말과 행동을 그대로 따라 합니다. 누군가 해냈다면 나도 할 수 있습니다. 새로운 일에 도전할 때, 그 일을 성공적으로 이룰 수 있는 최선의 길은 그 길을 먼저 간 사람들의 발자취를 그대로 따르는 것이지요.

긍정적인 사람이 되고 싶다면, 주변에 긍정적인 친구 한 명 정해서 그의 생각과 말과 행동을 그대로 따라 연습하면 됩니다. 말 잘하는 사람이 되고 싶다면, 주변에 말 잘하는 친구 한 명 정해서 그대로 생각과 말과 행동을 따라 연습하면 됩니다. 책을 출간하고 싶다면, 주변에 책 출간한 친구 한 명 찾아서 그가 한 대로 하루 루틴을 따라 실행하면 됩니다. 주변에 마땅한 친구가 없다면, 책에서 찾으면 됩니다. 내가 되고 싶고 이루고 싶고 하고 싶은 것들을 이룬 사람, 책 속에 반드시 있습니다. 한마디로, 내가 원하는 걸 이루지 못할 이유가 없다는 뜻입니다.

멘탈이 쉽게 무너지는 사람들 보면, 어떤 일을 '하고 싶어' 하기만 하고 실행은 하지 않습니다. 성공한 사람들은 예외 없이 실행의 대가입니다. 일단 움직여야 뭐라도 성과가 나올 수 있습니다. 문제는 방법인데요, 이미 성공한 사람을 찾아 그들의 생각과 말과 행동을 그대로 따라 연습하는 것보다 더 좋은 방법을 저는 알지 못합니다.

혹시 '따라 한다'라는 부분에서 자존심 상한다는 사람이 있을까요? 뭐 그럴 수도 있겠지요. 아직 절실하지 않아서 그런 겁니다. 변화와 성장이 절박하지 않으니까 자존심 따위를 얘기하는 거겠지요. 성공한 사람들의 발자취를 따라 연습과 훈련을 반복해야 자기만의 기술도 창조할 수 있는 법입니다. 시작도 못 하고 중도에 포기만 하면서 무슨 자존심 얘기를 합니까. 기를 쓰고 따라 하고 배우고 익혀서, 롤모델을 능가하겠다는 오기와 패기를 가지는 것이야말로 진정으로 자존심 세우는 길입니다.

잊지 마세요! 무슨 일이든 성공하고 싶다면, 먼저 성공한 사람이 되어야 합니다. 그런 다음, 성공한 사람의 생각과 말과 행동을 그대로 따라 연습하면 됩니다. 이미 성공한 사람이 되어야, 성공할 수 있습니다.

무엇을 버릴 것인가

10년 다닌 회사를 그만둘 때 아쉬웠던 점은 세 가지였습니다. 첫째, 단연코 월급이었고요. 둘째, 든든한 울타리였습니다. 셋째, 사람들이었습니다. 일이야 어떻게 하든 정해진 날짜가 되면 월급이 들어왔습니다. 많다 적다 그런 말 많지만, 어쨌든 제날짜에 돈이 들어오는 것은 직장 생활 기쁨이자 장점 중 하나였지요. 가슴에 대기업 배지 달고 다니면 남들이 우습게 보지 않았습니다. 회사 내에서 저의 입지가 어떠하든, 밖에서 다른 사람들이 볼 때는 대단한(?) 사람으로 대접받았습니다. 힘들 때 소주 한잔 기울이며 공감할 수 있는 동료와 선후배가 있다는 사실도 사는 데 큰 힘이 되었고요.

저는 사업을 하고 싶었습니다. 저의 힘으로 사업을 일구고, 돈도 많이 벌고, 세상과 타인에게 도움 주며 인정받는 그런 삶을 누리고 싶었습니다. 문제는, 제가 원하는 인생을 향해 나아가기 위해서는 직장 생활을 포기해야 한다는 거였지요. 마음 같아서는, 월급도 울타리도 사람도 고스란히 지키면서 동시에 사업도 할 수 있으면 얼마나 좋을까 싶었습니다. 불가능한 일이죠. 좋은 것들만 챙기겠다는 이기심입니다. 회사 일도 엄청난 집중이 필요하고, 사업도 인생 걸어야 하는 일인데, 두 가지를 병행하겠다니 말도 안 되는 소리입니다.

사업 실패로 채무 관계가 복잡하게 얽혀 있었을 때, 변호사인 친구가 제게 파산 신청을 권했습니다. 제가 가진 모든 재산을 처분하고, 원점에서 인생을 다시 시작하라는 거였지요. 하루하루 지옥 같았던 채무 독촉에서 벗어날 수 있다는 사실은 희망이었으나, 그나마 지키고 싶었던 집과 차를 모두 잃어야 한다는 사실은 아픔이었습니다. 집은 이미 저당이 최대한으로 잡혀 있어서 소유권 의미가 없었고, 차는 만신창이가 된 저한테 아무런 의미도 없었거든요. 그런데도 두 가지에 대한 저의 집착이 선택을 망설이게 했습니다.

집도 차도 다 지키면서 채무 관계도 해결할 방법, 모든 걸 잃고 나락으로 떨어진 저한테 그런 방법이 있을 리 없지요. 어떻게든 빚을 정리하려면 파산하는 수밖에 없고, 그나마 집과 차를 지키고자 한다면 끝도 없는 채무 독촉에 시달릴 수밖에 없었던 겁니다. 얄팍한 속셈으로 두 가지 이익을 모두 챙기겠다는 심보를 부렸으니, 지금 생각해봐도 어리석고 어처구니없는 생각이었지요.

2016년부터 강의를 시작했습니다. 3년 넘게 전국을 다니며 많은 수강생과 글 쓰는 삶을 나눴지요. 2019년 하반기에 코로나19 사태가 터졌습니다. 오프라인 강의장은 텅텅 비기 시작했고, 저는 결정을 내려야만 했습니다. 무대에 서서 파이팅 넘치는 강의를 하다가, 책상 앞에 앉아 모니터를 바라보며 정적인 강의를 해야 한다 생각하니 눈앞이 캄캄했지요.

오프라인 강의를 고집하려니 바이러스 전염을 극복할 방법이 없었고, 온라인 강의로 전향하려니 자신이 없었습니다. 오프라인 강의도 하고 틈틈이 온라인 강의도 병행할 방법이 없을까 고민하는 동안 무려 7개월이란 시간이 흘러버렸습니다. 온라인 시장으로 과감하게 돌진한 다른 강사들은 이미 자리를 잡았고, 저는 무의미한 시간을 보낸 탓에 수익과 수강생 모두 저점을 찍고 말았습니다.

두 마리 토끼를 모두 잡을 방법은 없습니다. 뭔가 하나를 얻기 위해서는 다른 하나를 반드시 내려놓아야 합니다. 평생 다른 일만 하다가 어느 날 책 한 권 써야겠다 다짐한 사람 있다고 칩시다. 그 사람은 어제까지 24시간을 살았습니다. 오늘 갑자기 한 시간이 추가로 생기는 일은 없지요. 어제까지의 삶에서 뭐라도 한 가지 포기해야만 글 쓸 시간을 확보할 수가 있습니다. 잠을 줄이든지, 스마트폰 사용 시간을 줄이든지, 다른 공부 한 가지를 포기하든지. 어제까지의 삶을 고스란히 지속하면서 오늘부터 새로운 한 가지를 추가하겠다는 것은, 불가능한 목표를 향해 도전하는 것이나 다름없습니다.

황금 멘탈을 가진 사람들은 도전하고 시도하기를 좋아하는데요, 그들이 새로운 일에 뛰어들 수 있는 것은 덜 중요한 무언가를 버리는 데 망설임이 없기 때문입니다. 악착같이 모든 것을 손에 쥐려고 하는 사람일수록 바쁘기만 하고 성과가 없는 삶을 살게 됩니다. 여기에서 중요한 키워드를 찾을 수 있지요. 바로 '우선순위'라는 단어입니다.

어떤 인생을 원합니까? 어떤 삶을 바랍니까? 무엇이 가장 중요합니까? 자기 삶의 각 분야에서 우선순위를 명확하게 정해야 합니다. 중요한 일에 더 많은 시간을 할애해야 하고, 덜 중요한 일에 에너지 빼앗기지 말아야 하며, 가치 없다 싶은 일은 과감하게 버릴 수 있어야 합니다. 맨날 술 퍼마시고, 스마트폰 쳐다보며 시간 다 보내고, 잠 늘어지게 다 자면서 꿈과 목표를 이루는 사람은 없습니다. 하나를 얻기 위해서는 다른 한 가지를 버려야 합니다. 이것이 바로 인생 법칙이자 세상 진리입니다.

버리고 내려놓고 포기하는 일이 쉽지만은 않습니다. 하지만, 잊지 말아야 할 사실이 있습니다. 결국은 사업을 선택하고 파산을 선택하고 온라인 강의를 선택하면서, 제가 버렸던 모든 것보다 더 많은 이익과 행복과 가치를 얻을 수 있었습니다. '버린다'라는 개념이 곧 성장과 발전으로 이어진다는 의미임을 빨리 받아들일수록 삶은 달라집니다.

잘 버리지 못하는 사람 많습니다. 온갖 잡동사니가 집안에 쌓여 있고, 언젠가 쓸 일 있을 거라는 생각 때문에 잡스러운 것 하나조차도 버리질 못하는 거지요. 물건이 정돈되어야, 일상이 정리되어야, 사고가 깔끔해야 인생도 가벼워집니다. 기억하세요. 새로운 무언가를 얻기 위해서는 반드시 기존의 삶 중 하나를 버려야만 한다는 사실을요.

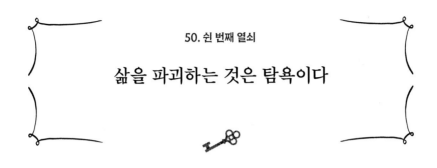

삶을 파괴하는 것은 탐욕이다

IMF 사태가 벌어진 직후에 취업을 준비하게 되었습니다. 취직하기가 하늘의 별 따기라는 말이 흔하게 나돌았지요. 어떻게든 괜찮은 회사에 들어갈 수만 있으면 걱정이 없을 것 같았습니다. 준비도 많이 했습니다. 다행히 대기업에 입사할 수 있었습니다. 약 두 달쯤으로 기억합니다. 취업했다는 사실에 기뻐한 시간 말입니다. 이후로는 불평과 불만으로 출퇴근했습니다. 일은 죽자고 하는데 월급은 쥐꼬리만 하다는 생각이 들었기 때문입니다.

한 달에 천만 원만 벌면 소원이 없겠다 싶었습니다. 직장 생활 잘하다가 사직서를 낸 것도 더 많은 돈을 벌고 싶은 욕구 때문이었습니다. 영업도 하고 사업도 했습니다. 돈을 꽤 많이 벌었습니다. 또래 친구들과는 비교조차 할 수 없을 정도였지요. 소원이 없겠다 싶었던 금액을 넘어섰을 때부터 문제가 발생했습니다. 제 눈에는 저보다 돈을 더 잘 버는 사람들만 보였습니다. 쉬는 날도 없이 가족도 팽개치고, 저는 일만 했습니다.

감옥에서 글을 쓸 때 가장 힘들었던 점은 불편한 자세였습니다. 양반다리로 앉아 허리를 숙인 채 바닥에 노트를 펼치고 글을 썼거든요. 십 분만 써도 피가 거꾸로 돌아 어지러웠습니다. 손목은 늘 꺾인 상태여서 통증이 가실 날 없었고요. 어쩌다 바닥에 엎드려 조금이라도 편한 자세로 글을 쓸라치면, 순찰하는 교도관한테 지적을 당했습니다. 소원이 있었습니다. 앉은뱅이 책상이라도 하나 있으면 좋겠다!

출소 후에는 어린 아들이 쓰던 유아용 학습 책상에 오래된 노트북 올려놓고 글을 썼습니다. 천국을 만난 것 같았습니다. 그 상태로 책 두 권을 집필했습니다. 더 바라기 시작했습니다. 노트북을 새것으로 교체하고, 아들 방 책상으로 자리를 옮겼습니다. 허리를 곧추세우고 의자에 앉아 등을 기댄 채 쌩쌩한 노트북으로 글을 쓰니까 훨훨 날아다니는 기분이었습니다.

시간이 흐를수록 노트북, 태블릿 PC, 키보드, 마우스, 등받이, 노트북 거치대, 백팩 등 가지고 싶은 것들이 늘어났습니다. 감옥에서 허리를 숙인 채 집필했던 때와 비교하자면, 글솜씨가 그리 나아진 것도 아니었습니다. 환경과 상황은 더할 나위 없이 좋아졌지만, 글은 여전히 답보 상태였고, 욕심만 늘어 모든 일상이 불만투성이가 되고 말았습니다.

저 말고도 한 달에 천만 원만 벌면 소원이 없겠다 생각하는 사람 많을 겁니다. 제 주변 사람들을 보면요, 천만 원 벌고 만족하는 사람 한 명도 없었습니다. 목표를 달성한 후 만족하고 감사하며 삶을 누리는 이들보다, 더 큰 욕심을 부리며 계속 결핍된 상태로 살아가는 이들이 훨씬 많았습니다. 사람 욕심은 끝이 없다 하지요. 특히 돈 문제에 있어서만큼은 예외가 없는 듯합니다. 벌면 벌수록 더 많이 벌고 싶어 합니다.

정치인들 보면 더 잘 알 수 있습니다. 학벌도, 집안도, 지위도, 권력도, 돈도 우리 일반 사람들과는 비교조차 할 수 없을 만큼 다 가진 이들인데, 그들은 여전히 또 다른 무언가를 노리고 바라면서 악을 쓰는 것처럼 보입니다. 검소하게 살면서 진정 국민을 위해 일하는 정치인도 없지는 않겠지요. 그러나, 일반적으로 매스컴을 타고 흘러나오는 그들의 이야기를 보고 듣다 보면 대체 어디까지 얼마나 잘살아야 만족할 것인가 한숨이 나오곤 합니다.

허리를 숙여 바닥에 대고 글을 썼을 때와 비교하면, 구닥다리 노트북 한 대만으로도 세상을 다 가진 느낌이었습니다. 노트북을 가지고 나니까 더 좋은 노트북 탐이 났지요. 책 한 권 출간할 수 있으면 좋겠다 간절히 바랐는데요, 한 권 출간하고 나니까 베스트셀러 욕심이 났습니다. 한 달에 수강생 한 명만 확보할 수 있으면 좋겠다 싶었는데, 강의를 좀 하다 보니 더 많은 수강생을 모집할 수 있으면 좋겠다는 마음 생겼습니다.

사람 인생 망치는 건 탐욕입니다. 필요가 사치가 되고, 사치가 탐욕이 됩니다. 이미 가지고 있는 것만으로도 얼마든지 잘 살아갈 수가 있습니다. 이미 가지고 있는 것들이 모두 기적이지요. 지금의 삶을 누릴 수 있다는 사실에 감사해야 하고, 더 나은 삶을 추구할 때도 물질보다는 가치가 우선이어야 합니다. 욕심을 합리화하고 물질과 쾌락에 순간 만족하는 습성이 들기 시작하면, 그때부터 인생은 내리막길이구나 생각하면 됩니다. 스스로 깨닫지 못하면 답 없습니다.

어떻게 해야 탐욕을 알아차리고 멈출 수 있을까요? 첫째, 지금 자신이 가지고 누리는 모든 것에 감사해야 합니다. 둘째, 인생 목표를 가치 위주로 설정해야 합니다. 셋째, 물질적인 것을 더 가지기보다는 정신을 채우는 일에 몰입해야 합니다. 넷째, 지금 자신이 하는 걱정과 근심 대부분이 탐욕에서 비롯되었다는 사실을 인정해야 합니다. 다섯째, 세상에서 가장 무서운 존재는 잃을 것 없는 사람임을 잊지 말아야 합니다.

황금 멘탈을 가진 사람들은 끝없이 무언가를 추구합니다. 그런데, 추구하는 것은 모두 의미와 가치를 기반으로 합니다. 본질을 앞에 두고 돈을 뒤에다 두는 것이 강한 멘탈을 유지하는 최고의 방법이지요. 황금 멘탈을 가진 이들은 탐욕을 부리지 않기 때문에, 그들을 유혹하거나 흔들기는 참으로 어렵습니다. 반대로 말하자면, 탐욕에 눈이 먼 사람들은 작은 유혹에도 쉽게 흔들린다는 뜻이지요. 세상 거칠 것 없이 자유롭고 멋지게 살아가기 위해서 가장 먼저 해야 할 일은, 무엇이든 더 가지려고 하는 욕심을 내려놓는 겁니다.

모든 것은 사라진다

2021년 4월 30일. 나는 무엇으로 고민하고 어떤 걱정을 했던가. 과거 아무 날짜나 콕 집어 이처럼 기억을 더듬어보았을 때, 뚜렷한 무언가가 떠오른 적 한 번도 없었습니다. 삶의 어느 순간에 저는 분명 걱정하고 근심하며 어떠한 이유로 고통받았을 것이 분명합니다. 그런데도 거짓말처럼 기억이 나질 않습니다. 다이어리를 펼쳐 그날의 기록을 확인하는 것은 별개의 문제입니다. 내 머리와 마음속에 이미 '그때'의 아픔은 더 이상 남아 있지 않다는 뜻이니까요.

환호성을 지르며 하늘로 치솟을 것처럼 좋았던 때도 분명 많았을 겁니다. 책상 앞에 가만히 앉아 그런 때를 떠올려보면, 아무리 머리를 쥐어뜯어도 고작 열 개 안팎에 기억나질 않습니다. 반평생 살았는데, 좋았던 사건이 열 개라니 말도 안 되는 소리지요.

모든 것은 사라집니다. 고통과 시련도 사라지고, 기쁨과 행복도 사라집니다. 어차피 사라질 순간적인 감정에 매몰되어 지금 여기에 집중하지 못하는 어리석은 삶에서 벗어나야 합니다. 사업에 실패한 것도, 감옥에 가게 된 것도, 파산한 것도 후회하지 않습니다. 그러나, 매일 술 퍼마시며 세상과 타인에 대한 원망과 분노만 쏟아냈던 시간은 지금은 가슴을 후벼팔 정도로 후회하고 있습니다. 만약 제가 10년쯤 지난 후에 지금과 같은 삶을 누리게 될 거란 사실을 그때 미리 알았더라면, 그처럼 엉망진창으로 인생을 낭비하지는 않았을 겁니다. 모든 게 사라진다는 사실을 미리 깨달았더라면, 조금이라도 여유롭고 평온한 마음으로 시련을 이겨낼 수 있었을 테지요.

횡단보도 앞에서 신호를 기다리는 이유, 비가 쏟아져도 태연할 수 있는 이유, 감기에 걸려도 약 먹고 버티는 이유. 모두가 곧 달라진다는 사실을 알기 때문입니다. 신호는 반드시 바뀝니다. 비는 그칩니다. 감기는 낫습니다. 명확한 사실입니다. 인생 고난과 역경을 견디는 것도 같은 방식으로 생각할 필요가 있지요. 지금껏 수많은 사람을 만나 소통해보았지만, 힘든 시간이 영원히 계속된다고 말하는 사람 한 명도 없었습니다. 다들 "과거에 힘든 적 있었다" 정도로만 이야기할 뿐이죠.

삶이 좋아진다는 사실에 확신을 갖는 것은 중요한 태도입니다. 지금 힘들고 어려운 시간 겪고 있는 사람에게 신이 다가와 2년만 지나면 삶이 확 좋아질 거라고 확신에 찬 말을 해준다면 어떨까요? 아마도 그 사람 감동하고 감사하면서 거뜬히 일어나 지금을 기꺼이 견딜 수 있을 겁니다. 바로 그 신의 역할을 스스로 해야 합니다. 영원히 계속되는 고난은 없습니다. 영원히 계속되지 않도록 스스로 노력해야 하고요.

저는 두 번 다시 정상적인 일상을 누리지 못할 줄 알았습니다. 사업 실패 후 감옥에 갔을 때도 한 치 앞이 보이지 않았고요. 최근에 극심한 고통으로 눕지도 않지도 못하며 눈물 쏟아냈을 때도 다시는 평범한 삶을 만나지 못하는 줄로만 생각했었지요. 지금 이 글을 쓰는 동안, 감옥에 다녀온 사실이 남의 얘기처럼 느껴집니다. 온몸을 전기로 지지는 것 같았던 통증이 나은 것도 기적처럼 느껴지고요. 절대로 달라지지 않을 것 같은 모든 시련과 고통도 반드시 지나가고 사라집니다. 사람에 따라 조금 길게 혹은 조금 짧게 고난의 시간에 차이는 있겠지요. 허나, 결국 사라진다는 사실에는 의심할 여지가 없습니다.

황금 멘탈을 가진 사람들은 자신에게 일어나는 힘들고 어려운 시간이 결국 사라진다는 사실에 확신을 품고 살아갑니다. 고난과 역경 닥쳤다 하여 좌절하고 절망하면서 모든 걸 던져버리는 어리석은 짓 따위 하지 않습니다. 곧 삶이 좋아질 테고, 그런 날이 오면 마음껏 날개를 펼칠 거라 기대하면서 오늘을 충실히 살아냅니다. 그들에게 시련은 그저 다음 날을 준비하는 과정일 뿐입니다.

고통에 몸부림치며 어떻게 살아야 하느냐고 울면서 전화하는 사람 종종 있습니다. 그런 사람들과 통화할 때, 저는 일부러 목소리에 힘을 주고 톤을 더 높입니다. 그런 다음, 확신에 찬 목소리로 대답합니다. "결국은 다 좋아질 겁니다! 지금 이렇게 울고불고 한 일들이 나중에는 술자리 소재밖에 되지 않습니다. 힘들 때 힘들어하는 건 당연하지만, 삶이 좋아진다는 확신은 절대 놓아서는 안 됩니다!"

연예인이나 정치인 등을 비롯해 일반인까지, 스스로 목숨 끊었다는 이야기를 들을 때마다 안타깝고 속이 상합니다. 얼마나 힘들었으면 세상을 떠났을까 가슴이 아프고 괴롭습니다. 한편으로는, 삶이 틀림없이 좋아진다는 확신을 그들이 가졌더라면 얼마나 좋았을까 생각이 들기도 하는 것이죠. 고통과 시련이 반드시 사라진다는 사실을 그들이 알았더라면, 그래서 조금만 더 버텨주었다면, 훨씬 강한 모습으로 대중 앞에 다시 설 수 있었을 텐데요.

다시 한번 강조합니다. 살다 보면 오만 가지 일을 다 겪게 마련입니다. 도저히 한 걸음도 더 내딛지 못할 만큼 힘겨울 때도 많고요. 사람으로부터 상처받아서 억울하고 분한 마음 감당하기 힘들 때도 적지 않습니다. 뜻한 대로 일이 풀리지 않아 금전적 손실은 물론 그동안 쌓았던 삶의 탑이 와르르 무너질 때도 있습니다. 누구나 겪는 일입니다. 그리고, 그런 일들은 결국 다 사라지게 되어 있습니다. 빛이 환하게 비치는 날 반드시 옵니다.

사람이 힘든 이유는 불확실성 때문입니다. 좋아지리라는 확신이 없으면 더 힘들지요. 제 삶도, 당신의 삶도, 반드시 더 좋아질 겁니다. 신이 우리를 허술하게 만들었을 리가 없지요. 좋은 날 오면, 그때 자신을 향해서 "잘 버텨주었다!" 박수 보내줄 수 있기를 바랍니다.

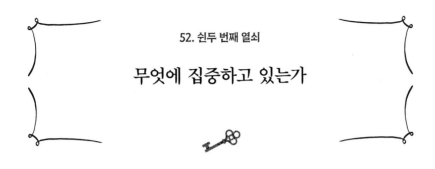

무엇에 집중하고 있는가

자격증 시험을 준비하는 사람이 있다고 가정해봅시다. 시험에 떨어져서 자격증을 취득하지 못하면 어쩌나. 그동안 돈과 시간 낭비했다는 생각까지 하며 걱정을 하고 있네요. 아직 시험은 치르지도 않았는데 말이죠. 여러분 같으면 이 사람한테 어떤 조언을 해줄 것 같습니까? 아마 대부분 사람이 "걱정하는 시간에 차라리 책이라도 한 장 더 보는 게 낫겠다"라고 말해줄 테지요. 그렇지 않겠습니까?

시험공부에만 해당하는 이야기가 아닙니다. 인생도 마찬가지입니다. 앞으로 일어날 일에 대해 확신할 수 있는 사람은 없습니다. 사람 일은 모르는 거니까요. 불확실하니까 두렵고 불안할 수밖에 없습니다. 그러나, 두려움과 불안함에 휩싸여 아무것도 하지 않는 것보다는 자신이 할 수 있는 일에 최선을 다하는 태도가 바람직하겠지요.

이론적으로는 다 아는 내용입니다. 하지만, 실제로 두렵고 불안한 상황을 만나면 이 '당연한' 사실은 잊어버린 채 감정에 휩싸이는 게 문제입니다. 어떻게 해야 두렵고 불안한 감정에서 벗어나 지금 자신이 할 수 있는 일에 집중할 수 있을까요?

첫째, 두려움과 불안함은 아직 일어나지 않은 일에 대한 감정임을 깨달아야 합니다. 실체가 없는 허상의 감정이란 뜻입니다. 존재하지도 않는 사실 때문에 불행한 오늘을 사는 것은 억울하고 분한 일이지요.

둘째, 두려움과 불안함이 자신에게 아무런 도움 되지 않는다는 사실을 알아야 합니다. 두려워해서 도움이 되는 게 있을까요? 불안하다고 해서 나아질 게 있을까요? 좋은 점이 하나도 없습니다.

셋째, 지금 자신이 할 수 있는 일에만 집중해야 합니다. 나중에 결과야 어떻게 나오든, 지금 주어진 일에 최선을 다하면 적어도 실력은 쌓을 수 있습니다. 더 나은 내가 되기만 하면 기회는 얼마든지 다시 가질 수 있습니다.

넷째, 두려움과 불안함이 지금 최선을 다하지 않을 핑계나 변명은 아닌지 생각해보아야 합니다. 실제로 그런 사람 많이 봤습니다. 크게 두렵지도 불안하지도 않으면서 자꾸만 두렵다 불안하다 주장하며 지금에 집중하지 않는 것이죠. 비겁한 인생 사는 겁니다.

다섯째, 정확히 무엇이 두렵고 불안한가 종이에 적어보면 도움 됩니다. 대부분은 적을 게 마땅찮을 겁니다. 막상 적고 보면 별것 아닐 때도 많고요. 종이에 적는 행위는 불확실성을 확실하게 만드는 과정입니다. 눈으로 직접 보면 얼마든지 극복할 만하다 싶은 생각이 들 겁니다.

사업에 실패했을 때, 저는 '절망과 좌절'에 집중했습니다. 매 순간 부정적인 생각이 들었고, 이제 내 인생 끝이구나 허망한 마음과 무기력한 생각에 빠져들기만 했었지요. 매일 술만 마셨습니다. 만약 제가 그 시절에 매일 할 수 있는 일에 집중하고 삶이 나아질 거란 확신에 몰입했더라면, 적어도 그렇게까지 삶이 망가지지는 않았을 거라고 생각합니다. 인생은 무엇에 집중하는가에 따라 전혀 다른 모습으로 만들어집니다. '절망과 좌절'에만 집중했으니 절망과 좌절이란 현실이 고스란히 나타났던 것이죠.

넉 달 동안 극심한 통증으로 힘든 시간 보냈을 때도 저는 '아픔과 허무함'에만 집중했습니다. 열심히 살아온 결과가 고통이라면 더 살아서 무엇하나. 혼자서 별생각 다 하면서 그냥 삶을 포기하는 게 낫겠다는 선택까지 하게 됩니다. 만약 제가 치료에 집중하고, 그러면서도 회복과 더 나은 삶을 향해 몰입했더라면, 적어도 죽기를 결심하는 일은 없었을 테지요.

고통과 시련의 순간을 맞이하게 되면, 사람은 대부분 고통과 시련 그 자체에만 집중하는 경향 있습니다. 심지어, 자신이 얼마나 고통스러운가 내세우기 위해 안달이 난 것처럼 보이기도 합니다. 힘들고 아프다는 사실을 설명하는 데에만 몰입해서 그 시간을 극복하고 이겨내는 데에는 아무 관심이 없는 상태가 되어버리죠. 이것이 바로 작은 실패로 시작해 인생 통째로 무너지는 사람들의 특징입니다.

황금 멘탈을 가진 사람들의 정신 상태를 가장 쉽게 설명하는 단어가 있습니다. 그것은 바로 '꾸역꾸역'인데요. 비가 오나 눈이 오나 자신이 해야 할 일을 매일 계속한다는 뜻입니다. 책을 출간하겠다고 결심한 사람 중에는, 부부싸움을 이유로 쓰지 않기도 하고 피곤하다는 이유로 쓰지 않는 사람 많습니다. 두통 때문에, 아이들 때문에, 다른 급한 일 때문에, 집안에 무슨 일이 생겨서, 친구로부터 속상한 말을 들었다는 이유로, 온갖 다양한 '쓰지 않을 이유'를 내세우며 쓰지 않는 날 많지요. 그런 상황들을 이해하지 못하는 것은 아니지만, 어떤 이유로 쓰지 않을 거라면 애초에 쓰겠다는 결심 자체를 할 필요가 없는 것이죠.

위대한 작가들에게도 그런 문제들은 일상처럼 생겨납니다. 평온하고 안정적이기만 해서 글 쓰고 책 내는 게 아니란 뜻입니다. 그들은 '꾸역꾸역' 글을 씁니다. 별 잡다한 일이 다 생기지만, 오직 쓰는 행위에 집중하기 때문에 결국은 출간이라는 결실을 만들어내는 겁니다.

오늘 무엇에 집중하는가에 따라 내일이 만들어집니다. 고통, 시련, 아픔, 괴로움, 시기, 질투, 분노 따위에 집중하면 현실도 우울하고 불행하게 나타나고요. 기쁨, 환희, 풍요, 감사, 만족, 배려, 나눔, 성취 등에 주목하면 평온하고 행복한 일들만 가득하게 됩니다. 환경이나 조건, 상황이나 사람 때문에 어쩔 수 없다는 생각이나 말은 아무 의미가 없습니다. 언제 어디에서 누구와 함께 있더라도 무엇에 집중할 것인가 하는 것은 오직 내가 결정하는 거니까요.

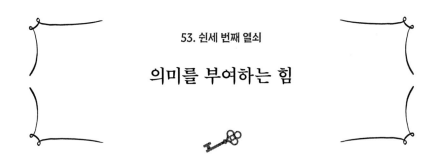

53. 쉰세 번째 열쇠

의미를 부여하는 힘

감옥에 다녀왔다는 사실을 세상 사람들에게 널리 알리고 싶은 사람 누가 있겠습니까. 오히려 감추고 싶은 게 솔직한 마음이겠지요. 그런데 저는 첫 번째 책에서부터 제가 전과자란 사실을 밝혔습니다. 세상 사람들의 손가락질, 그리고 가족이 입을 상처를 고민하지 않았다면 거짓말이고요. 차라리 작가의 꿈을 접고 그냥 막노동하면서 영원히 숨기고 사는 것이 낫지 않을까 수도 없이 갈등했습니다.

전과자란 사실은 세 가지 사실을 의미합니다. 첫째, 죄를 지었으며 그 죗값을 치렀다는 뜻이고요. 둘째, 다른 사람들이 볼 때 같은 죄를 또 지을 가능성이 있는 사람이란 의미입니다. 그리고 세 번째, 전혀 다른 새로운 인생을 살아갈 기회라는 뜻이기도 합니다. 저는 어디에 가장 큰 무게를 두었을까요? 네, 맞습니다. 당연히 세 번째 의미에 모두를 걸었지요.

처음에는 절망과 좌절 속에 술만 퍼마시며 살았습니다. 아무런 희망 없다고 생각했거든요. 꽤 많은 책을 읽고 글을 쓰면서 깨달은 바가 있습니다. 제게 일어나는 사건이나 상황은 하나도 중요하지 않다는 겁니다. 그 사건이나 상황을 제가 어떻게 해석하고 받아들이는가, 바로 이것이 삶을 결정짓는 유일한 요소라는 사실. 이후로 저는 전혀 다른 인생을 살게 되었습니다.

"오늘 무엇을 보고, 무엇을 듣고, 누구를 만나 무엇을 했다"라고만 쓰면, 그것은 작가 본인의 이야기일 뿐입니다. 일기지요. 우리가 추구하는 글은 일기가 아니라 대중이 읽는 글입니다. 독자를 전제하는 글은 달라야 합니다. 무엇이건 간에 독자에게 주는 바가 있어야 합니다. 용기, 희망, 위로, 동기부여 등 마음을 어루만져줄 수 있어야 하고요. 또는, 생각할 만한 거리를 제시하거나 공감을 끌어낼 수 있어야 합니다. 이렇게 하기 위해서는 단순한 개인의 경험을 독자들과 나눌 수 있도록 보편화 과정을 거쳐야 하는데요. 바로 이 보편화 과정에 필요한 것이 '의미 부여'입니다.

무더위가 가시고 아침저녁으로 선선한 바람이 붑니다. 특히 올여름은 길었지요. 추석에 성묘 가서 햇볕에 땀을 비 오듯 흘린 건 처음이었습니다. 하지만, 결국은 가을이 여름을 밀어냅니다. 매미 소리가 끊기고 귀뚜라미 소리가 울립니다. 인생도 마찬가지입니다. 고난과 역경이 계속될 것 같지만, 결국은 좋은 날 맞이하게 됩니다. 그러니, 아무리 힘들고 어려워도 끝까지 버티고 견디면서 삶을 놓지 말아야 합니다.

계절이 바뀌는 순간을 아무렇지도 않게 흘려보내는 사람 많습니다. 여름이 가고 가을이 오는 상황을 인생 고난을 견뎌야 한다는 의미로 해석하는 거지요. 일상은 매일 마주하는 거라서 특별한 감흥 느끼기가 어렵습니다. 관심 가져야 하고, 주의 깊게 살펴야 합니다. 그래야 보이고 들립니다. 보이고 들리는 모든 것에 나름의 의미를 부여하면, 그때부터 삶은 특별해지기 시작합니다.

운전하다가 접촉 사고가 났을 때도 지금의 이 상황이 내게 어떤 의미인가 생각해봐야 하고요, 추진하던 일이 꼬여 실패로 돌아갔을 때도 지금의 시련이 어떤 의미인가 해석해야 합니다. 모든 순간에 의미를 부여하는 습관을 들이면, 인생이 힘들고 어렵다고만 느껴지는 게 아니라 살아낼 만한 가치가 있다는 생각을 품게 되는 것이죠.

의미를 부여하기도 전에 화부터 나고 속이 상하고 욱할 때도 많습니다. 우리가 무슨 부처님도 아니고, 모든 순간에 평정심을 유지하며 의미를 장착하기는 불가능에 가깝겠지요. 다만, 몇 번이라도 의도적으로 의미를 부여하려고 노력하면 지금보다 훨씬 안정적인 삶을 누릴 수가 있다는 뜻입니다. 예전에는 무슨 일만 생기면 흥분하고 화부터 냈는데요, 이제는 다릅니다. 혹시 무슨 다른 의미가 있는 것은 아닌가, 내게 좋은 쪽으로 해석할 수는 없는가, 이렇게도 생각해보고 저렇게도 살펴보는 동안 마음이 차분해집니다. 그렇게 찾아낸 의미로 글도 쓰고, 또 다른 사람들 인생에 도움도 줄 수 있습니다.

의미를 부여한다는 말을 달리 표현하면, '관점을 바꾼다'라고 할 수도 있겠습니다. 대부분 사람이 글쓰기가 어렵고 힘들다고 말하는

데요. 이것을 '도전할 만한 가치가 있다'로 바꾸면 접근 방식 자체가 달라집니다. 저는 과거 큰 실패를 겪었는데요, 그것을 계속 실패로만 여겼다면 지금의 삶을 만나지 못했을 겁니다. '다른 사람들에게 전해줄 만한 스토리'라고 다르게 생각한 덕분에 글도 쓰고 강의도 할 수 있게 된 것이죠. 모든 고난과 역경은 비슷한 상황에 처한 사람들을 도우라는 신호입니다. 시집살이 모질게 한 사람이 새댁한테 조언을 해주면, 결혼생활 편안하게 한 사람이 얘기해줄 때보다 훨씬 와닿겠지요.

이렇듯 모든 순간에 의미를 부여하는 습관을 들이면, 그동안 살면서 '나쁘다, 좋지 않다, 괴롭다, 불행하다, 힘들다, 어렵다'라고 느꼈던 상황들에 대해 다시 생각해보는 계기를 마련할 수 있습니다. 과거에 겪었던 상처와 아픔이 나의 성장과 인생에 또 다른 의미로 작용할 수도 있다면 전혀 새로운 삶을 만날 수 있지 않겠습니까.

모든 전과자가 작가와 강연가가 되는 건 아닙니다. 똑같은 경험을 했어도 의미를 부여하는 사람은 새로운 인생 만나는 것이고요, 곧이곧대로 자기 느낌과 생각만 고집하면 점점 더 무너질 수도 있습니다. 황금 멘탈을 가진 사람들은 의미 부여의 대가들입니다. 그들은 아무리 힘들고 어려운 상황에 맞닥뜨려도 자기만의 의미를 부여해 새롭게 해석하고 풀어냅니다. 견디는 힘이 월등할 수밖에 없겠지요.

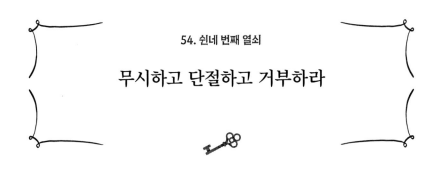

무시하고 단절하고 거부하라

　　역사 이래 성공하기 가장 좋은 때입니다. 역사 이래 혼을 빼앗기기에도 더 없는 시대입니다. 둘 다 SNS에 관한 이야기입니다. 성공한 사람을 롤모델로 삼아 그의 삶을 본받기에 편리한 세상이 되었죠. 옛날 같았으면 스승 찾아 삼만리, 인생 일부를 뚝 떼어내 산 넘고 물 건너야만 겨우 만날 수 있었습니다. 요즘은 손바닥 안에서 스마트폰만 켜면 SNS를 통해 세계적인 위인들의 이야기를 즉시 만날수 있습니다. 또한, 자신의 콘텐츠를 전 세계 사람들과 공유하는 것도 가능해졌지요. SNS는 나와 세상을 연결하는 기가 막힌 성공의도구임에 틀림없습니다.

　　반면, 세상 멍청한 삶을 사는 데에도 SNS가 더 없는 역할을 합니다. 정신 빠진 사람처럼 멍하니 스마트폰만 쳐다보고 있는 거지요. 해야 할 일 미루고, 목표나 계획 따위 잊어버린 채, 남들 인생 엿보면서 시간을 마구 흘려보냅니다. 학생이든 어른이든 인생 망조 들고 싶으면 SNS 쳐다보고 있으면 됩니다.

글 한 편, 사진 한 장 공들여서 SNS에 올려놓으면 꼭 물고 뜯는 사람들 있습니다. 악성 댓글까지는 아니어도, 은근히 사람 기분 나쁘게 하는 댓글이 달리곤 하지요. 그럴 때마다 속에 천불이 나고, 당장 달려가 멱살이라도 잡고 싶습니다. 익명의 공간에서 일어난 일이라 실체를 확인할 수도 없는 노릇입니다. 남들의 평가와 비난과 조롱이 두려워 자신의 이야기를 드러내기조차 힘겨워하는 사람 많습니다. 정신적인 스트레스 심해서 아예 인생 자체가 소극적으로 바뀌기도 합니다.

달콤한 유혹도 많습니다. 일주일 만에 책을 쓰고, 열흘 만에 살을 빼고, 한 달 만에 부자가 될 수 있다고 합니다. 삶의 무게에 지쳐 팍팍하게 살아가는 이들에게는 화려한 유혹이 아닐 수 없는데요. 문제는, 그런 광고의 실체가 사실보다 훨씬 과장되고 부풀려져 있다는 사실입니다. 때로는 아닌 걸 뻔히 알면서도 속아 넘어가는 경우까지 있으니 답답한 노릇이지요.

SNS의 폐해는 멘탈에 최악입니다. '세뇌'라는 말 아시죠? 같은 말이나 소리를 지속적으로 반복해 들려주면, 사람은 그걸 진실로 받아들이게 됩니다. 처음엔 아니다 싶지만, 어느 정도 시간이 흐르면 자신도 모르는 새 받아들이게 된다는 말입니다. SNS가 딱 그렇습니다. 남들 사는 모양새가 부럽고, 나도 순식간에 부자가 될 수 있을 것 같고, 별다른 노력 기울이지 않고도 성과를 낼 수 있을 것 같은 착각이 드는 것이죠.

무시하고 단절하고 거부해야 합니다. 그 무엇에라도 삶이 끌려가기 시작하면 즉시 노예가 되는 법이죠. 저는 돈에 집착한 탓에 돈의 노예가 되었고, 그래서 처참한 몰락을 경험했습니다. 사람에게 집착하는 사람은 인간관계 때문에 곤욕을 치러야 하고요, 성공에만 집착하는 사람은 가족을 포함한 사랑하는 사람들과 삶의 여유 등 성공 외 모든 것을 잃는 허무함을 느끼게 됩니다. 잘못된 무엇에 집착하게 되면 삶은 반드시 무너지게 되어 있습니다.

SNS를 잘못된 무언가로 보지 않는 사람이 더 많겠지요. 네, 맞습니다. SNS 자체는 아무 잘못이 없습니다. 지혜롭고 현명하게 다루지 못한 채, 그것에 빠져들어 자기 삶을 놓쳐버리는 사람들이 문제인 것이죠. 겉만 번지르르한 타인의 그럴듯한 인생 쇼를 무시할 수 있어야 합니다. 아무런 의미도 없는 영상과 자극적인 이야기를 단절해야 합니다. 당장 부와 성공을 안겨줄 듯 꼬드기는 허위 과장 광고를 거부해야 마땅합니다. 타인의 삶에서 배울 점을 찾아내 삶에 적용하고, 내가 경험한 이야기로 다른 사람 인생에 도움을 주는, 그런 자세로 SNS를 '활용'해야 합니다. 내가 주체가 되고 SNS는 도구여야 합니다. 그래야 내 삶이 바로 섭니다.

멘탈 약하다는 사람 대부분이 스마트폰 중독자입니다. 허구한 날 스마트폰 손에 쥐고 있습니다. 그러면서 자신감 없다 하고 할 수 있는 일이 없다 하며 용기가 나질 않는다고 하소연합니다. 이미 작은 기계에 시간과 에너지 다 빼앗겼으니 스스로 할 수 있는 일이 아무것도 없는 것이 당연한 결과지요.

대부분은 '재미'로 시작하거든요. 그러다가 중독에 빠지는 겁니다. 단호하게 생각해봐야 합니다. 자극적이고 재미있다는 이유가 자기 삶을 바꿀 정도는 아니지 않겠습니까. 의지를 한번 발휘해야 할 때입니다. 학창 시절에 공부 게을리했을 수도 있고요. 취업에 실패했을 수도 있습니다. 직장에서 인정받지 못한 채 근근이 출근할 수도 있고, 남편이나 아내와 자주 다툴 수도 있습니다. 그 모든 일상의 문제들보다 비교도 할 수 없을 만큼 치명적인 것이 SNS 중독입니다. 영혼을 빼앗는 악마입니다. 정신 똑바로 차리지 않으면 남은 인생 스마트폰만 쳐다보다가 막 내릴지도 모를 일입니다.

제가 좀 심하게 과장하는 것 같나요? 천만의 말씀입니다. 살 빼겠다고 작정한 사람이 운동하는 시간보다 스마트폰 보는 시간 더 많고요, 책 집필해서 작가 되겠다며 버킷리스트 운운하는 사람이 글 쓰는 시간보다 SNS 쳐다보는 시간 더 많습니다. 꿈과 목표를 이야기하는 사람들도 종일 SNS만 보고 있고, 종일 바쁘게 일해서 피곤하고 지친다 하는 사람들도 잠자리에 누워 새벽까지 SNS에 빠져 있습니다. 외계인이 침공해도 이렇게까지 사람들을 망가뜨리지는 못할 겁니다. 이젠 의식을 깨워 제자리로 돌아와야 할 때입니다.

황금 멘탈을 가진 사람들은 멍청하게 누워서 SNS 쳐다보는 일 절대 없습니다. 그들은 자신에게 주어진 시간의 가치를 더없이 소중하게 여깁니다. 별로 중요하지도 않은 남의 인생 구경하느라 자신의 소중한 인생 시간을 낭비하다니요! 황금 멘탈을 가진 사람들은 자기 삶이 얼마나 소중한지 잘 알기 때문에 '무시하고 단절하고 거부할' 줄 아는 것이죠. SNS 보는 시간 중 일부만 떼어내어 매일 책을 읽는다면, 머지않아 상상조차 못할 만큼 변화와 성장 이룰 수 있을 겁니다.

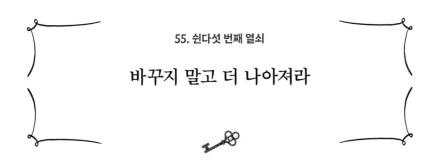

바꾸지 말고 더 나아져라

인생 전반전 빵점 받았습니다. 열심히 살았는데 결과가 처참하니 우울하고 불행했지요. 남은 삶은 다르게 살아야겠다고 다짐했습니다. 그때부터 저는 어떻게 살아갈 것인가 고민하기 시작했습니다. 첫 번째 인생에서 낙제했으니, 정반대로 살기만 하면 기본 점수는 받지 않겠나 싶었습니다. 저 자신을 완전히 바꿔야겠다는 생각을 지울 수가 없었던 거지요. 꿈? 목표? 비전? 그런 것들 생각할 겨를조차 없었습니다. 어떻게든 돈벌이하면서 사람 구실 하는 것이 급선무였으니까요.

막노동을 시작했고, 굽신거렸으며, 눈치를 보았고, 입을 다물었으며, 시키는 대로 주는 대로 무조건 따르기만 했습니다. '나'라는 존재는 사라지고 껍데기만 남았습니다. 처음에는 속에서 천불이 날 것 같았지만, 시간이 흐를수록 그런 삶에 조금씩 적응할 수 있었습니다. 역시 사람은 적응의 동물인 모양입니다.

책 읽으면서 발견한 몇 개의 문장들이 가슴에 콕 하고 박혔습니다. '인간 존재의 본질은 확장이다', '우리는 무슨 하자가 있는 불량품이 아니다. 고치거나 바꿀 필요가 없다', '있는 그대로 자기 모습을 사랑할 수 있어야 한다', '가장 나답게 사는 것이 가장 아름답게 사는 삶이다' 등과 같은 문장들을 읽으면서, 뜨거운 무언가가 제 안에서 타오르는 걸 느꼈습니다.

인생 전반전을 실패로 끝낸 것은, '저'라는 존재 자체의 문제가 아니라 잘못된 말과 행동 때문이었단 사실을 인식하게 되었습니다. 한두 가지 말과 행동을 문제 삼아 존재 자체가 잘못되었다고 판단한 것은 지나친 비약이었지요. 저는 저 자신을 바꿀 필요가 없었던 겁니다.

글 쓰고 강의하면서 서서히 예전의 저를 되찾기 시작했습니다. 두 번 다시 같은 실수를 반복하지 않도록 매 순간 말과 행동에 각별한 주의를 기울이면서, 동시에 저 자신 본연의 모습을 더욱 선명하게 밝히며 살게 된 것이죠. 더 이상 굽신거리지 않았습니다. 눈치를 보지도 않았습니다. 당당하게 제 이야기를 펼치고, 다른 사람들에게 도움 되는 메시지를 전하면서, '가장 나다운' 삶을 구축하기 시작했습니다.

인간 존재의 본질은 확장입니다. '뜯어고치는' 게 아니라, 점점 더 나아지는 것이죠. 지금의 내가 무슨 문제가 있어서 바꾸는 개념이 아니라, 지금의 나도 괜찮고 앞으로의 나는 더 괜찮은 삶을 지향해야 합니다. 현재의 나를 부정하고 못마땅하게 여기는 사람은 이상적인 자신을 추구하게 되는데요, 이상적인 나와 현재의 나 사이에 존재하는 간극이 사람을 불행하게 만듭니다. 아무리 멋진 미래의 나를 향해 도전하더라도, 현실의 나와 마주할 때는 매번 실망하고 좌절하게 될 겁니다. 불행한 상태에서 행복을 추구하는 사람은 행복을 만나기 힘듭니다. 행복한 상태에서 더 큰 행복을 추구하는 사람이 진정 행복할 수 있는 사람이지요.

글쓰기, 책 쓰기 수업에 참여하는 이들과 대화를 나눠보면 자신과 자기 인생을 보잘것없고 형편없는 그것으로 치부하는 경우 많습니다. 다른 사람들의 삶에는 뭔가 그럴듯하고 재미있고 의미심장하고 가치 있는 것들이 가득하다고 생각하면서, 자기 인생에는 별 특별한 경험이 없었다고 단정 짓습니다. 게다가, 자신은 부족하고 모자란 사람이라서 무엇 하나 제대로 해낼 용기도 자신감도 없다고 생각하는 것이죠. 한마디로, 다른 사람은 잘났는데 나는 못났다 하는 사고방식으로 살아가는 겁니다.

이런 사람들이 어느 순간 각성을 일으켜 자기 계발을 시작하고 변화와 성장을 도모할 때 흔히 일어나는 현상이 바로 '바꾸려는' 작업입니다. 자신을 바꾸어 전혀 다른 존재로 만들고 싶다는 욕구에서 출발하는 것이죠. 의도가 나쁘다고는 할 수 없습니다. 다시 말하지만, 우리는 하자 있는 존재가 아닙니다. 어떤 일을 잘 못한다는 것은 경험이 부족하다는 뜻이고요, 어떤 일에 소질이 없다는 건 다른 일에 소질이 있다는 의미입니다. 이뤄놓은 것이 아무것도 없다는 말은 앞으로 이룰 가능성이 충분하다는 뜻이고, 매번 실패만 거듭했다는 말은 상당한 경험치와 노하우를 장착하고 있다는 의미입니다.

지금도 괜찮습니다. 지난 시절에 비하면 조금이라도 더 나은 모습으로 지금 여기 서 있지 않습니까. 그러니까, 앞으로 더 나아질 가능성 충분하다고 봐야 합니다. 매일 꾸준히 노력해서 어제보다 나은 내가 되는 것, 그래서 하루하루 확장하는 과정을 통해 목표에 다가서는 것. 이것이 바로 인생이라는 여행의 정의라 할 수 있겠지요.

저의 모든 걸 뜯어고치려고 작정하고 덤벼들었을 땐, 하루하루가 고통이었습니다. 불행이었습니다. 무조건 참고 견뎌야 한다는 강박에 스트레스 받으며 살았지요. 반면, 있는 그대로 제 모습 글에 담아서 다른 사람 인생에 도움 주겠다는 생각으로 살았더니, 매 순간 즐겁고 행복하면서도 보람과 의미 가득한 삶을 만들어낼 수 있었습니다.

다른 사람들로부터 인정과 칭찬을 받기 위해 자신을 바꾸려고 하는 사람도 많습니다. 그래야 사회생활도 잘하고 성공도 할 수 있을 거라고 믿기 때문이죠. 온전히 자기 자신이 되면 더 많은 사랑을 받을 수 있습니다. 나를 싫어하는 사람은 내가 어떻게 해도 싫어할 테고요. 그런 사람 마음에 들기 위해 애쓸 필요 하나도 없습니다. 세상에는 나를 좋아하는 사람도 있고 싫어하는 사람도 있고 관심 없는 사람도 있습니다. 내가 있는 그대로 참모습 그대로 살아가면, 자신만만하고 당당한 기세가 세상과 타인에게도 전해질 겁니다. 나를 바꾸어 인정받으려 하지 말고, 더 열심히 '내'가 되는 것이 현명하고 지혜로운 삶의 방법입니다.

황금 멘탈을 가진 사람들은 '나답게' 사는 인생을 추구합니다. 그들은 자신을 뜯어고치려 하지도 않고, 다른 사람의 인정을 받기 위해 가식적인 노력을 하지도 않습니다. 세상 하나뿐인 '나'를 확장해나가는 것이야말로 진정한 인생임을, 그들은 잘 알고 있기 때문입니다.

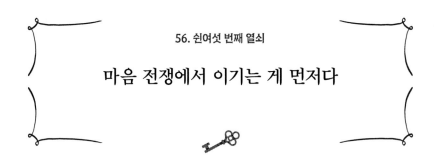

마음 전쟁에서 이기는 게 먼저다

　엄청난 곤경에 빠지거나 일이 틀어져 큰 위기를 맞이하게 되었을 때, 부정적인 생각에 사로잡히기가 쉽습니다. 평소 아무리 긍정적인 태도와 낙천적인 삶의 자세를 공부한 사람이라도 막상 고난과 역경에 처하게 되면 '일이 잘못되어 망하면 어쩌나' 하며 우울하고 불행한 마음이 절로 드는 것이죠. 눈앞의 현실만을 보는 것이 인간의 특성이기도 합니다. 당장 비바람이 거세게 불어닥치는 상황에서 볕이 드는 걸 상상하기란 매우 힘든 일이죠.

　걱정과 근심 속에 몇 날 며칠을 보내게 되면, 자연스레 사고방식 자체가 부정적으로 변하게 마련입니다. 표정도 어두워지고, 말도 거칠어지며, 매사에 불평과 불만을 터트리게 됩니다. 곁에 있는 사람의 말과 행동이 모두 거슬려 싸움도 수시로 일어납니다. 말과 행동이 바뀐다는 것은 삶이 추락하고 있다는 증거입니다. 가장 먼저 생각이 부정적으로 흐르고, 다음으로 말과 행동이 삐딱하고 거칠게 바뀝니다. 결국 헤어날 수 없을 만큼 깊은 수렁에 빠지고야 마는 것이죠.

즐겁고 기쁜 일 가득한 순간에는 인생에 대해 생각할 것이 별로 없습니다. 그저 환희의 순간을 누리기만 하면 되니까요. 문제는, 살다 보면 행복한 순간보다 우울하고 불행한 시련과 고통의 순간이 훨씬 많다는 사실입니다. 걱정과 근심이 몰려드는 순간을 어떻게 극복하는가 하는 것이 인생을 행복한 성공으로 이끄는 핵심 요인입니다.

우리가 생각과 말을 절대 주의해야 할 때가 있다면, 그것은 바로 시련과 고통의 순간입니다. 도저히 해결 방법이 떠오르지 않고 이대로 가다간 삶이 엉망이 되고 말겠다 싶은 순간에, 어떻게 해야 평정심 유지하고 냉철하게 현실을 이겨낼 수 있을까요?

첫째, 지금 내 앞에 닥친 모든 문제가 결국은 해결될 거라는 강한 믿음을 한순간도 놓쳐서는 안 됩니다. 삶을 뿌리째 뽑아낼 만한 문제는 없습니다. 내가 겪는 모든 문제를 이미 해결한 사람들이 세상에 존재합니다. 나도 해낼 수 있다는 뜻입니다. 방법이야 어떻든, 모든 문제가 풀리는 순간이 반드시 온다는 믿음을 가져야 합니다.

둘째, 외부에서 발생한 문제를 해결하는 것보다, 내 마음에서 일어나는 전쟁에서 이기는 것이 먼저입니다. 걱정과 근심 가득한 마음 상태로는 아무리 문제를 해결하려고 노력해도 소용없습니다. 올림픽에 출전한 멀리뛰기 선수가 마음속으로 계속 '못 뛰면 어쩌나' 걱정하고 있다 상상해보세요. 그 선수가 제대로 실력 발휘를 할 수 있겠습니까. 할 수 있다, 극복할 수 있다, 해결할 수 있다, 반드시 좋아진다! 초긍정의 생각을 되풀이하면서 마음 평온하게 갖는 연습을 해야 합니다.

셋째, 세상 모든 사람의 성장과 성공 전에는 시련과 고난이 있었다는 사실을 잊지 말아야 합니다. 바꿔 말하자면, 지금 내 앞에 닥친 고통이야말로 성공을 향해 도약할 수 있는 최고의 기회란 뜻이지요. 비바람 몰아치면 이런 생각 순식간에 잊게 됩니다. 휴대전화 초기화면에 적어두고 수시로 보면서 각인을 해놓아야 어떤 일이 생겨도 명심할 수 있습니다.

넷째, 과거에도 틀림없이 비슷한 시련을 겪었다는 사실 기억해야 합니다. 삶은 언제나 문제와 해결의 연속입니다. 그때 이겨냈으면 이번에도 이겨낼 수 있습니다. 크고 작은 문제를 겪고 이겨내면서 지금의 내가 완성된 것이죠. 이번 문제를 극복하는 동안 나는 더 성장할 겁니다.

다섯째, 마음은 항상 실제로 내 앞에 닥친 문제보다 과장하는 습성이 있다는 걸 기억해야 합니다. 두려움과 불안은 허상의 감정이라서, 팩트를 직시하기보다는 더 부풀려 지레 겁먹는 경향이 있지요. 이럴 때일수록 자신에게 일어난 문제를 똑바로 마주하는 용기와 패기가 필요합니다. 막상 눈 똑바로 뜨고 보면, 생각했던 것보다 별것 아닌 때가 많습니다. 도망가고 회피하려는 생각 집어치우고, 덤빌 테면 덤벼봐라 배를 좀 째는 배짱을 가져야 합니다.

글쓰기, 책 쓰기 전문 코치로 '자이언트 북 컨설팅'이라는 1인 기업을 운영하고 있습니다. 지난 9년 동안 별일 다 겪었습니다. 출판계약이 무산되기도 했고, 초상권으로 법적 분쟁에 휘말리기도 했고, 인세 지급에 문제가 생겨 곤욕 치르기도 했으며, 수강생 사이 갈등 생겨 마음고생 많이 하기도 했습니다. 중요한 것은, 오만 가지 일 다 생겼으나 지금은 해결되지 않은 일 하나도 없다는 사실입니다. 노력하고 애써서 해결한 문제도 있고, 시간이 지나면서 자연스럽게 해결된 문제도 많고, 뜬금없이 누군가 나타나 해결을 대신해준 문제도 적지 않습니다. 어떻게 해결했는가 하는 방법적인 문제도 중요하겠지만, 세상에 해결되지 않는 문제는 없다는 사실을 인식하는 태도가 훨씬 중요합니다.

우리가 해야 할 일은, 어떤 문제가 생기든 그날 해야 할 일을 하는 겁니다. 많은 사람이 걱정과 근심을 핑계로 자기 할 일을 하지 않은 채 하루하루 '날려버리곤' 하는데요. 이는 자기 스스로 패배자를 만드는 것과 다를 바 하나도 없습니다. '걱정은 걱정이고, 해야 할 일은 하는 거고!' 이런 마인드를 장착해야 합니다. 감정에 매몰되면 끝도 없이 부정적인 생각만 하게 됩니다. 실제로 해결할 수 있는 건 아무것도 없으면서 고민만 되풀이합니다. 그러면서 자신이 뭔가 하고 있다는 착각을 하게 되지요. 아무리 사소한 일이라도 의미와 가치 있는 무언가를 매일 계속해야 합니다. 자기 몫을 성실히 다할 때 문이 열리는 법이지요.

황금 멘탈을 가진 사람들은 가장 먼저 자기 마음부터 정리합니다. 마음 전쟁에서 이기는 것이 모든 문제와 고난을 이기는 첫 번째 단계임을, 그들은 아는 것이죠. 부정적인 생각, 걱정과 근심으로 해결할 수 있는 문제는 없습니다. 저는 요즘 모임에 참석할 때마다 과거 실패 이야기를 풀어내면서 웃습니다. 강의할 때마다 참혹했던 그 시절 이야기를 꺼내며 메시지를 전합니다. '웃고 떠들며 그날을 말하는' 때가 올 겁니다.

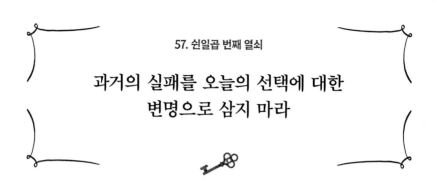

과거의 실패를 오늘의 선택에 대한 변명으로 삼지 마라

2015년 11월, 서울 고속버스터미널 어느 카페에 앉아서 첫 번째 출간계약서에 사인했습니다. 사람들은 제게 얼마나 좋았냐고 묻습니다. 저는 좋아할 겨를 없었습니다. 이상하다는 생각을 가장 많이 했습니다. 전과자, 파산자, 알코올 중독자, 막노동꾼, 암 환자의 원고를 대체 무슨 이유로 천만 원씩이나 투자하며 출판해주는 것일까. 과거에 실패했고, 지금도 실패를 벗어나지 못하고 있는 초보 작가의 원고를 흔쾌히 받아주는 이유가 무엇일까. 서울에서 대구로 내려오는 고속버스 안에서 네 시간 동안 같은 고민만 반복했습니다. 혹시 내 원고를 받아주는 다른 이유가 있는 건 아닌지, 나중에라도 원고를 제대로 다 읽고 나면 계약을 해지하는 건 아닌지. 혼자 별생각 다 했습니다.

나중에야 안 사실이지만, 제가 출간계약을 하고도 불편한 생각만 되풀이한 것은 모두 '가면 증후군' 증상이었습니다. 가면 증후군이란, 노력 끝에 어떤 성과를 냈으면서도 자신이 그런 성과를 낼 만한 자격이 없는 존재라고 생각하는 현상을 말합니다. 내가 이래도 되나? 내가 이런 상을 받아도 되나? 내가 이런 큰돈을 받을 자격이 있나? 내가 이런 보상과 인정과 축하를 받아도 되는 건가? 세상과 타인은 자신을 인정하는데, 스스로 믿지 못하는 거지요. 사기꾼 증후군이라고도 합니다.

가면 증후군의 근본 원인은 과거 실패를 현재에 적용하는 습성 탓입니다. 그 시절의 '나'와 지금의 '내'가 다른 존재임을 자각하지 못하는 것이죠. 성장했고 나아졌고 좋아졌다는 사실을 스스로 인정하지 못한 채, '그때 실패했으니 이번에도 실패할 것'이라고 단정짓는 겁니다.

과거와 현재를 엄격히 분리하는 태도가 필요합니다. 지나간 시간에 발목 잡히면 아무것도 할 수가 없습니다. 한 번 실패한 사람은 영원히 실패한 인생을 살아야만 한다는 결론이죠. 말도 안 되는 소리입니다. 살다 보면 실수도 하고 실패도 할 수 있습니다. 실수와 실패를 발판 삼아 배우고 성장하여 더 나은 성과를 내는 게 인생 과정입니다. '지난번에 실패했으니, 이번에는 잘할 수 있다!' 이것이 당연한 마음 자세입니다.

황금 멘탈을 가진 사람들은 과거의 실패를 현재의 선택에 대한 변명으로 삼지 않습니다. 예전에 무슨 일이 있었든, 지금의 '나'는 그때보다 나은 존재임을 확신하는 것이죠. 물론, 이번에도 또 실패할 수 있습니다. 하지만, 몇 번 실패하는가 하는 것은 전혀 중요하지 않습니다. 실패를 통해 무엇을 배우는가에 초점 맞춰야 합니다. 한 번

만에 성공한 사람은 아는 게 별로 없습니다. 도전 정신도 모르고, 실패한 사람의 심정도 모르고, 다시 일어서는 회복탄력성도 모르고, 타인의 시선을 견디는 강인함도 모르고, 성공의 진정한 기쁨도 모릅니다. 한 번 만에 성공했다는 기고만장이 세상과 인생을 만만하게 여기도록 만들지요. 이후의 삶이 위태롭습니다.

아들에게 입버릇처럼 말합니다. "실패할 수도 있다"가 아니라, "반드시 실패하라!" 하고 말이죠. 그래야만 삶을 배울 수 있습니다. 그래야만 흔들리지 않는 성공을 거둘 수 있습니다. 실패하고 또 실패해야 합니다. 그리고, 반드시 일어서야 합니다. 과거의 실패는 현재를 옭아매는 갈고리가 아니라, 저 위로 도약할 수 있는 발판이어야 합니다.

2016년 2월부터 10월까지 9개월 동안 세 권의 책을 출간했습니다. 첫 번째 책 출간계약을 체결할 때 품었던 자기 의심과 가면 증후군을 모조리 떨쳐버리고, 매일 읽고 쓰면서 연습과 훈련을 거듭한 자신에 대해 신념과 확신을 갖기로 결단 내린 것이죠. 덕분에 자신감 충만할 수 있었습니다. 자존감도 탄탄하게 구축할 수 있었고요. 곧장 강의를 시작했습니다. 이번에는 과거 실패에 따른 두려움이나 불안 따위 전혀 없었습니다. 오직 할 수 있다는 강한 믿음과 초긍정의 자세로 강의자료를 만들고 대본 연습했지요. 2016년 5월 15일, 첫 강의를 성공적으로 진행할 수 있었습니다. 전과자, 파산자, 알코올 중독자, 막노동꾼, 암 환자가 작가와 강연가로 다시 태어나는 순간이었습니다.

많은 사람이 자신의 과거를 떠올리며 '내 주제에 무슨'이라는 생각을 습관적으로 합니다. 만약 다른 사람이 자신을 향해 '당신 주제에 무슨'이라는 말을 한다면 기분 어떨 것 같습니까? 남이 내게 던졌을 때 기분 나쁜 말은 스스로 해서도 안 됩니다. 주제라니! 자기 인생에 대고 어떻게 그런 표현을 쓸 수 있습니까. 감옥에까지 다녀온 저도 저 자신을 향해 비방이나 힘담 절대 하지 않습니다. 과거 실수나 실패를 이유로 현재의 자신을 업신여기는 태도 당장 뿌리뽑아야 합니다.

우리가 사는 시간은 오직 현재, 지금뿐입니다. 지나간 시간을 곱씹으며 오늘 도전을 회피하거나 포기하는 것은 아기 때 먹던 이유식을 죽을 때까지 고집하는 행위나 마찬가지입니다. 위장도 커지고 이도 나고 힘도 세졌는데, 그런 자신의 성장과 변화를 전혀 인정하지 않는 셈이죠.

과거에 묶여 있지 마세요. 이제 밧줄을 풀고 비상해야 할 때입니다. 과거 실패는 '스토리'에 불과합니다. 언제 어디서든 자신의 지난 이야기를 당당하게 스토리로 펼치는 건 멋진 일이죠. 하지만, 지나간 실수와 실패가 오늘 나의 도전에 영향을 미치는 일은 없어야 합니다. 아직 영화는 끝나지 않았습니다. 앞부분에서 주인공이 무엇을 어떻게 했든, 결말은 관객들의 박수를 자아낼 겁니다. 과거 실패를 현재 선택의 변명으로 삼는 일, 절대 없어야 합니다.

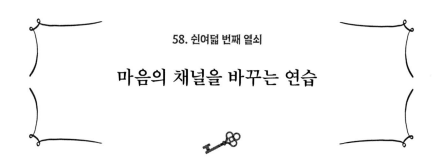

마음의 채널을 바꾸는 연습

토니 라빈스의 『네 안에 잠든 거인을 깨워라』, 조엘 오스틴의 『긍정의 힘』. 두 권의 책에 공통으로 나오는 내용이 있습니다. 바로, '마음의 채널을 바꿔야 한다'라는 것입니다.

리모컨을 들고 TV 채널을 바꾸는 건 쉽습니다. 세 살 먹은 아기도 할 수 있지요. 이와 마찬가지로, 마음속에 부정적인 생각이 들거나 걱정 근심 따위가 생겨날 때면 얼른 마음의 채널을 바꾸어 '좋은 생각'을 하라는 의미입니다.

사람은 생각하는 동물입니다. 생각을 의도적으로 할 때도 있지만, 자기도 모르게 어떤 생각이 머릿속을 가득 채울 때도 많습니다. 의도적으로 나쁜 생각 하는 때는 없겠지만, 자기도 모르는 사이 스며드는 생각은 부정적이거나 걱정 근심이거나 과거 좋지 않은 경험에 관한 내용인 경우가 허다합니다. 부정적인 생각은 꼬리를 물고 계속 이어지는 성향이 있습니다. 한번 우울한 생각을 하기 시작하면, 계속 우울하고 불행한 생각을 하게 되는 것이죠.

생각은 말을 만들고, 말은 행동을 만들며, 행동은 습관을 만들고, 습관은 인생을 결정합니다. 결국, 어떤 생각을 하느냐에 따라 인생 방향이 정해진다는 뜻이죠. 당연히 좋은 생각을 의도적으로 많이 해야 합니다. 그렇다면, 어떻게 해야 자기도 모르게 스며드는 부정적인 생각을 떨쳐버릴 수 있을까요? 어떻게 해야 좋은 생각 많이 하면서 인생을 바른 방향으로 이끌어갈 수 있을까요?

첫째, 자기 생각에 관심을 가지고 주목해야 합니다. 요즘은 스마트폰과 SNS 탓에 '혼을 빼앗긴 채' 살아가는 사람 많거든요. 자신이 무슨 생각 하는지, 인생을 어떤 방향으로 이끌어갈 것인지, 오늘 어떤 생각을 하면서 하루를 보냈는지, 스스로 질문하고 사색하는 시간 갖는 사람 찾기 드뭅니다. 생각에 주목하지 않는다는 말은 그저 인생 흘러가는 대로 살겠다는 태도와 다를 바 없습니다. 생각에 관심 가지고 주목해야 합니다.

둘째, 만약 조금이라도 부정적인 생각이 들거나 걱정 근심을 하고 있다는 사실 알게 된다면, 즉시 채널을 바꾸어 '좋은 생각'으로 갈아타야 합니다. 스마트폰 초기화면에 자녀 사진을 설정하는 것도 좋은 방법이고요, 책에서 찾은 멋진 문장을 새겨두는 것도 좋겠지요. 어떤 식으로든 즉시 생각과 기분을 바꿀 수 있는 무언가를 항상 지니고 다녀야 합니다. 생각을 바꾸겠다는 의지만으로 실천하기는 힘듭니다. 보고 듣고 생각 바꿀 수 있는 도구를 장착해야 합니다.

셋째, 지금 '좋은 생각'으로 바꾸는 행위가 자신의 미래를 바꾼다는 사실에 한 치의 의심도 없어야 합니다. 많은 사람이 생각의 힘을 잘 알고 있습니다. 끌어당김의 법칙, 유인력의 법칙, 생각하는 대로 현실이 된다 등등 이론적으로는 부족할 것 없이 이해하고 있지요. 그럼에도 치열하게 실천하는 사람은 찾기 힘듭니다. 알면서도 행하지 않는 것은 모르는 것과 마찬가지입니다. 처음부터 다시 시작한다는 각오로, 매 순간 '좋은 생각'을 의도적으로 하는 실행력이 필요합니다.

넷째, 상처와 고통을 떠올리고 걱정과 근심으로 마음을 채우는 것은 실제 인생에 아무런 도움도 되지 않는다는 사실 받아들여야 합니다. 걱정한다고 해서 걱정이 사라지는 게 아닙니다. 아무 도움도 되지 않는 생각으로 시간을 낭비하면, 오히려 그런 생각들이 인생에 '나쁜 결과'를 끌어들여 돌이킬 수 없는 상황에 빠지게 될 겁니다. 인생이 잘 풀리지 않는다며 하소연하는 사람 많은데요. 그들과 대화 나눠보면, 시종일관 인생에 대한 불평과 불만과 푸념만 늘어놓는다는 사실을 금방 알 수 있습니다. 원인이 뻔한 결과를 놓고, 원인을 바꿀 생각은 하지도 않은 채 결과만 가지고 투덜대면 삶이 달라질 리 없겠지요.

다섯째, 지금 내가 하는 생각이 어떤 현실을 만들어낼 것인가 종이에 적는 습관 들여야 합니다. 당장 써보세요. 지금 어떤 생각을 하고 있습니까? 그 생각이 어떤 현실을 만들어낼까요? 부정적인 생각이나 걱정 근심만 하고 있던 사람들은 그 결과를 종이에 적기가 두려울 정도일 겁니다. 그냥 생각만 하는 것과 종이에 적어보는 것은 차원이 다른 행위입니다. 좋은 생각이 가져올 현실과 나쁜 생각이 가져올 현실, 두 가지를 적고 읽어보면 나쁜 생각 당장 접고 매 순간 좋은 생각만 해야겠다는 결단을 즉시 내리게 될 겁니다.

자신이 의도하지도 않았는데 부정적인 생각에 사로잡힌다는 말은, 자기감정의 주도권을 외부 사건 또는 타인에게 빼앗겼다는 뜻이기도 합니다. 우리는 각자 자유로운 존재입니다. 현대 사회는 일상 많은 부분을 구속하는 제도로 얽혀 있지요. 타인의 말이나 행동으로 인해 일정 부분 자유를 희생해야 할 때가 많습니다. 대표적인 사례로 직장을 들 수 있겠지요. 정해진 시간에 출퇴근을 해야 하고, 하기 싫은 일도 해야 하며, 늦은 시간이나 주말에도 일해야 하는 경우 생깁니다. 하고 싶은 일만 하면서 사는 사람 몇 명이나 되겠습니까. 이런 현실에 비추어볼 때, 유일하게 자유로운 선택 가능한 게 바로 생각입니다. 외부에서 어떤 사건이 일어나든, 다른 사람이 무슨 말을 어떻게 하든, 내 생각만큼은 내가 결정할 수가 있는 것이죠. 생각 선택의 자유가 있다면, 이왕이면 좋은 생각을 하는 것이 나와 내 인생에 도움 되지 않겠습니까.

주도적으로 생각을 선택할 수 있는 사람이 인생도 잘 만들어갈 수 있습니다. 지금 당장 어떤 생각을 하고, 또 어떤 기분을 느낄 것인가 하는 모든 권리가 내 손에 달려 있다는 말입니다. 풍요롭고 감사하고 행복하다는 생각, 내 삶이 근사하게 펼쳐질 거란 생각, 지금 내게 닥친 모든 문제가 해결되고 기쁘고 평온한 순간을 맞이하는 생각. 이런 생각을 하면 입꼬리가 저절로 올라갑니다. 유쾌하고 즐거운 상태로 일하면 그 결과도 당연히 좋을 겁니다. 행복한 웃음 가득한 사람 주변에는 인재도 모이게 마련이지요. 생각 하나가 삶을 통째로 바꿉니다. 나쁜 생각 들 때마다 즉시 채널을 바꾸는 습관 들이길 바랍니다.

적응하고, 벗어난다

판사는 고개를 들어 나를 보았습니다. 판사봉을 세 번 내리쳤습니다. 법정 옆 닫혀 있던 문이 열리면서 두 명의 교도관이 제게 다가왔습니다. 양쪽 팔을 잡고 다시 그 문 안으로 들어갔습니다. 어두운 계단 위 좁은 통로에서 소지품을 다 꺼내고 수갑을 찼습니다.

교도소로 이동하는 호송용 버스 창문은 촘촘한 창살로 가려져 있었습니다. 밖을 보기 힘들었지요. 도시 풍경을 보지 못한다는 아쉬움과 밖에서 나를 보지 못한다는 안도감이 동시에 밀려왔습니다. 버스가 목적지에 도착하지 않고 영원히 달렸으면 좋겠다는 생각도 들었습니다.

신체검사를 비롯한 각종 검사와 조사(?)를 마친 후, 방을 배정받았습니다. 플라스틱으로 된 그릇 두 개와 수저를 손에 들고 육중한 잠금장치가 설치된 방으로 들어갔습니다. 멀쩡한 내가 범죄자 소굴로 들어가는 것 같은 느낌이었습니다. 나중에야 알게 된 사실이지만, 교도소 방으로 처음 들어서는 날에는 모두가 비슷한 생각을 했던 모양입니다.

1년 6개월, 저는 그곳에서 단 하루도 견디지 못할 줄 알았습니다. 평생 파출소도 한 번 가보지 않은 내가 교도소라니! 내가 어쩌다 여기에 와 앉아 있나. 인생이 망가졌다는 슬픔, 세상과 타인을 향한 분노, 가족에 대한 그리움, 희망이 없다는 절망감. 최악의 감정들이 동시에 섞여 짐승처럼 울었습니다.

한 달쯤 지났을 때, 같은 방을 쓰는 수감자들이 책을 읽는 걸 보았습니다. 어디서 책을 구했냐고 물었더니 도서관이 있다고 했습니다. 교도소에 도서관이 있다니. 교도관에게 청해 도서 목록 대장을 받고, 읽고 싶은 책을 적어 대출 신청했습니다. 신청한 날로부터 일주일이 지나 요청한 책을 건네받을 수 있었고, 2주간 읽을 수 있었습니다. 단 하루도 견디지 못할 것 같았던 교도소에서, 저는 입맛이 돌기 시작했습니다.

출소 후, 살아갈 길이 막막하여 인력시장을 찾았습니다. 평생 망치 한 번 잡아본 적 없었습니다. 중노동을 하려니 덜컥 겁이 났지요. 처음 사흘은 인력사무실 앞까지 갔다가 그냥 집으로 돌아왔습니다. 나흘째 되던 날 문을 열고 들어갔지요. "저, 일 좀 하려고 왔는데요."

공사 현장 바닥 청소 정도 가벼운 일부터 시작해 불에 탄 축사에서 돼지 시체를 끄집어내는 일까지, 일당 9만 원 받으며 닥치는 대로 일했습니다. 손에는 물집이 잡히고, 안전화를 신은 발은 퉁퉁 부어올랐으며, 땡볕에 그을린 피부는 껍질이 다 벗겨질 지경이었습니다. 한 달도 버티지 못할 것 같았던 육체노동을 약 3년간 계속했습니다. 배는 들어가고 팔과 다리에는 근육이 붙었습니다. 업체 사장들이 저를 지목해 부르기도 했습니다.

바닥에서의 삶을 경험하면서 깨달은 바가 있습니다. 인간은 어떠한 상황에도 적응한다는 사실입니다. 하루도 견디지 못할 것 같았던 감옥에서 1년 6개월 지냈으며, 한 달도 버티지 못할 것 같았던 막노동 현장에서 3년 일했습니다. 저같이 나약한 인간이 감옥과 막노동을 견뎠다면, 세상 누구든 어떤 상황도 버틸 수 있다는 얘기지요.

당장 힘들고 어려운 순간에 처하게 되면, 어떻게든 그 상황을 벗어나거나 피하기 위해 발버둥 치는 사람 많습니다. 그러다 결국 늪에 빠지면 좌절하고 절망하면서 무너지곤 하지요. 시련과 고난을 겪게 된 이들에게 제가 꼭 전하는 말이 있습니다. '지금 그 상황은 결코 당신을 무너뜨리지 못한다, 최대한 빨리 적응하여 안정을 찾은 다음 벗어날 방법을 찾도록 하라!'

때로 자신의 힘으로는 어쩌지 못하는 상황에 빠질 때가 있습니다. 벗어나기 위해 용을 쓰다가 결국 포기하는 경우 많은데요, 그럴 필요 없습니다. 사람은 어떤 상황에든 적응하게 되어 있습니다. 빨리 적응할수록 마음이 편해집니다. 일단 마음이 안정을 찾으면 주변이 똑바로 보이기 시작하고요. 현실을 직시할 수 있어야 문제 해결도 냉철하게 할 수 있습니다. 두렵고 불안한 마음에 안절부절 정신 못 차리면, 괜한 에너지만 낭비하여 점점 더 실의에 빠지게 됩니다. 지금 그 상황이 인생 끝이 아닙니다. 딛고 일어서 또 다른 문을 열어야지요. 그렇게 하기 위해서는 최대한 빨리 적응하고 마음을 평온하게 만들 필요가 있습니다.

악마가 가장 좋아하는 인간 마음 상태가 두려움과 불안함과 자기 의심이라 합니다. 이런 마음은 안정적이라고 믿는 현실 상황이 달라질 때 일어납니다. 조금이라도 문제가 생기면 일상 균형이 깨어진다고 생각하는 상태죠. 기억해야 할 것은, 변화와 성장은 항상 현실에 금이 가면서부터 시작된다는 사실입니다. 저는 제 뜻과는 다르게 전과자, 파산자, 막노동꾼이 되었지만 그렇게 현실이 몽땅 부서진 덕분에 지금 더 멋진 삶을 만나게 된 겁니다. 부서지는 순간에는 두렵고 불안하겠지요. 하지만, 더 나은 삶을 만난다는 확신을 품고 있으면 이겨내기가 한결 수월합니다.

황금 멘탈을 가진 사람들은 허둥대거나 안절부절 불안해하지 않습니다. 그들은 어떤 상황이 닥치든 그 속으로 온전히 들어가 최대한 빠른 시간 내에 적응을 해버립니다. 그런 다음, 편안해진 마음 상태로 다음을 준비합니다. 적응하고, 벗어나는 것이죠. 슬기롭고 현명한 처세입니다.

우리도 그래야 합니다. 어떻게든 고난을 피하기 위해 요리조리 머리 굴릴 게 아니라, 이왕 겪을 일이라면 차라리 먼저 선택하고 빨리 적응하는 편이 낫겠지요. 중요한 것은, 시련을 회피하는 게 아니라 시련을 딛고 다시 일어서는 겁니다. 나를 무너뜨릴 수 있는 것은 아무것도 없습니다. 무너지지 않겠다는 선택만 하면 됩니다.

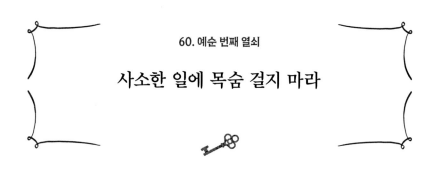

60. 예순 번째 열쇠

사소한 일에 목숨 걸지 마라

글이 잘 써지지 않을 때, 블로그에 누군가 나에 대한 비난의 글을 남겼을 때, 사람들이 뒤에서 내 험담을 했다는 말을 들었을 때, 정성껏 잘 대해준 사람으로부터 뒤통수를 맞았을 때, 기대한 만큼의 성과가 나오지 않았을 때….

힘이 쏙 빠지고 아무것도 하기 싫었습니다. 사람에 대한 증오심만 늘고, 열심히 살아서 무엇 하나 회의만 들었습니다. 평소 잘 지키던 루틴도 하루아침에 엉망이 되고, 책 읽고 글 쓰면서 갈고 닦았던 긍정적인 사고방식도 물거품처럼 사라졌지요. 아무 일도 없을 때는 강철 같은 정신력으로 살지만, 조금만 속상한 일 생겨도 금세 나약한 깃털처럼 이리저리 휘둘리고 말았습니다.

매일 새벽에 일어나 책 읽고 글 썼습니다. 모두가 잠든 시간에 홀로 깨어 책상 앞에 앉아 삶을 공부하는 저 자신이 기특하고 대견하게 느껴졌습니다. 힘들고 어려운 시간 잘 견뎌내고 여기까지 왔다는 성취감이 가득 차올랐고, 앞으로 어떤 일이 있어도 슬기롭고 현명하게 헤쳐나갈 거라며 다짐하기도 했었지요. 제법 멋진 하루하루를 보냈습니다. 그러다가도 어느 순간 위와 같은 일이 생기면, 아침에 일어나는 것부터 삐걱거렸습니다. 새벽 기상과 독서와 글쓰기와 마음 공부가 죄다 무슨 소용인가 싶었습니다. 사람 마음이 한순간에 이토록 달라질 수 있다는 사실에 놀라기도 하고, 마음 하나에 싹 다 무너질 거라면 공부 따위 아무 소용 없는 것처럼 여겨졌습니다.

대의(大義)가 필요합니다. 마땅히 지켜야 할 큰 뜻이 바로 서지 않으면 바람이 불 때마다 흔들리게 마련입니다. '내 삶을 글에 담아 세상을 이롭게 하는 책을 펴낸다!' 글쓰기, 책 쓰기 수업을 진행하면서 인생 슬로건이자 1인 기업 운영 철학을 만들었습니다. 지나치다 싶을 정도로 거창하기도 하고, 제가 과연 그런 책을 쓸 수 있을까 하는 의구심도 들었습니다. 남들한테 말하기 쑥스럽기도 했고요. 이후로 저한테 일어난 변화는 표현하기 힘들 정도로 엄청났습니다.

상처가 되는 말을 들었을 때, '세상을 이롭게 하는 책'을 쓰고자 하는 내가 고작 그런 말에 휘둘려서야 되겠나 싶은 오기가 생기는 겁니다. 일이 뜻대로 풀리지 않을 때도, 세상을 위해 큰일 도모하려는 내가 이 정도로 포기할 수는 없다는 의지가 생겨났습니다. 하루에도 몇 번씩 마음을 흔드는 일 생겼지만, 그럴 때마다 스스로 정한 신념으로 끄떡없이 계속 나아갈 수 있었습니다.

대의(大義)를 정하고 나니까, 나머지 모든 일이 사소하게 느껴졌습니다. 지난 세월 속상하고 화내고 마음 다쳤던 모든 시간과 에너지가 얼마나 아까운지요. 곧 죽을 듯 괴롭고 아팠던 일들이 한순간에 아무것도 아닌 일로 바뀌었습니다. 마음 하나 바꾼 덕분에 온 세상이 달라진 겁니다. 물론, 아직도 순간적으로 욱할 때는 많습니다. 하지만 예전처럼 사건 하나에 푹 빠져 허우적거리며 잠 설치는 일은 없습니다. 화가 나도 가라앉는 데 오래 걸리지 않고, 속이 상해도 회복하는 데 금방입니다.

2017년 여름인가, 오랜만에 초등학교 때 친구를 만나 거나하게 술 마신 적 있습니다. 술 끊기 전이었고, 워낙 친했던 친구를 오래간만에 만난 터라 쉴 새 없이 잔을 주고받았지요. 한참 지나서야 친구가 본론을 꺼냈습니다. 사람이 무섭다고 하더군요. 사람이 좋아서 시작한 사업인데, 일을 할수록 사람의 속성을 알게 되어 실망하게 되었다고요. 답답하고 괴로워서 사업 접을까 하는 마음에 술 한 잔 마시고 싶어 저를 불러냈다고 했습니다. 그때 제가 친구한테 참으로 부끄러운 말을 했지요. "야! 별것도 아닌 일로 사업을 접기는 뭘 접냐!"

네, 그렇습니다. 내 입으로 말한 그 '별것도 아닌 일'로 저는 매번 속상하고 우울하고 괴로워했으면서, 친구한테는 대수롭지 않은 일인 것처럼 말한 겁니다. 저뿐만 아닙니다. 많은 사람이 자신에게 일어난 사건은 크고 대단하고 위험하고 두려운 것처럼 느끼고, 다른 사람에게 일어난 비슷한 일은 별것 아니라 생각합니다. '나의 일'은 대단하고, '너의 일'은 대수롭지 않은 겁니다. 한마디로, 대수롭지 않은 일이 나에게 일어나는 순간 큰일로 바뀌는 것이지요.

자기 객관화가 이루어지지 않으면 사소한 일도 부풀려 생각하게 마련입니다. 한 걸음 물러나 냉철하게 보면, 그 일이 생각만큼 두렵고 불안하고 위험하고 대단한 건 아닐 수 있거든요. 일상에서 일어나는 모든 사소한 문제들을 과대 해석하는 습관이 오히려 문제를 키우기도 합니다.

강의 시간에 수강생들에게 질문합니다. "혹시 지금 어떤 고민을 하고 있습니까?" 질문받은 수강생은 천천히 입을 열기 시작합니다. 때로 심각한 고민을 말하는 사람도 있습니다. 바로 이어서 제가 다른 질문을 또 합니다. "혹시 비슷한 고민 가진 사람이 찾아와 상담을 청한다면, 그에게 어떤 해결책을 제시할 겁니까?" 재미있는 것은, 두 번째 질문에도 거의 모든 수강생이 답변한다는 사실입니다.

자신이 '고민하는 사람'일 때는 아주 심각하게 고민합니다. 반면, 자신이 '상담하는 사람'이 되는 순간, 그 고민을 해결할 방법에 대해서 술술 풀어낸다는 말이지요. 달라진 건 아무것도 없습니다. 당사자가 되느냐, 아니면 한 걸음 물러나 객관화를 시키느냐. 스스로 부풀린 문제와 고민이 애초부터 사소한 것들이었음을 깨닫고 이해하는 노력이 필요합니다.

황금 멘탈을 가진 사람들에게 '거대한 고민이나 문제'는 없습니다. 그들은 분명히 알고 있기 때문입니다. 나의 생각이나 마음가짐이 문제의 크기를 결정한다는 사실을요. 일단 크기를 줄여야 상대할 만한 자신감과 용기를 가질 수 있습니다. 사소한 일에 목숨 걸지 말고, 대의(大義)를 품고 삶을 향해 나아가야 합니다.

마치는 글

성공한 사람들은 똑같은 말을 한다

나폴레온 힐의 『성공의 법칙』부터 모건 하우절의 『불변의 법칙』에 이르기까지 시대를 아우르는 자기 계발서와 동기부여 책을 두루 읽었습니다. 세부적인 내용이나 관련 사례, 저자의 국적과 시대와 나이와 교육받은 정도와 전문 분야는 다 다르지만, 그들의 주장이나 신념에는 공통점이 꽤 많이 있습니다. 목표를 정해야 한다, 무슨 일이 있어도 버텨야 한다, 절대 포기하지 말아야 한다, 다른 사람과 비교하지 말아야 한다, 다른 사람 말에 휘둘리지 말아야 한다, 매일 꾸준히 실천해야 한다, 자기 확신을 가져야 한다, 자신감과 자존감 잃지 말아야 한다, 몸과 정신을 단련해야 한다, 책 읽어야 한다, 일기를 써야 한다, 멀리 내다보고 지금에 집중해야 한다….

시대가 변하고 국적이 다른데도 그들 모두가 한결같이 당부하는

258 황금 멘탈을 만드는 60가지 열쇠

내용이라면 한 번쯤 믿고 실천해봐야 하지 않을까요. 감옥에서, 막노동 현장에서, 그리고 사회에서 제가 만난 성공하지 못한 사람들은 약속이나 한 듯이 성공한 사람들의 당부를 지키지 않으며 살고 있었습니다.

사업 실패로 모든 것을 잃었던 저는, 밑져야 본전이라는 생각으로 성공학 관련 도서와 자기 계발서를 파고들었고, 책 속에 나오는 반복되는 이야기들을 실천하기 위해 치열하게 노력했습니다. 전과자, 파산자는 작가이자 강연가가 되었고, 알코올 중독자는 술을 끊었으며, 막노동꾼은 풍요와 행복 속에 살고 있으며, 암 환자는 건강을 되찾았습니다.

누군가는 자기 계발서에 중독되지 말라고 경고하고, 또 다른 사람은 아예 책을 신봉하지 말라는 주장까지 펼치기도 합니다. 대체 무슨 배짱으로 그런 경고와 주장을 펼치는지 알 수 없지만, 힘들고 어려운 상황 속에서 근근이 살아가는 사람 있다면 저는 꼭 전해주고 싶습니다. 책을 펼치고, 그 속에 담긴 조언과 충고 그대로 한번 실천해보라고 말이죠. 어차피 혼자 힘으로 인생 제대로 풀어내지 못하고 있지 않습니까. 먼저 경험한 사람들, 먼저 실패한 사람들, 먼저 다시 일어선 사람들, 먼저 성공한 사람들이 남겨준 소중하고 유용한 인생 법칙들입니다. 마다할 이유도 없고 거부할 필요도 없습니다. 감사한 마음으로 혼신을 다해 그 뒤를 따라가보는 것이죠.

멘탈에 관한 예순 가지 이야기를 담았습니다. 책에서 읽고, 제가 실천해 증명하고, 역시 옳다 판단한 내용들만 엮었습니다. 실전에 강한 조언이라는 뜻입니다. 저는 유리 멘탈의 아이콘이었습니다.

툭하면 쓰러지고, 의욕 상실하고, 한 번 무너지면 일어설 줄 모르는 나약한 인간이었습니다. 그런 와중에 사업 실패했고, 끝이 없는 바닥으로 추락했었지요. 평범한 인생에조차 두 번 다시 이르지 못할 줄 알았습니다.

감옥에서 시작한 '매일 독서'는 12년째 이어가고 있으며, 같은 시기에 시작한 글쓰기도 지금까지 하루도 빠짐없이 계속하고 있습니다. 읽고 쓰면서 가장 중요하게 여긴 점은, 이미 성공한 사람들이 당부하는 조언을 하나도 빠짐없이 소중히 여기며 실천하는 거였습니다.

쉽지 않았습니다. 중도에 포기한 것들도 많습니다. 하지만, 다시 책을 읽고 글 쓰면서 같은 내용을 두 번 세 번 만날 때면, 그것이 정말로 중요한 원칙이구나 깨달으면서 재시도를 거듭했지요.

삶이 조금씩 나아지고, 하는 일마다 성과를 내기 시작하면서 저는 확신을 갖게 되었습니다. 누군가 성공했다면 나도 성공할 수 있다는 사실을요. 누군가 어떤 방법으로 성공했다면, 나도 그 방법 혹은 조금 다른 방법으로 얼마든지 성공할 수 있다는 사실을 말입니다. 또 있습니다. 힘들고 어려운 시기를 누군가 참고 견뎌냈다면, 나도 얼마든지 버텨낼 수 있다는 사실입니다. 책 읽고 글 쓰고 실행에 옮기면서 이런 사실들에 확신을 갖게 되고, 그러면서 더 치열하게 인생과 성공의 원칙들을 되풀이하는 과정에서 저의 멘탈도 함께 강해졌습니다.

인생, 결국은 정신력 싸움입니다. 지난 삶을 한번 돌아보세요. 힘들고 어려웠던 순간 있었을 겁니다. 최악이라고 생각되는 시간도 많았을 테지요. 그럼에도 우리는 지금, 여기에 있습니다. 살아왔다는 뜻이고 살아냈다는 증거입니다. 어쩌면 기억나지 않을지도 모릅니다. 그렇지요. 그 시절에는 죽고 싶을 만큼 힘들었지만, 지금은 기억조차 나질 않는 겁니다. 숱한 세월 몸도 마음도 다 부서졌지만, 그럼에도 견디고 버티며 여기까지 왔으니, 앞으로 남은 인생도 얼마든지 견뎌내고 이겨낼 수 있을 겁니다. 당신의 멘탈은, 그리고 저의 멘탈은 이미 최강입니다.

이은대